记忆之城

袁凌 著

南方出版传媒·花城出版社
中国·广州

图书在版编目（CIP）数据

记忆之城 / 袁凌著. -- 广州：花城出版社，2022.3
ISBN 978-7-5360-9516-8

Ⅰ. ①记… Ⅱ. ①袁… Ⅲ. ①自传体小说－中国－当代 Ⅳ. ①I247.5

中国版本图书馆CIP数据核字(2022)第007864号

出 版 人：张 懿
责任编辑：许泽红　徐嘉悦
技术编辑：凌春梅
封面设计：周贵斌

书　　名	记忆之城　JIYI ZHICHENG	
出版发行	花城出版社 （广州市环市东路水荫路11号）	
经　　销	全国新华书店	
印　　刷	佛山市浩文彩色印刷有限公司 （广东省佛山市南海区狮山科技工业园A区）	
开　　本	880毫米×1230毫米　32开	
印　　张	10.125　　1插页	
字　　数	173,000字	
版　　次	2022年3月第1版　2022年3月第1次印刷	
定　　价	56.80元	

如发现印装质量问题，请直接与印刷厂联系调换。
购书热线：020-37604658　37602954
花城出版社网站：http://www.fcph.com.cn

你是我鱼城故事的主人公，一直都是。

序

"鱼城"是长江中上游的一座重镇。对于我,它是一座特别的城市,我在那里完成了生命的成人礼。对于中国,它也是一座特别的城市,有着开埠陪都的历史、底层血性的昨天和网红打卡的现在。

《记忆之城》的写作是从"鱼城"炎热的租屋里开始,在二十年之中逐渐完成的,是一个婴儿从出生落地到弱冠成人的年份,鱼城亦在新世纪几经变迁,其间不乏人事震荡和社会变动,作为人物原型之一的我与"鱼城"的关系,也经历了几度起伏后的渐行渐远,从当初的身陷其中到仅剩一个户口本上的地址,最终成为一个观光的外地游客,一切都在加速的时光中流逝,剩余一个潦草的尾巴:我的档案依然尘封在"鱼城"的某个地方,等待某天复活,重新成为我余生路上的某道门槛,或者彻底风化。

最后一次去"鱼城",我对那里的变动感到震惊:过于庞大拥挤的高楼,已经将整个"鱼中半岛"的地貌踩在脚下,过往的"鱼城"生活在高楼脚下的缝隙里找不到位置,朝天门、"棒棒""小妹"、黑舞厅、精典书店、烧白、棚户区、吊脚楼,还有两江汇合的漩涡潮涌,都在"网红城市"的光影之后消失。对于一群群涌向洪崖洞、来福士、洞子火锅、小面馆或乘坐长江索道的外地游客来说,"鱼城"没有记忆,只剩现在闪闪发光的散落鳞片。曾经在那里生活数年的我,感到自己对于"鱼中半岛"完全是个陌生人,就像很多从解放碑、较场口远远迁走的本地居民一样,连记忆也被过于庞大和喧嚷的当下全然覆盖了。

这使我感到某种悲哀的庆幸:庆幸自己在记忆被混淆、覆盖之前写下了这篇故事,将注定消散之物暂时凝固下来。悲哀的是除了记忆,我和我笔下的人物已别无所有,小说中的红萍、小芹或者陈天、"我",在这座城市中心行走和栖身过的印记几乎被完全抹掉,似乎未曾来过;即使还在某处缝隙和边缘辗转求生,也失去了明明白白发出声音的机会。对于我来说,它将不再是一座记忆之城,所有能够保留的,我已写在纸上。

"鱼城"的记忆是黏稠的,黏稠得身处其中感到兴奋又恐惧。生命与欲望的发酵蒸腾像是一家火锅店的厨余桶,因为油脂和沼气积聚过久而可能爆炸。"鱼城"的生活地层是叠压交错的,正如同它独特的立体地貌,上半城和下半城的生活界限分明又相互混淆,作为一名跑街记者的"我"目睹和经历了大量底层社会的杂乱、痛苦与活力,也接触到中上阶层的骄傲自足;"我"厕身的一群初出校门的学生,则在职业压力、时代变迁和身份交错之中浮沉,混迹于底层,又体验和反思着社会与自身,体会清醒与沉沦、节制与放纵、快意与痛苦的时代分裂。回头看来，不论其中含有多少故事，那是一个未曾被驯服、保留着原初本能与粗粝质地的时代，一座未曾被过度装扮的城市，一条浑浊奔涌的江水，在逝去的时间中震荡回旋、喧嚣不已。

我希望用某种没有淘洗和打磨得过分光滑的文字，保留"鱼城"和它生活的内情，摩挲之下仍能感触疼痛和血肉，以此来纪念那些姓名连同印痕一同消失的人，那个被加速叠压在新的欲望与变动之下的时代。

目 录

2019 ············ 1

2001 ············ 88

2003 ············ 202

摄影：袁凌

2019

十八梯顶端的平台上飘散《荷塘月色》，黄桷树蒙着一层苔粉的根须间倚着两口音箱，几拨人跳着"坝坝舞"。我在这里等候陈天。

树下小贩摊子上十几年前几块钱一张的黄碟，已经换成了储存电影的U盘，我似乎认出了他的脸。当年在大都会后身通向较场口的横街上，在鱼贩子和五金商店中间的交界地带有一排卖碟的。那时还没有发生夫妻看黄碟事件，三级片袒胸露点的封面可以公开摆放在鱼城的地摊上，一眼扫过去有些白花花的，只有黑乎乎的毛片需口头询问。我的口味也没那么重，只需要掩藏起脸上的些许热度，蹲下去捡起一张李丽珍、叶玉卿或者"亚洲第一美胸"杨思敏的碟子来，交上五块钱，就可以回家在VCD上享受几十分钟的快感。那时候苍井空似乎都还没有出来，更谈不上被人叫作阿姨，眼前这个卖盗版电影U盘的中年人，脸上黄桷树根一样纵横的皱纹也都没来得及生长出来。这么多年过去，他只是一步步离开解放碑，把地盘从大都会后身挪到了十八梯这片废墟顶端。

下过一阵鱼城常见的小雨，"坝坝"地面上有很多积水，人们跳舞的影子倒映在水光里，萦绕又分离。这并非常见的广场舞，穿梭的人影中，一个老年人和一个中年女子是固定的舞伴。老年人又高又瘦，中年女子面目黧黑，骨瘦如柴，穿着一套带褶的黑色短裙。两人的影子若即若离，似乎在贴近中保持着某种无形的距离。老年人略微仰着头，脸上现出某种远离这里的神情，似乎并不能安心投入。

旁观者告诉我，他们并不是熟人，鱼城人把中年女子叫"对对娃"，专门陪这种老年人跳舞，一场舞收几十块钱。老年人和中年女子跳完几曲后，乐曲停顿，两人分开休息一会儿，我过去问他一曲舞多少钱。老年人脸上仍旧带着矜持的表情，又似乎被问到有些窘迫，低声说"我们是老关系"，就别过脸去。

两位骨瘦如柴的中年舞女，看起来是从当年的金竹宫或者食品舞厅转来的，她们当中的一个，就是小芹在遗书中提到的证明人吗？我在食品舞厅里有没有见过她？心里有一丝紧张起来。我不禁背过脸去，向平台脚下张望。

平台外沿紧临十八梯，倚靠栏杆望下去，阳光下废墟冒起似有若无的青烟，气味也隐隐地蒸腾起来。两天来从我住的穆斯林大厦十三层连锁酒店房间俯视，巨大的废墟沿阶梯两侧铺展，从顶端的较场口，一直延伸到下半城的厚池街。最初让我注意到它的，并不是视线，而是一走进房间闻到的气味，从十八梯的底端升上来。它过于庞大的体量，在细雨天气中仍旧在发酵，不能安分地待在下半城。两台在废墟上忙碌的挖掘机显得渺小，可以忽略不计，它们发出的声音被细雨淋湿，清冷遥远。整条厚池街已经消失，我疑心从前租住的那幢居民楼还在不在，因为废墟上的烟霭，这样望下去看不真切。

废墟的顶端保留着几幢板壁房，或是二十世纪五十年代的苏式灰楼，就在跳"坝坝舞"的平台旁边，靠外的板屋拆除了一半，伸着长短不齐的檩条茬子，像被劫掠过的山寨。人们跳舞的同时，最后的拆除正在进行。两台挖掘机摆动铁臂，杵头发出沉闷却又盖过音箱的声响，钻碎那些和锈蚀蛛网一样的钢筋缠绕的水泥块；时而又挥动铁臂，像摆弄纸盒子一样轻易地划拉那些薄薄的木板和焦黄报纸裱糊的墙面，让寒碜内景没有保留地暴露在天光下。"坝坝"上的一部分人凑到了平台边缘，张着嘴巴，睁大眼睛打望着，似乎他们明白，这是十八梯最后一场拆迁。两个过街吃小面的人低声谈着九龙坡安置房的价格，他们是住在过渡房里的本地居民，即将搬到那里去。平台"坝坝"上跳舞看热闹或者卖小货的人，多数是不相干的过客，暂时聚集到这里。

向更远处望出去，长江像一条宽大的略微摆动的带子，似乎离蓄水前更宽了一些。再过去是烟雾蒸腾的南岸，林立的高楼把从前的荒坡和灌木踩在脚下，南山的背景隐藏在一层雾霭中，一条依稀的轻轨带子向着鱼洞延伸，代替了以往的公路。那里是我的肺结核初次发病的地方，似乎立刻唤醒了胸部疼痛的感觉，像昨天一样新鲜。

这次回鱼城，轻轨从华新街出站，驶上鱼澳桥，嘉陵江对岸的鱼中区就矗立在面前，似乎是越过护城河进入某座城寨的隘口，却又即将回到自己熟悉的地界，我在心里轻轻地吁了一口气。隔江近似屏风的布景上，楼群和崖壁相互攀缘着升高，不知谁是主角，谁是背景，沿着嘉陵江岸布置延伸。沿嘉陵江岸行走的轻轨像一条带子，一会儿穿出那些楼房，一会儿又消失，似乎是为了固定这幅布景。在布景的最上方两路口的位置，出现了鱼城红十字会急救中心的大楼，带着一个像电视塔那样的针尖，那是为了接收全市的急救信息。

我想到了小芹随身带着的那根针，始终没有见她拿出来过，也不知道它在什么样的场合下曾被使用。它可能早就被弄丢了，和它的主人一样，在茫茫人海中消失了，随江水流逝了。

还有红萍，她早就化成了一把骨灰，不知被撒到什么地方去了。她曾经栖身的那片棚屋，就在急救中心大楼针尖背后的那面坡下，顺脚一直滑下去，会跌落到菜园坝火车站。十八年前第一次走出火车站出口，我没想到会和对面山坡有什么关联，它那时看上去是深绿色的，散落的窝棚都淹没在南方盆地的绿色里。如今那片棚屋和那面山坡的绿色，都不知是否还存在，她的父母可能流落到了城市某个角落，不会对别人提起他们养女的故事，就当是终生不会去医院检查透视的一个病灶。

再过去一点，山顶的楼房下面是佛图关公园挂在崖坡上的一幅绿色，底部是一片竹林。小絮离开鱼城回乡的前两天，我们曾经去那里游玩，在竹林间的茅亭里拍下照片。照片上她微微向上撩着嘴角，似乎是来鱼城后唯一的开心时刻。那天我似乎重新爱上了她，从头开始谈一场恋爱，却只有两天时光的期限。

我留心辨认，眼前的这幅景色，每次回来是否都变了一点儿。楼群的位置更加显眼，山坡退到了背后，慢慢地被楼群踩到了脚下，原来的岭际线变得模糊了。大楼越来越多，绿色的布景也就朽坏了，正在被撤下来。怀旧的心情并不合适，即使是像这样一次旅行，似乎是要放弃又留下一点什么。

昨天在家乡小镇上那家派出所的柜台前，姐夫陪着我拿到了那张盖有蓝色骑缝章和钢印的户口准迁证。这样，依靠姐夫和派出所长的关系，加上两条芙蓉王香烟的作用，我终于结束来回辗转，只需要再奔波一次，就能把户口从人才市场的抽屉里取出来，落在一个长久的地方。

不会再有个中年女声每年在固定时间打来电话，用着懒洋洋的、带四川口音的普通话，问我是否要延长户口挂靠和交纳档案代管费用了。最初两年为了交钱，我每次都自己回鱼城一次，后来有两次请陈天代缴，再后来可以银行转账了，那个中年女声却始终没变过——漫不经心当中带着一丝莫测，每一次的响起都会提醒我，你的身份还只是挂在某个地方、某颗钉子上，只需要不知从哪里来的一阵风，就能把它吹落。

记忆之城

　　从考上大学转为商品粮户口开始，我从来没有想过它还会回到那个小地方，从省城辗转到上海、北京、鱼城，最后竟然没有找到落脚之地，只能叶落归根。不论如何，这里毕竟让它悬挂了那么长时间，这次迁户，就算是结束一场过于漫长的告别。

　　还有那篇十几年当中一直未完成的故事，叫作记忆之城。第一行文字是我在鱼城的出租屋里敲下的，现在那些早年的文字已变得陈旧，如果是写在纸上，字迹一定已经斑驳泛黄，墨迹漫漶莫辨。它一直没有出生，却已经衰老了，像是先天不足的胎儿。

　　"你把它写完吧。"上次和小絮在微信上聊天，她再次提到了这件事。当年从小县城那间临时的婚姻登记处门面里走出来，各自小心翼翼地把绿色封皮证书放进衣袋，感到莫名地松了一口气，心里又有些空落落。小絮对我提起了这件事，说是"留个纪念"。说起来，虽然结婚多年，从家乡到上海再到鱼城，只有在劳务市场出租屋里的三年，我们是像其他夫妻一样，在一起长期生活过。

　　我知道，这么多年过去，它还没有完成，需要寻找些什么，作为延迟出生的凭证。那些在鱼城孕育的人物、情节和地名，它们沉睡了多年，需要再活过来一次，寻找今天的身份。也许已经没有它们的位置，连鱼城骨子里也已变身为另一座城市。如果这一次它们没有复活，那就再没有活过来的机会了。

　　需要一个契机，我知道自己内心一直在等待，当半个月前陈天在微信上久违地联系我，发给我那篇很久没有发表的稿子，这个契机意外地出现了。

是小芹的死亡。

小芹的尸体是在朝天门下游几公里的唐家沱发现的，这是鱼城下游第一个庞大的回水湾，有一个专门的水上打捞队，每年都会发现很多具浮尸，因为面目泡胀腐烂，难以辨明身份。小芹的身份得以确认，是因为她特意在身上绑了一个密封的塑料袋子，袋子里装着她的遗书和身份证，遗书里说自己的死跟任何人无关，纯粹出于厌世。看起来她是从朝天门码头投水的，这也是当年她离开家乡湖北，初次踏上鱼城地面的地方。她说明了自己是职业舞女，再从前是印刷厂女工，还提供了两个可以证明的熟人。她说明自己身份的目的，是希望不要解剖她的遗体。当然，她这个遗愿其实并未得到满足，水上派出所按照处理浮尸的惯例做了解剖，以确认死者不是中毒身亡后被抛尸江中。

陈天因为在鱼笃报社跑水上公安口，接到了这个线索，打算写一个舞女跳江的故事。他在派出所看到了小芹的遗书，得知了她的姓名和那两个证明人的身份。意外的是其中一个联系人叫罗玉英，是当年鱼笃报社印刷厂的女工，陈天和我都认识。先前他看到小芹身份证的时候就觉得眼熟，再加上这个联系人，使他确认了眼前泡胀变形的浮尸就是当年我和他都有过交往的小芹。稿子最终没有发表出来，陈天心情沮丧，因为他下了很多功夫，当作自己很久以来最重要的一篇稿子来写。半年以来，那具浮尸一直逗留在他的眼前，干扰得他心神不宁，终究使得他决定把稿子传给了我,他说:"你和她的交情更深。"

我的震动自然不下于陈天,即使并没有目睹浮尸的状况。自从"非典"那年和她在食品舞厅告别,我不知道她后来经历了什么,遗书中也只有简单的说明。能不能找到另一个证明人,弄清楚她在鱼城最后岁月的情形?她为什么会走上这条路?

我想让小芹再活过来一次,连带那些曾经发生过的情节和隐秘。这是最后的机会了,趁着我和鱼城告别的关口。

在我回想的当口,轻轨已然穿越黄绿色的嘉陵江面,到达鱼中区城寨的隘口。

再开始一次,然后结束吧。

放晴一会儿的天空忽然再度收紧起来,下了一阵小雨,"坝坝"上的人聚拢到两棵黄桷浓密的荫下,无视雨水地继续跳舞。瘦高的老人离开了,他的舞伴一时无事可做,我上去和她打了个招呼。

她有些不解地看着我,似乎拿不准我是顾客还是某个熟人。我说:"我是小芹的朋友。你认识她吗?"

她迟疑了一下,回想着道:"小芹?"忽然想起来地说,"我不是,你问问她吧。"指了指另一个正在陪矮胖老人跳舞的中年女子。

"坝坝"上还在跳的只剩下他们一对。终究结束了,两人拿出手机,老年人扫了一下中年女子的码,她就站在黄桷树下躲雨。我凑过去把刚才的问话重复了一遍,又加了一句:"你是李子吧?"她有点惊讶,注意地看了看我,脸上的皱纹略微放松下来,过了一下说:"你是来问她跳江的事情吧?该说的我都跟警察说了。都半年时间了。其实她嘟个要自杀我也不清楚,只是在她害病以前跟她住过一阵。"

"她害的是什么病?"

"乳腺癌。"

我立刻想到从前小芹同我说过她妈妈得乳腺癌的情形。

我说:"能不能找个地方聊一聊,我请你喝杯饮料。"李子抬头看了看仍旧落雨的天,说"好吧"。我们用手遮着头,就近走向马路对面的日月光中心,那里有几家咖啡馆。这会儿人都不多,我随便选了其中的一家。走进去时李子显得有些迟疑,给她点饮料的时候,她要了一杯冰淇淋奶昔,饮料上来的时候,李子端详着杯子里面冰淇淋的形状说:"我好久没到这种地方来耍了。"

坐下来之后,李子说:"知道我为啥子跟你来不,其实,我认识你。你在食品舞厅跟小芹跳过舞,给她送过丝巾。这么多年过去,你也没嘟个变。"

我恍惚回想那天我送丝巾给小芹的情形,烟雾腾腾的舞厅里,她和三四个年龄差不多的姐妹站在一排,我走过去把丝巾交给她,小芹脸上露出了微笑,旁边几个女孩"哦"地叫起来,似乎暂时脱离了舞厅的情境,目睹一场约会。看来眼前的李子就在那几个女孩中间,当然那时候她还年轻,脸上没有沟壑,也不像现在这样骨瘦如柴。

李子说,小芹那次从湖北回鱼城之后,她们又在舞厅里跳了很多年,一直到年龄越来越大,一层层的年轻女孩冒出来,邀请她们的舞客越来越少,挣不到稀饭钱的时候。她们无处可去,只能转移到坝坝跳舞,挣几个老年人的钱。

"有一段时间,我们就在这下面租房子住。"李子抬头示意窗外十八梯的方向。小雨汇成扭曲的水滴在窗玻璃外侧落下,较场口的景色变得模糊,路口的红灯绿灯像是在夜晚。

那时候十八梯还没有开始拆迁,从下半城到较场口都是密麻麻的棚户区,有的下层是木板,二楼还是住了几辈子的竹笆房,经过烟熏火燎都变成黑红色了。李子和小芹就租住着这么一间二楼的竹笆房。走进一楼,完全是黑的,只有楼顶上一片明瓦投下一条光线,穿越层层叠叠像帐子撑起来的蜘蛛网,乱成一团的电线和蜘蛛网缠裹在一起,分不清是哪样。房东和另两家租户住在一楼,到二楼要爬一段又窄又陡的梯子,不知道是哪个年代建造的,踏上去咔咔直响,阳尘抖落,真担心一脚就会把梯子踩塌。她和小芹合住的房间只有巴掌大,窗户紧贴着坡上一幢房子的木板墙壁,几乎透不进光线,大白天也完全是黑的,只能晚上回来睡个觉。没有卫生间,洗澡要到一楼的水房里拿盆盆接到冲,上厕所要去巷子里。煮个面也只能在一楼用煤炉子,房东老太太有时还捡些劈柴回来烧。因为鱼城的夏天实在太热,要死人,房间里装了一部二手空调,就是这部像毒蚊子嗡嗡响的空调把价格抬了上去。两个人在这里合住了三年，不知哪个背时的私用"热得快"，导致电线短路，一把火烧得渣渣都不剩，消防车进不来巷子，只好在十八梯顶上"坝坝"里架云梯往下喷水，就是今天她跳舞的那个"坝坝"，好歹只烧掉了几家人户，死掉了几个人，房东老太太也没跑出来。就是这次火灾之后，政府开始说要重视十八梯棚户区的安全问题，说消防已经烂包了，只能引进开发商整体拆迁。房子烧掉之后，她退到湖广会馆旁边另外租了一个转角房子，价钱要贵一些，小芹就租不起了。

"不晓得为啥子，她的花费比我大。"李子想小芹可能是要接济在老家的娘，但按说得了癌症这么多年，应该也死掉了。或者是小芹大手大脚惯了，譬如她要抽烟。跳"坝坝"舞的收入本来就比在舞厅里低好多，小芹的习惯却改不了，说是心里忧愁，没有烟过不得。李子叹了口气说，租不起房子之后，小芹就开始到舞客那里去打游击，赖在那些老光棍家里，凑合一段是一段。有时候人家有家室，她还硬挤到人家屋里去，搞得鸡飞狗跳，能赖多久是多久。这样下去，老客人得罪光了，跟她跳"坝坝舞"的人也越来越少了。

"小芹不是鱼城本地人，她不像我们，好歹还有个后方。"李子说，近些年政府搞扶贫搬迁，她在老家的房子也纳入了搬迁范围，分到了一套安置房，虽然是在镇子上，自己还贴了万把块钱，到底老了有个安身的地方，还有个同母异父的弟弟。小芹是湖北人，又是城镇户口，就没有这个政策，老家也什么人都没有。她在世上完全是无依无靠的。这可能也是小芹忧愁的原因吧。

一个来月之前,小芹在刚才那个"坝坝"跳舞的时候,忽然对李子说不想活了。她吃惊地问"咋个回事",小芹说咪咪里头有个包块,像针刺的疼,她去医院检查了一下,说是得乳腺癌了。虽然不是晚期,治疗要花大笔的钱,她连稀饭钱都不够,也没得医保。"我跟妈一样的,遗传的。"小芹说,妈妈得病之后拖了四年,她不想像妈妈那样拖下去。

"当时我听了心里很乱,可是也没什么好主意,只是劝她想开点,这头客人又来邀请了,草草地分了手。那以后我再没见过她。有时候我想发个微信给她,又不知啷个说。有一天派出所的人忽然来找我,才晓得她出事了。"

"看到她的照片,泡得完全不像她了。她本来比我还瘦些,身上一两肉都称不出来。"

我们沉默了一会儿。李子用力啜着冰淇淋奶昔,就像这杯甜品下肚能使她枯瘦的身体略微胖上一点。窗外的雨渐渐地更小了,并没有完全停,鱼城的天气就是这样,真像是牛毛,凉意穿透皮肤又像是针。我又想到了小芹身上曾经带着的那根针。她可能从来没有使用过,最后只是刺伤了她自己。而我不也是一个刺伤了她的人吗?

李子喝完了她的奶昔,穿过牛毛细雨回坝坝去上班了。我继续在日月光里坐了一个钟头,然后到"得意世界"入口等待陈天。

"得意世界"入口的对面是从前的鱼筅报社,顶楼上残存的日报社标识还没取下来,"日"字已经剥落。原来报社租用的两层大厅已在重新装修,传来电焊和打钻的声音。我在楼面上徒然寻找从前报社痕迹的时候,听见陈天在背后喊我。他的嗓音还是那样容易辨认,就和转头看见他镜片背后发光的小小眼睛一样,肩背的佝偻增加了一分,增加了匆匆赶路的感觉。和十几年前我们刚到鱼兜晚报热线部一样,他背着一个采访包,一瞬间我觉得他是从那篇小说里走出来的,豁免于现实中的变化。

鱼城正在召开一场世界马克思大会,早上陈天采访完了会议筹备组,从大坪过来找我。

我们去"得意世界地下美食城"吃了饭。这是从前报社在凯旋路电梯旁的时候,我们日常一起吃饭的地方。眼下租金上涨,报社搬去了江北,陈天回来的时候就少了。比起刚开张的年头,这里显得空荡,两家关着门的店铺围上了停业装修的防雨布。

上次回鱼城,在这里一起吃饭的除了陈天,还有万群。两人有一大年没见了,起因是陈天的老婆琉璃给万群介绍女朋友,这头陈天说好了,那头万群临时不肯去见。陈天觉得万群不给面子,万群则说陈天"没搞清轻重。我们是多年的老朋友,关系能跟那个女的比吗?你怎么能为了那个女的,和我绝交",陈天听后有些局促地点头,两人算是和解了。这顿饭万群买了单,他手头比陈天宽松，眼下他是鱼城社科院一个研究所的主任，解决了研究员职称。离婚之后，他一直没再成家。

多年前回鱼城采访，我住在万群家里。晚上回去时我在路上买了一盆红色的热带多肉花卉，公交车经过两路口时急转弯，花盆险些摔破，落了一些泥土出来，我用手捧回去，手上沾了一些土。万群媳妇是个喜欢绣花的山东女生，跟着万群来到鱼城，她手头老有手帕鞋垫之类，最初万群看上的也就是这一点。可那时他想好耍，一门心思想离婚，宁肯不要房子，媳妇说他是故意的。她停一下针，手中枕套刚刚绣出一朵并蒂莲的轮廓，听天由命又带有一丝决绝地说："我不会让他好过。"接着又扎下一针去，花朵的颜色似乎扎在心脏上那样殷红。

我的一盆花没能挽回他们的婚姻，那座大房子加上存款归了媳妇，万群净身出户，终究得到了他想要的自由，却再也没能结婚。

万群问小絮还在不在老家，我说她在美国，他们都吃了一惊。离开鱼城后几年，我们离了婚，以为小絮会一直待在那个深山小镇，面对学生和课堂度过下半生了。谁知离开了我，她倒像是从过去的一层帷幕中走了出来，在网上用外语聊天，交往了一位美国医学博士，嫁到了大洋彼岸，成了那座深山里的传奇。我从未想过小絮身上有这样的力量，似乎以往她只是在人群中收缩了自己，就像她说的，要把自己放在我的口袋里。

结婚后她发来美国居住的小楼照片，和一片长在草地上的苦麻菜。她在路旁偶尔发现了苦麻菜，正是小时候经常打回家掺玉米糊当饭吃的那种，过后在自家草坪上种了一大片，春天开出一盏盏的黄花。她说："看到这里也有和家乡一样的东西，心就安定下来了。"

我想到她从前从女娲山写给我的信："我喜欢山茶花，这里遍坡都是。不过也有很多苦麻菜开的小黄花，我以前并不喜欢它们，只把它们当野菜。但因为你喜欢，我也喜欢了。"信封里夹着一朵压平的小黄花，它的花瓣本来就平平的，叠在信封里看不出来。

而我在北京一直辗转，没有方寸的地方种下一棵属于自己的苦麻菜。只有那些无根的文字，作为在世的证明。万群也到北京去读了两年博士，毕业后又回到鱼城，离开了日渐衰落的报纸行当。

只有陈天还在《鱼兜晚报》。

"没有朋友。"他几次在qq和微信里跟我这么说。我想这是他有点勉强地和万群和解的原因。沈文明去世后，小圈子的聚会就散了，陈天和吴海子很少见面，另有一个朋友去了成都。我离开鱼城后，陈天失去了最后一个可以聊的人，虽然我们之间的话题常常很不一样，对于插满了他书架的哈贝马斯或者齐泽克，我大体只知道个名字。

让人有些尴尬的是，那次和万群和解的饭局之前，陈天自己也已和琉璃离婚，而且是陈天主动提的。饭局之后，陈天和万群也再没有见过。

报业的衰落动荡让陈天不安。"稳定，我想要稳定，动荡让我厌烦。这可能是我的弱点。"眼下他找了关系想调入鱼城日报，当一个普通记者，和二十多岁的小青年一起跑会议写稿子，比他们更认真一些，散会后跑上主席台去问官员的想法。这样他似乎也找到了一些十几年前做记者的感觉。至于会议本身，他并没有像过去提到马克思时那样，总是侃侃地谈上一些什么。

地下城里的气氛有些空荡，我们闷头吃着各自的煲仔饭，陈天对付完了他那只煲里的滑鸡，剩下两只冬菇，总算抬起头来问：

"你还在那家杂志吗？"

像过去许多次那样，我不得不告诉陈天，自己已经不在上次那家周刊了。就在这次来鱼城之前。由于一篇不合时宜的报道，我所在的《乌鸦周刊》解聘了我，感觉这会是我最后一家栖身的纸媒，毕竟这个行当几乎要消失了。但一旦离开，眼前一片茫然，不知道下一步会去哪里。

小雨变得更加若有若无，像是鱼城通常的样子。我提出步行逛一趟鱼城，毕竟以后我可能很少会回来了。陈天很痛快地答应了。他知道那篇一直未曾完成的小说，我们可以一起走过小说中提到的那些地点。陈天说："顺便去看看那个舞女跳江的地方。"

从地下一层出来,走过了鱼城大轰炸惨案遗址,就是"得意世界"门脸的一个小房间,和铁门旅馆一样装着铁闸门,里面摆着一张小桌子,下面的方形入口似乎有个楼梯,却从来没让人下去过,现在似乎已经封闭,加上一行标识"遗址隧道未开放"。我怀疑当年惨案发生的大隧道,已经消失在地下美食城里,我们刚才吃煲仔饭的港式茶餐厅,是当年地下避难所的一部分。这似乎也是美食城生意做不起来的原因。"得意世界"的对面是大元广场,这里是老报社所在的地方,因为地价上涨,报社已经搬到遥远的鱼北,那一带号称中央公园的旁边,却已经接近了机场。大元广场的顶楼上,残存的日报社标识还没取下来,"日"字已经剥落。原来报社租用的两层大厅已在重新装修,传来电焊和打钻的声音。

如果想从这里走到下半城,可以坐凯旋路扶梯,这个对外营业的电梯仍然存在,价钱由五角涨为一块,也算是鱼城的旧物之一,只是不像两路口皇冠大扶梯或缆车那般出名。今天不知为什么它关门了,或许由于乘客稀少。上一次与万群和解的饭局之后,我和陈天也有过一次这样的散步,从较场口步行到朝天门,当时特意没有乘坐电梯,而是穿过一旁的老城门洞子走下去。城门洞很高,里面的情形还好好的,有两家卖小货的商店橱窗,像大轰炸遗址一半掩埋于地下,长年处于濒临倒闭的状态,眼下干脆关着门。一张旧沙发搁在路旁,似乎全无来由。下雨天给门洞增添了清冷的气味。

城门洞里望出去很远，前景是鱼城特有的晦暗。斜坡的梯坎一直延伸下去，到达"之"字拐坡下一端的凯旋路，石阶上是"棒棒"歇脚和报贩打盹之处。眼下这道梯坎似乎前所未有地衰落，台阶生了青苔，青苔又已发黑，走下去的时候，似乎听见雨滴坠落在条石上的动静，尽管天并未下雨，也许是哪里空调的滴水声。

眼下我更想去走走从较场口"坝坝"俯瞰的十八梯。我们往回绕了一点，较场口变得有些认不出来了。以前它的山坡上耸立着吊脚楼的垛堞，中心像是有一处凹陷，现在那里已经填充得微微隆起，开发了一溜商铺和咖啡馆、茶楼。靠外的边沿则蒙着绿色防护网，正在进行拆迁，我们从脚手架下面的甬道穿行，走过依旧湿漉漉的平台。人们仍在跳舞，旁边的残垣已经拆除干净，废墟上再也没有突出的标记，连一件成型之物也无从保存。

只有十八梯本身还完好如初，显得像是彻底烂掉的躯体中的一根脊椎，被上半城的重量压得弯弯曲曲。以前十八梯一带到处是这样狭窄曲折的路线，穿过奇形怪状的木板或砖石房子，从上半城到下半城，现在其他的线路都埋没在废墟中了。

沿着阶梯往下走，经过了平台底下一家火锅店和紧挨着的公厕，再往下阶梯两旁就是瓦砾堆了。从前是连片错落的棚屋，内情总是无法全然藏匿，细节近在咫尺：一顶落满陈年阳灰的蚊帐，连同犹存微光的帐钩，一件斜斜挑出晾晒的衣服，一个在天井缝隙光线中趴着小凳做作业的小孩,像是蜘蛛网笼罩下的小飞虫,一路陈设在曲折蜿蜒的梯坎旁边,和梯坎上拧成一股粗麻绳来去的人流,说不上谁是谁的背景。我想到小芹租住的房屋,就在这片曾经的废墟之中,如今已杳无踪迹。

"你记得那个发行员吗?"陈天问,"坐在这段阶梯上死去那个。"

那是我们来到鱼城第三年的事情,酷暑的天气,一个兼职当了晚报发行员的"棒棒",年纪有五十多岁了,卖了一大早晨加中午的报纸,大部分报纸都没卖出去,下午实在累了,坐在十八梯石坎一段转角歇气。太阳很大,他用一张晚报遮在脸上,倚靠在梯坎上打个盹儿。后来很久没有动静,旁人觉得不对劲,揭下报纸一看,他眉眼和嘴巴都紧闭着,已经没有气了。大约是年纪大又中暑了。他去世时还穿着晚报统一发的黄马甲,晚报为这件事发了报道,还组织了一次捐款,用来给他办丧事,和补助一下他垫江乡下的家庭。

后来我走在这条弯弯拐拐的石梯上,总会想起这件事情。当时有点震动,有时也会想到我们自己,会不会突然倒在扫街跑热线的途中,身上还背着帆布的采访包。后来也渐渐淡忘了,直到今天,阶梯上的人群和房屋都已消逝,余下稀落走过的,是步履匆匆的行人,像我们一样来找寻一点什么,虽然什么也找寻不到。

我们一直走下十八梯底部,矮矮的围墙裹着山一样的废墟,中间剩下几条街的路牌，像是刻意为这些废墟起了几个名目。一栋带有巴洛克拱券的民国建筑，孤零零地立在废墟中央，或许是当初哪个国家的领事馆。我曾出于好奇走进去看过，它的内部被黑暗笼罩，上下分割出无数贫穷褴褛的空间，为栖居的众多人户所占据，近于蜘蛛的巢穴，早已没有往昔的一丝荣光，只剩下外表的大理石躯壳。数十年间，它半死不活地待在下贱却活泛的邻居之中，分享街上传来的人气和油烟味，如今总算摆脱了这些人群和蛛网，却显得无精打采。在它对面，一棵瓦砾堆中残余的黄桷的树荫下，莫名保留着一个"工人之家"的门楼，毫无关联的它们，成了两个仅有的幸存者。

这会儿阳光出来了，和在细雨中相比，废墟似乎活了过来，闻到一种难以描述的酸腐气息，让我陈旧钙化的肺部立刻找回了那年春天的记忆。疼痛似乎马上就要回来，我不由加快脚步。难以想象这里过去红火的气息，一路上呛人又迷惑鼻孔的呛辣子和火锅料气息升腾而起，夹杂着鸭脖子的糟味儿，地摊有无数名目的小货陈设，并不畏惧脚步触碰。布店里张罗的被褥似乎搭到了街面上空，人们在床幔之下擦身穿行、进食和交易，每次我逛街都有一种进入洞房的恍惚感。

陈天告诉我，以往这里叫花街子，是红灯区，陪都时期报社是国民政府陆军部，附近还有几个大衙门和外国领事馆，达官贵人下了班就过来喝花酒。

我依稀看见了六十年前的场景，日本轰炸机的翅翼刚随天边的余晖消逝，夜晚的灯红酒绿又开始复活。人们从隔壁的防空洞和废墟中拥出，霎时重新填满大街，喝花酒或苦酒灌醉自己，吃毛血旺、烧白和海椒，在女人身上或自己的汗液中寻求发泄。我怀疑身边汹涌的是同一群人，不管是战争、饥饿或你死我活的斗争，都没能改变他们身上寻找乐子和忍受苦楚的顽强本性。这条街道就在我租住的大楼身后，每次从楼上下来融入人流，似乎可以无穷尽地走下去，没有出口。如今却一眼望到了头。

只有出租屋的大楼还在，尽管它毫无特色，背面只泛着一层生病的黄疸色，就像是废墟前面的一堵砖垛子，还没有电梯，却因为体量显得不小而躲过了劫难。

眼下这幢楼的面目发黑，让人想起鱼城冬天阴湿的雨，十五年间，它衰老的速度比我想象中更快。六楼的窗户依旧安着铝合金防盗栅栏，有一扇却被人遮上了木条百叶窗，挡住了三年生活的记忆，还有最初那些文字出生的信息，也使我没有心力爬上依旧陡峭的台阶。那里十有八九跟从前一样，有一面挡住去路的铁栅栏。就算那后面有什么，我也早已没有了钥匙。不，这里并不适合怀旧。

上一次来鱼城，在和万群那场饭局的前一天晚上，我穿过了楼底"铁门住宿"的栅栏，沿着倾斜的通道入口往下走。

剥落的毛笔招牌挂在陈旧的铁栅栏上，也许从一开始它就陈旧了，一个守在寒碜街边无法走开的人，从来没有过鲜亮的时刻，因此怠于加上一个"旅馆"的名目。十五年来一直守候这样的街景，不论是谁也难免心生厌腻：街面是稀脏的烂泥，行人脚底踩着自己的黑色倒影，对面市场飘出剩余的烂菜叶味道，几个垃圾桶总是委屈地顶着劈头盖脸的垃圾，而不是安稳地装在桶里。对于从这条街上顺路拐下来的人，难免不会有好脸色，这一点一直阻挡着我越过栅栏门限。

斜坡下拐角隐约看见几个男人，借着入口的微光打小牌，似乎是看守。有时一两个"棒棒"半敞着衣襟，睡眼惺忪地走上斜坡出来，肩上捎着一根竹棒，只有他们可在这个地下世界出入无阻。

栅门顶上标明了床铺价位，竟然仍旧是五块钱，似乎这里的时钟被人为摁停了，停止在一个僵住的时空里。在男女五块钱一晚的床位之外，终究增添了十元的单人房和二十元的电视房，以及淋浴，似乎使它稍稍脱离了全然的"棒棒旅馆"层次。或许是这一点，使我看似寻常地逾越了从来没能尝试的铁栅门界限，向斜坡下的世界走去，心里想着被询问时该说些什么理由。一个男人带着竹棒走上来，与我擦肩而过，我不动声色，走向拐弯处几个打牌的男人，他们才是真正的关口，似乎仍旧是十五年前那一桌人，面貌像他们手里落上微光的纸牌，早就玩旧了，却没心情换一副。

我从牌桌旁边经过，心里打着无声的鼓。事先的答案在我心腔里浮动，我到这里找邓要发。但没有人出声问我。我轻易就走过了入口微光的拐角，到了地下的黑暗里。除了防空洞里的舞厅，这是我第一次走入地下的鱼城。

似乎哪里有一两盏电灯，隐约看出内情。这里近于一个车库，立着一些柱子，柱子之间的车位被隔成一个个小房间。主路两旁摆着架子床，有一两个人躺在床上。他们就是五块钱一份的地下床位的旅客，也是主人了。节能灯在甬道深处投来没有温度的灯光，照亮了淋浴的字眼，字眼后则是上了漆似的黑暗。虽说是男女床位，却几乎看不到女人。

几条狭窄的甬道通向深处，隐约显出平行的一条甬巷，房屋都锁着门。它确实不能叫旅馆，不如说是地下的另一个街区，和头顶的鱼城平行存在。我不敢深入，怕自己显出形迹可疑，只在路口探望。主路深处是一个仓库，几个男人在搬运地上的编织袋。一个男人问我干什么，我问这是地下旅馆吗，他急促地说"你找外边的人"。我似乎得到了一个凭证，回头走出来。

这里和我从前多少次想象的不一样，缺少夜晚的鼾声、梦话和磨牙齿的声音，还有脏话、黄段子和喷头水声的泼溅。我在这里找不到邓要发那矮小又肌肉发达的身影，不知道哪一张架子床上，休憩过他卖力一天后涣散的身体。也许在漆黑得反光的淋浴间墙壁上，依稀映出了逝去的影子，无从确认。

即使是单身在鱼城做"棒棒"的时期，在邻近的中药材市场和解放碑之间奔波，按那位他喊大姨的房东吩咐，把二手冰箱独力背上我租住的七楼的那段岁月，他也不甘于长年寄居于地下空间的一张床，在路旁吃一份三块钱的"棒棒饭"。有时候他帮大姨搬东西上楼，也从来不久坐，放下了东西，就拿着棒棒下楼，邂逅时却没有忘了叫我一声"冉老师"，让我总觉得欠他点什么。我没来得及下决心走下铁门后的通道去找他，他便离开了。在记忆之城里，只留下了一个佝偻承重的背影。

我去北京后手机换号，丢失了他的小灵通号码。这是我长久以来感到遗憾的事，即使是到了眼下，打算彻底作别鱼城的时候。

从栅栏通道出来，我仍旧爬上了六楼。走廊口的栅栏仍在，铁锁却不知何时去掉了，空荡荡地半开着，或许是由于楼下人流的减少，或者仅仅是年久废弃。楼道变得更黑，只能依稀辨认房门的轮廓。我按照记忆，走到靠近走廊尽头朝街的第二家，犹豫一下举手敲了门。我不能总是站在黑暗里，不然会显得像一个从街面爬上来的贼。

屋里有了迟缓移步的动静，我紧张地准备着脸上的表情，同时在记忆中搜寻那张描过眉又有了皱纹的脸，二者显得是出自同样的勾勒，又因宽大显得有些浮肿。

但打开门出现在面前的，却几乎不像是这张脸。皱纹加深成了沟壑，又松弛成为肉皮，描眉化妆的痕迹完全消失了，颧骨的轮廓凸出，原本宽大的脸显出几分窄巴来，完全成了老年的形象，有些像是当年她干巴的丈夫。耳垂上显眼的金饰也消失不见，只是在一些无从说明的地方，还保留着过去的特征，说明这是同一个人。屋子里的光线也暗，百叶窗遮住了大半的逆光。

她疑惑地打量着我，我费力地开始述说来意，请她回忆十几年前是不是有过我这么个租客，当时是夫妻俩一起住的。我又提到当时在这间屋子里的大爷，她终究想起来了这件事。我们在屋中间的大方桌旁坐下，这张大方桌还是十五年前那张，仍旧揩抹得发出光亮，不过头顶的大吊扇和她本人一样发黑了。当年我和小絮租住的隔壁屋子里，也是这么一台大吊扇和一张方桌，不知它们现在是什么景况。那盆挂在窗前的绿萝更不知后来如何。唯一保留下来的，是在租屋最初写下的残缺文字，留在软盘和电脑里随我辗转四方。

后来我知道，她之所以记得起我，是因为我和小絮离开后不久，她卖掉了隔壁的房子，只保留这间，我是她最后一个租客。后来老头子去世，大方桌上只剩下了她一个人吃饭，不过她每天仍然把每一方都揩拭干净。之所以安上了木条百叶窗，是由于老头死后，她觉得这扇窗户太大了，不耐烦每天清晨东边的阳光从报社的两幢大楼中间直穿过来，也不想听街面涌上来的喧闹。她也越来越少下楼，买菜都是给两个小钱，请买了她房子的亲戚带上来。

现在楼下的喧闹退却了，也不必再担心小偷随时上楼来，但她晚上仍旧睡得不好。这幢楼逃过了十八梯片区的拆迁，因为成本太高，但周围的高低房屋成为一片废墟，仍旧使它前景未卜。

说起来她本来就是老拆迁户，当初住的祖屋面临解放西路，因为建中药材市场才起了这幢安置楼，把那片的住户都迁上来，九层的楼房连电梯都没装。现在中药材市场也毫无踪迹了，整个十八梯片区要变成商品住宅楼盘，给买得起高档房的富人住。

她并不想再经历一次拆迁，因为这次不可能再就近安置，只会跟那些走了的街坊一样，搬到遥远的九龙坡去，离开她住了几十年的这块熟悉的地方。那样她都觉得自己算不上"老鱼城"了。但是即使待在这里，周围也全然变了样，偶尔下楼她都认不出来了。

她问起了小絮，我没法告诉她后来的事情，只能说我们现在仍旧在一起，"在北京"。

我开始费力地向她解释这一趟的来意。当年我在隔壁租屋里写下了有关鱼城的文字，其中有她的侄子邓要发，作为"棒棒"这个群体的反映，但过于简单。这次回鱼城看到变化很厉害，就想续写一下将要消失的"棒棒军"。除了到老地方来看一下，还想联系她的侄子邓要发，不知道他是否还在干"棒棒"这一行。

她慢慢开口了，说侄子几年前由铁门旅馆搬到九尺坎一个叫"棒棒屋"的地方去了，往后也一直没联系她，"不知咋回事"。

隔壁的房门锁着，我也没有进去再看一遍的心情，既然当初一起的小絮并不知道我来到了这里，窗台上悬挂的绿萝也早已化为尘灰。我在栅栏门告别了曾经的房东老太，祝她保重身体，走下有些陡峭的六楼梯坎。这幢楼永远失去了装电梯的希望。

　　两年过去,大铁门住宿的招牌也依旧悬挂着,价钱也没有变化,或许它的内情变得更为萧条。南纪门人力市场似乎也还在,或许人们只是出于习惯,依旧来到这里,站在永远晒不干的地面上讨价还价。但过于稀落的人群,只像是过去人流的影子。自从中药材市场拆迁,这里的灵魂就和那股药味一起消失了。对街的金乐门舞厅终于关张了,它挂上了一个招待所的门牌,二楼以前封闭的窗户打开,经过了快捷旅馆的简单装修,曾经男女鱼贯而入存放外套的门厅,几位住宿的老年人蹒跚走入,在分隔的小房间床铺上安放身体,对于这里从前的历史无从知晓。

　　哦,这里也有我身体曾经的历史。我在那处门厅里不乏忐忑地买过票,看着那些女孩子在吧台存放衣服,和她们一起走入二楼空间含混的黑暗,在暗中触摸陌生又显得腻味的身体。她们不乏青春的身体去了何处,或许在烟雾和十元钞票的汗气中迅速衰老,我次数不算少的出价,也清算了她们青春的一部分。其中一个女孩子,父母在附近菜市场摆摊,脖颈里清新的气息总是混着一股接近腐烂的白菜叶味道。她的任务是在晚上菜市场歇业后,不断地摘除掉当天没有出手的白菜外边的一层叶子,在鱼城潮湿的天气里,白菜腐烂得很快。

　　另外一个女孩,身上总是带着一股黏糊的油烟味,不用询问,也知道是附近餐厅的小妹,下半场时就要回到后厨去洗碗烧肉。这股气味让一块去跳舞的陈天想打她。她们和那片庞大废墟里被拆毁的内情一起，从解放西路永远地消失了，不知有无下一处落脚之地。

"你后来还进过舞厅吗？"我问陈天。

他坚决地摇了摇头。"那是疯狂。"显然他不愿意提及往事。

只有上次步行去朝天门的途中，路过打铜街，陈天曾经对我讲述过一次。

我离开鱼城之后的半年里，陈天从涪陵返城，调任夜班编辑，那时他刚刚和李影分手。李影拿走了她放在这里的东西，陈天发现，竟然有那么多，似乎收拾不完，直到装满了一辆小搬运车，这种搬运车是出版部用来运送报纸的。之后陈天还发现遗漏的一两件物品，甚至过了很久，当偶尔穿一双拖鞋或者找出一个很久不用的杯子喝茶，还会忽然感到李影留下的痕迹，而他会毫不犹豫地洗干净杯子或者扔掉拖鞋。这样做的时候他感到一种迷信：李影的痕迹不可能从这间屋中完全去除。再往后，这样的痕迹不再来打扰陈天，他过了一段完全自由的生活，感觉自己从过去中彻底走了出来。

但是不久后的一天，陈天忽然想到"那个人"，想到她曾在这间屋中留下的痕迹。他竟然起身寻找这种痕迹，看它是否还存在于屋中哪个地方，还怀着那种迷信，认为甚至数目上也和过去一样多。但他搜寻了很多地方，从书柜、衣柜到厨房，却没有发现哪怕一丁点和李影有关的痕迹。不知什么时候，它们从他这间屋中彻底消失了。也许那双扔掉的拖鞋，就是最后一种；也许那个杯子上的灰尘是最后的线索——被水龙头的流水冲进了下水道。

这时陈天忽然感到孤独不可忍受。他开始频繁去舞厅，因为要上夜班，一般是在下午去，为了避嫌，舍弃报社对门的金乐门跑去打铜街。渐渐地，他发展到了每周要去五次舞厅，每次待上三小时的程度。他邀请两三个舞女跳几曲，更多时候是坐在一旁长凳上，打量幽暗灯光中穿梭的形形色色人群，闻着弥漫的烟味，心里想着海德格尔。陈天平时每天抽一包烟，但在这里不抽，空气里的烟雾已足够。曲子和烟雾让他的身体浮了起来，不轻不重，头脑获得了自由，"只有在那里我能思考哲学"。

他思考沈文明遗稿中那几个始终挡住他的命题：自杀不是真正重要的哲学问题，成问题的是人们自杀未遂，而且自始未遂。自始是从出生之初，还是从第一次感觉到自己身上某个部分死去的那一刻？如果是那样，活下来的部分是什么？如果是行尸走肉，为何还能够反思？出路从来都是灾难之路，那么沈文明在台上的猝然死亡，连同他中间醒来之际喝下的那碗醪糟，都是他有意的，是在实践唯一的出路吗？这些问题在舞场外令陈天头痛，在这里它们却仿佛改变了高深繁难的性质，带上了轻柔缥缈的意味，障碍似乎自动化解了。

当身体和头脑略微变重，他就起身走入舞池，寻找中意的舞女跳上一曲。一天花掉三四十元小费走出舞场，带着些许飘浮的感觉回家，等待晚上的夜班。很多事情像是被延迟了，无须在这个傍晚着手。第二天中午醒来，身体里的某种感觉又会自动唤醒他。舞厅为他建立了一种生物钟。

那几个挡住他的问题或许解决了，但陈天为沈文明遗稿撰写的讲义并未写出来，停留在八千字的位置。这似乎是一个他无法逾越的长度。他维持着去舞厅的习惯，一直到"唱红打黑"来临了，舞厅并未关闭，但加装了探头，可以清晰地捕捉暗淡灯光下男女舞客的面部和动作。探头使陈天兴味索然。"那太吓人了。"想到能在监视屏上看到自己在舞厅里的面目，他感到恐怖。

忽然，以前舞厅里熟悉的气味和声音变得陌生。陈天感到周围都是汗臭，还混着屁味，从许多肛门里出来，却被自己吸入头脑。他走出舞厅，干呕了好几次。此后陈天再也没有回到那里。

之后他找了一个情人，丈夫是搞销售的，定期出差，出差时她就到陈天屋子里来，总是穿着一件毛衣，手上还带着毛线团和针，因此她有许多不同式样的毛衣。陈天在沙发上搂着她，一只手上拿着福柯的书，另一只手伸进她的毛衣里去，抚摸她的乳房。她的乳房和那些小姐或者年轻女孩的不一样，有结了婚生过孩子的女人那种沉重和过分柔软，像一只注满水的袋子，这样的乳房莫名让陈天有一种心安，可以集中精神读手中的福柯，像在舞厅的烟雾中那样思考一些疑义。她一直在织毛衣，每当读完一页时,她就暂时放下针,替陈天翻页。奇怪的是,他没有同她上过床,完全没有这种想法,欲望似乎从那些毛线团中一针一针抽走了。她也没有提出来过。

这段关系持续了四个月,陈天读完了两本福柯,她的丈夫升职不再出差,她就不能来陈天家织毛衣了。陈天坠入了彻底的孤独。

他想念她,一次次回忆那些场景,就像以前所有的男女关系,还比不上跟这个有夫之妇几个月的相处。他需要有一个人在这间屋子里、这张沙发上,哪怕她只是织毛衣,别的什么也不做。对于一夜情或者短促的上床,他失去了兴趣,也没有再去寻找。他倒是常常在夜里下班后走上黑魆魆的街道,去临江门一带晃悠,那里有几幢六边形的老式高层住宅楼,背景是模糊的嘉陵江面。他只知道她住在这一带,希望能碰到一个手头总是带着针线活计的女人,最后又一无所获地回来。也许她告诉他的根本就是谎话,她根本没有住在临江门。这从她每次到陈天家里时,身上的一种公交车气味中可以辨别出来。那像是从沙坪坝或者弹子石,经历了漫长的车程到达这里留下的。

"不能再这样了。"回家躺在沙发上,这个念头从脑子里冒出来时,陈天自己也感到意外。以前单身躺在旅馆的床上时,他不是没有想到过这些,但那似乎是一篇放在脑子里一直不会动手的稿件,目的只是在此之前去写许多篇完全不同的稿件。没有料到这一天真的到来了,需要立刻动笔。是告别的时候了。

非典那年去采访收集肉骨头的老人之后，陈天接来了广安乡下的母亲。父亲早已去世，陈天有时想起那个毫不起眼的矮个儿男人，总觉得和自己没有什么关联，除了他遗传给自己的身高。有一次陈天曾经对着一时失落的我认真地说："你有什么好郁闷的，你这么高。"母亲是另一回事，尽管他以前不喜欢房间里有老年人的气味。

之后半年的时间里，陈天在中午醒来、睁开眼睛之前，就知道厨房里有一个老年妇女，在无声地做活计。菜刀切碎菜叶和骨头，和偶尔碗碟的碰撞，是能听到的细微声音。吃饭的时候，两人也只有简单的对话："盐放多了？""肉炒硬了嗦？""没的事，刚刚好。"周末晚上，陈天看电视或者用电脑，一直到深夜。母亲很早就睡了。她根本不看电视。平时，陈天吃了晚饭又去上夜班，一直到半夜一点才回来，母亲也已睡着了，或者是在床上暗地里听着陈天脱鞋的动静。有时候，母亲竟然一整天一句话也没和陈天说。

离开鱼城回达州的那天，母亲还是没有说什么，只是收拾自己的包袱，把钥匙交给陈天。陈天知道母亲没有说的那一句话，母亲只是看着陈天，用眼睛在说：陈天，你已经三十六岁了。

陈天手里拿着钥匙，想到了金斯堡的两句诗。他惊讶地感到自己心里充满陌生的温柔，那种他以为早就死掉了的东西。

之后陈天利用跑教育口去大学采访的机会，认识了一位女教师琉璃，他强迫自己再一次拿出当初面对李影的心力去追求琉璃，让她包围在哲学和激情编织而成的烟雾中，最终和她结了婚。然后是学习下厨房，艰难地练习不在琉璃面前抽烟，和上床时不让她闻到口中的烟臭。即使是琉璃在美国进修一年间，他也从没有进过一次舞厅，每晚视频，让她看到自己和家中一切的状态，彻底安心，正如她的真身在这里时一样。他放弃了愤世嫉俗的福柯，思考的对象转向拉康和齐泽克。

在此期间，报业一天天衰落，陈天当上了编委却又因为人缘不好下岗，变为普通中层干部。他出租以前报社分配的房间，住进江北自己买的新房子里，但到手的钞票越来越少，感觉自己在鱼城变成了穷人。

我去过陈天在江北的家，底层宽大的三居室，感觉像在光线荫凉的厅堂里穿梭，浓密的植被荫覆了整个小区，"这一点是我们小区的特色，当初我们就是看中了这个。"住宅带着一个小小的后院，似乎是可以种点菜的地，又像是玩具。水池里偃卧着两只乌龟，家里有一只叫尼采的猫。琉璃不想要孩子，她比陈天小一轮，早早当了副教授，在我上一次见到陈天时更是晋升为教授，成为那所大学里的学术新星，事业正在冉冉上升。尼采算是家里的第三个成员。陈天在日记里记述尼采的成长，对世界渐渐增长的好奇心，"八个月大了，它开始享受凝视的非凡快感"，仿佛待在山洞中俯瞰世界的查拉图斯特拉。

晚上陈天凝视尼采溜圆的眼睛，会在里面看到一个缩小的自己。陈天不喜欢照镜子拾掇自己,这是他对舞厅摄像头感到恐惧的原因,在尼采的猫眼里,他可以带有惊奇又安心地打量自己。正午时分,猫眼变成了一条线,陈天的影子就消失了。当陈天思考这一点的时候,他总是感到其中藏有无限隐秘可以穷尽此生,却又察觉某种近在眼前的不安。

我们路过了报社家属院,走到凯旋路和解放西路交界的地段。这里有一个伸出去的尖锐犄角,以往是包裹了老街区的密麻麻小店面,前两年我回鱼城时已经包上了绿纱布,面店门面上写着带圈的"拆"字,搭上了脚手架,底下吃铺盖面和来往川流不息的人们却若无其事,似乎局面会一直持续下去。这次回来却已全然拆除,余下一片瓦砾,连同以前那些带着执拗意味的老火锅名牌——搁得平、方脑壳,似乎永远在熬着,可以一直吃下去,也在一夜之间收场了。

犄角拆除之后,包在深处的一幢民国建筑才显露出来。不同于厚池街的领事馆,它和周围的破碎平房更趋于一体,大理石质的门脸长出青苔,显出近乎腐烂的外观,似乎那些保留了旧时风情的东西立刻就会脱落下来,变得和死去的邻居毫无区别。眼下它孤零零地站在废墟中央,等待下一步的处置,这次拆迁对于它来说,不知是姗姗来迟的幸运,还是多此一举。

凯旋路越过解放西路向下延伸,一直到长江边,是储奇门水码头,从朝天门一直延伸过来的码头的最后一座。码头旁边有一个鱼市场，江船捕到的鱼就地转运上岸，批发给各处菜市场。那夜我和李影从凯旋路下来，走入市场的气息领地。数不清的大鱼在平台上的塑料容器里翻腾，水变成了深红色，看不见里面的鱼，难以想象在其中怎样呼吸。腥臊的血气笼罩着码头，似乎它们在断气前已被杀害。

几个庞大的氧气钢瓶呼呼地往容器内输入氧气，保证它们不在装车前断气，那些鱼就像垂死的病人长出了手臂，紧紧抱住氧气钢瓶，偶尔有鱼垂死一挣高高跃起，脱离了塑料容器，却只是摔打在没有水的平台或车厢里，又被工人戴着塑料长袖套的手抓住，扔回血水中。卡车辐辏，车灯雪亮，容器外的人声、喇叭和容器内的鱼跃一起鼎沸，使人分不清这是残酷还是空前的盛况。

一些含有鱼类身体的水流出来，形成长条的领域，穿过了我们脚下。路灯从身后高架桥照来，把这些领域和它们的阴影混在一起，还有两个人的影子，李影很稳重地走在她自己的影子和这些鱼类身体的流质上，使我对她的话印象深刻。

李影说到前不久写好的关于菲茨杰拉德的硕士学位论文，这篇论文的选题和结构是陈天为她布置的，两人是同门师兄妹。李影完成了论文之后来鱼城实习，住在陈天家里，那几天陈天出差采访，让我陪她逛逛。在鱼市场外面，我发现李影说话的口吻和陈天很相像。她从菲茨杰拉德谈到博尔赫斯，这是陈天的最爱，我似乎听到了另一个陈天在说话。

我提到陈天最大的问题：没有写作的习惯，比较懒散。李影为陈天辩护，说他对哲学非常认真，为哲学付出了很多，又讲到陈天的一些往事。这些事情大多是我知之不详的，比如陈天在西南政法大学研究生复试中的失言。当时陈天的老师好不容易让他通过了初试参加面试，面试老师问陈天怎样理解法律，陈天说，在我们的国家，法律是一种现象，法庭审判的背后有一种法律现象学，法律本身始终是被加上括弧的。

"他如果不是喜欢胡塞尔的哲学，就不会说出那样的话，他也就可以考上西政的研究生。"李影又分析了当初在鱼城大学，陈天作为一个工科学生疯狂喜欢哲学的原因："在大学里，他家境一般，相貌个子又平平，一点都不起眼。没有哲学，他什么也不是。哲学把他从旁人当中拔出，让他进入了一个圈子。像沈文明、吴海子，他们都是大学里出名的诗人或者领袖，陈天在他们之中是最不起眼的，但是他们包容了陈天，接纳了他，让他感到自己的价值。"

我曾经以为那样的漫步聊天，只是以后可能发生的很多次中的一次，和我与陈天的漫步没有分别，甚至他们就是同一个人，像我们在地上的倒影和鱼市场的水迹难以区分。但那却是仅有的一次，看起来像是一个人的他们，也很快分手了。

上次和陈天经过这里，解放西路上沿途是绿色防护网包住的拆迁建筑，傍晚黑灯瞎火，在脚手架和绿纱裹住的建筑深处，却透出一点亮光，说不清是油灯还是电灯，让人想到驻守的不知是什么人，也许是这条以"解放"为名的老街最后的见证者，自己却对此一无所知。我写下了两句诗：

深处尚有灯光

穷人承受历史

眼下改造已经完成，那些带着小青瓦门楣和深不见底巷洞的老屋已不见踪影，新的住户尚未到来。再也不用担心被一只黑手拉入，就此失踪，却也尝不到门洞口炸土豆的味道，听不到二楼窗户里飘下的收音机节目。

在东水门附近的灯光里，看见了大桥斜拉的身影，耸起在长江之上，鱼中和南岸两座城区之间，像是把一件不可能的事变为现实。陈天走在前头，我们顺着还没有完全修整好的匝道走上了桥身，陈天接到一个分管编委打来的、很费时的电话，在桥头等我。稍微往江心走上几步，它过于庞大的脊背立刻让我感到自己的渺小，仿佛会在宽阔的桥面上走失，不由得捏住了怀中刚刚领到的二代身份证。这是我离开鱼城后修造的大桥，以前只有石板坡和鹅公岩之间的一座公路桥，完全没有这样的气势。

大桥以两根巨大的柱子支撑，斜拉桥面穿越宽阔的江面，车辆驶过时有微微的震动。桥身两侧有半人高的护栏，但我不敢靠近俯视，担心着瞬间失足，似乎过于宽大黑暗的江面和高度，有一种巨大的吸力，会把微小的我拉下去。我感到自己无法抗拒那股吸引，即将翻越不高的栏杆，纵身跃下，坠入坚硬的江面。坚实的柱子似乎会给我依靠，我走向它寻求援助，但它过于巨大的灰色身体没有可以亲近之处，伸手无法触及。我在这座大桥上全然是孤单的。

桥底黑暗的江面，有两处航标灯火，微弱的马灯光，下面黑压压的体积，是礁石。一艘载货的大船，货压得与船舷齐平，缓慢地上行，似乎一点儿也没有移动，是铁质水流中的另一块礁石，像是已在流动中锈蚀死去，只有长久能看出一点点活气。江流也像是铁质的。我不敢长久凝视这艘大船，它铁锈敞开的平面含有磁性，散发吸力，将使人纵身一跳，被铁砧的重力榨为肉泥。

这是我以前在鱼城没有的感觉。即使是坐两路口到菜园坝火车站的皇冠大扶梯，也没有这样的眩晕感。大扶梯虽然坡度高过视线，会在眼前竖起来，有倾倒过来的危险，但毕竟可以手握扶梯，而我眼下不敢去触碰桥栏本身。这是一个我全然陌生的鱼城，它不再像吊脚楼依托一根柱子立身在悬崖，长久维持逼仄卑下的生活，试图摆脱两条江流自然的限制，而是变得更巨大，不只是交通而已。大桥上少有车流行人，无人知我命悬一线。

"那个舞女，就是在这里跳江的。"陈天说。

我着实震动了一下，像是大桥在此刻微微晃动，有一种要摔下去的恐惧，赶忙伸手扶住钢丝护栏。陈天看了看我，继续说，根据水上派出所的调查，那两天有人曾经在这座桥上目睹一个女子跳下去，身形很瘦，推测应该是小芹。

　　我实在难以完全想明白，她是哪里来的勇气，从这样令人眩晕的斜拉桥上跳下去。也许人的内心死亡之后，肉体的死亡也就不那么可怕了。但也许她只是像我一样俯视江面，却被江面过于巨大的磁性吸了下去。她肯定是把那个防水小包紧紧捆扎在身上，才免于在巨大的冲力中吹散；但或许由于她的身体过于枯瘦，失去了水分和重量，只是轻飘飘地落入江流之中吧，和我们发福累赘的中年躯体完全不同。

　　不论怎么说，这里是她人生的最后时刻，是告别鱼城和世界的最后地点，可能就在我站立的地方。她不愿意停留在多年来未完成的故事里，终究自己选择了结尾。

　　我们往前走了一截，又停下来俯视江面。我的脑子里还在想着小芹的事，却忽然开口问陈天：

　　"你想过离开报社，干点别的行当吗？"我自己也没有想过会这样问陈天。

　　"当然想过。"陈天似乎不假思索地说，这或许是因为他戒掉了抽烟的习惯。不然我会想象他掏出一支烟来，背着江风点燃，再背着吸一口，然后慢慢回答这个问题，让烟灰无声无息落入江中。在和琉璃离婚后，他曾短暂地恢复了抽烟，看来以后又戒掉了。他说，曾经有过两次机会，吴海子还流露出让他过去的意思，可是他一想到是写软文策划之类，就觉得没意思，虽说他也不觉得写新闻稿子有多大的意义。前半年晚报成立了"慢新闻"部门，类似于特稿，不用赶时效。他萌生一些兴趣，但老总一换，这个品牌又消失了，他只好把水码头的选题拿到日报去做。

我想我需要的并不是陈天的回答，对于这个问题，我自己也没有答案。我们趴在栏杆上，脚下江水似乎静止不动，看不出它的去向，纵然知道在底层的某个地方，它仍然是在缓缓流动着。

不远处可以看到横过长江的索道，两辆缆车对开着，缓缓滑过江心，正像很多电影里的场景。陈天说，我们可以一直走到南桥头，再搭长江索道回程。嘉陵江索道拆除之后，长江索道曾传出拆除的风声，但它保留了下来。陈天说，票价已经涨到二十元，针对外来的旅游者，不过他带着本地交通卡，只要两元。

我们走到了大桥南头，这里还露着土方和生荒的山坡，几乎是我上次来的模样。从这里望过去，隐约看见从前报社印刷厂和家属院的山头，新起了一处楼盘，不知印刷厂是否还存在。透出灯光和轰鸣的车间里，装订册页的身影中，固然早已没有了小芹的身影，但是否还有罗玉英和她的伙伴呢？

"你还记得罗玉英吧？那个云阳小姑娘。"陈天似乎看出了我的心事。不等我回答，他慢悠悠地说："我和她结婚了。"

我有些石化的感觉。陈天靠在桥栏上解释说，他知道我肯定会觉得奇怪，事情也跟半年前那篇稿子有关。他看了小芹遗书上的证明人，其中一个是罗玉英，发现是自己认识的，就到报社印刷厂去找她。罗玉英果然还在那里。她负责质检,在车间照看印刷机,手上还沾着擦拭滚筒的油墨。看到陈天,罗玉英显得很意外,但还认识。陈天问她怎么到了车间,罗玉英说报纸的发行量连年下跌,对外接的纸刊装订量也小了,工人大多遣散,她因为干的年代长留了下来,调到车间来看机器。

"那你老公呢?"

"他也走了。我们离婚了。"罗玉英淡淡地加上一句。

对于小芹跳江的事情,罗玉英很惊讶,但自从小芹离开印刷厂,她们就没有交往过,只能证明小芹早年确实是印刷厂的女工。采访之后,陈天约她周末在南滨路吃了个饭。罗玉英走进餐馆的时候,虽然换下了工装,但身上还散发着淡淡的菲林味儿,陈天甚至觉得她的辫发有点变蓝了,但十几年过去,她的整个人看上去并无太大变化。罗玉英讲了十几年来的经历,结婚之后她一直没有生育,她去检查了两次没有问题,反倒是小李的身体有些状况,医生说可能是在印刷车间待久了受影响,但公婆一直认为是罗玉英的原因,闹了很多矛盾。后来印刷厂裁员,小李去了外地,跟一个女的相好了,那女的怀上了孩子,婆家就更相信是罗玉英的问题了,坚持要离婚。出了这样的事,罗玉英也只好离婚了,在鱼城单身待着已经有两年时间,工作时间长,也没有心情去相亲找对象,她很久没有出来跟人吃饭了。

说这些话的时候,罗玉英转头眺望江面,手不自觉地掠一下辫梢,陈天忽然想起她当年在印刷厂宿舍楼的姿态。她的眼睛似乎也有一点点蓝,带着某种幻想的意味,这么多年过去并未磨损,江水让眼光稍稍湿润了。陈天觉得嘉陵江水这一刻正在上涨,一股潮汐在他心里涌动起来,他身上麻木的部分正在活过来,回到了当初刚到鱼兜晚报的岁月。"我们结婚吧。"他说。

她缓缓地转过头来,似乎没有听真这句话,但并无惊奇的表情。就像当初在印刷厂宿舍一样,对方任何的言语和动作,都不会让她表现出意外,就那样淡淡地接受了,让人猜不透她是懵懂,还是知悉了一切。

陈天和罗玉英的结婚招来了一些闲话,说他跟大学教授离婚找了个女工之类的,他说自己根本不想理那些崽儿和长舌妇。"他们以为自己高级,高级个串串儿。你还记得那年,晚报的人全体去参观国棉一厂吧?那些女人面对纺织厂的女工,一个个都觉得自己好高级,装出那种下基层送温暖的样子。那时候效益好点呗。现在晚报都快垮台了,还有啥子好神气的?"

我心里有些纷乱,以前在印刷厂宿舍的交往,还有后来罗玉英来我家的情形,陈天都知道。他显然是一副心照不宣的态度。最后我只说:"这是好事,不用管别人咋看。"

走到索道站下方,看到票价已经涨为二十元,来回通票则是三十元,就连刷卡也只是九折,而陈天的卡上余额不足。这个意外的遭遇让陈天很恼火。"这太不地道,已经没有一点实用功能了。"

　　这座索道站看起来并没有什么改观，灰色的建筑和陈旧简陋的电梯，看起来和从前两块钱的索道没有区别。看起来它的涨价或许是灵机一动，但也许正是有意保持了廉价的旧日索道外表，让旅游者得到一种怀旧的感觉混淆。在二楼等候缆车的廊台墙上，贴着几幅有乘坐索道情节的电影剧照，透露了这份心思。电影包括《周渔的火车》《生活秀》《疯狂的石头》，以及最近的《火锅英雄》，却没有我印象最深的《迷城》，以及最早的《雾都茫茫》。大约人们想把雾都的形象渐渐抹去吧，虽然它在日本人的轰炸机下救了自己的命。望龙门一头的电梯口则陈列着一些齿轮、电动机部件，意外的是还有一个类似汽车的方向盘。

　　坐缆车的人比想象的多，陈天说前两天国庆假期，排队的人一直站到望龙门的马路上。"鱼城这几年的旅游有点火爆。"陈天说。经过这么多年的宣传，可能电影起了关键作用，终于在某个时间点显现了效果，它的立体城市的特征进入了人心，缆车就像是为这个立体的形象勾勒了显眼的眉目。"现在到鱼城来的青年，把坐缆车视为他们的某种成人礼，将以前在电影里看到的变成亲历。"随着东水门大桥的落成，它原本和嘉陵江索道一样面临的生存危机，一夜之间转为机遇，连前几年已经拆除的嘉陵江索道，每年政协开会也有人一再呼吁恢复，保存"两江索道"全貌。这是谁也意料不到的事。

　　缆车在江面上晃悠穿行时，陈天和我挤在一车外地模样的年轻人中，他们都凑着舷窗四处张望，由于是从南岸回鱼中区，索道的坡度要小一些。"如果是从那边下来，会有失重的感觉。"陈天说。

过了江心之后，缆车沿着江岸节节上升，像在无声地登上一个个平台。望龙门坡下的建筑在我们脚底掠过，当中有整修之中的湖广会馆，似乎脚手架永远不会拆除，屋顶之下那些独一无二的繁缛雕刻，仍旧笼罩在住户的烟熏火燎之中。沿江吊脚楼完全消失了，只有陡坡上有两处拆迁了一半的木板房残迹。几年前我坐索道时，看到了江岸上最后一座吊脚楼，仅存的一根柱子在风吹雨淋中成了纯黑色，不会回应外界的任何目光。如果抽掉它，整个上半城的生活或许会全部崩溃。但它终究被抽掉了，就像从未存在过，连同它支撑过的生活，而上半城的世界长得更高。

陈天指给我看两幢灰色的旧楼房，由于建在地基狭窄的坡上，它们彼此独立却紧贴着，几乎插不进去一根针，彼此紧紧吸引又排斥，像是那个年代的阶级斗争。这显然是二十世纪五十年代的两幢苏式楼房，它们灰色的身影使我联想到这一带有一座民国的监狱，在发黄的档案和回忆录里留下了记录，又湮没在高低错落的棚户板房之中，屋顶是老化纠结的电线，和下水道一样密麻紊乱。我从来没有搞清楚它的真正位置，眼下已和吊脚楼碎砖房一起风化消逝了。

我们走下望龙门这端的索道电梯口，一眼望见黑压压排队的人，仰着好奇的外来面孔，延伸到大街上，还停着几辆旅游大巴。顺解放路再往朝天门方向走是打铜街，这是我们上次步行的路线。

靠打铜街入口有一个明显的拐弯，似乎是避开了外边的什么，对面半圆形的港务局大楼已经作古，变为一个基坑，就像是过度的铲除。街口不远处的食品舞厅包裹严实，却仍然开张着，四处是隔开工地的黄色标示牌，人们走到这家舞厅得再三绕路，踮脚蹚过地上的泥水。到达舞厅入口，女人们照旧在售票处存放外套，露出显身材的内衣，免费入内，男人们则交钱入场；和关闭前的金乐门没有两样，透露着它一贯兜售男女乐事的本性，在"舞友自重，文明跳舞，禁止色情"的标识下并未改过。

我们都沉默着，像是没有望见食品舞厅入口的情形。即使身边没有陈天，我也已不会混在那些男人中走入舞厅，在烟雾和人体的汗味中探寻它和我的过往。我曾是暗访者又是舞客，被年老色衰的舞女一把搂进肋骨，又在少女青槟榔一样任人采摘的胸部感到柔软的罪孽。眼下我已无访旧的心情。我已不适应这种异味，就像非典那年在街对面烟摊眺望，震惊于那些穿过戴口罩的路人和消毒水气味，零星拐入舞厅的男人。他们穿着灰黑的夹克，外表其貌不扬，进入狭窄闷塞的空间，无能为力又义无反顾地追寻自己的欲望，和那些不懈的舞女一样，是懦夫又是勇士，而我是个三心二意的过客。

我想到了小芹，她会还在这里吗？那年最后一次在里面见到她，跳了两支舞就离开了，有种索然无味的感觉。似乎我们以前的情节都白费了。

那天下午出版面，我和校对室的一个女人大吵了一架，她是这里资格最老的校对了，但也没有校出过多少错字来，这次是盯住了我的一个用词。周末版的一篇副刊文章，写到抗战时期在鹅岭路遇见陈立夫挑水的往事，陈立夫当时的身份，作者写的是"国民政府教育部部长"，我保留原样，却被校对室那个女人改成"国民党政府"。我改了回去，又被她二校再改回来，我只好拿着清样去了校对室。她说明明应该用国民党政府，什么国民政府，国民党能代表国民吗？我说这就是历史的称谓，陪都时期，当时的共产党也承认。她说这是政治问题，给国民党脸上贴金。

我想起来上一次她把稿子里的"脑满肠肥"改为"满脑肥肠"，我改过来又被她改回去，拿着《现代汉语词典》去找她，她还不服气，估计是火锅吃得太多了。我一下子火起来，说："你一个校对，干好校对的事儿，校错字儿，不要干涉编辑的职责。"她没料到我会这样发火，"校错字儿"这几个字显然让她非常郁闷，一下子又没想到什么回击的词，只是提高了声调说："你这是政治问题，给四大家族贴金。"我说："什么是四大家族？你知道陈立夫为抗战时期的教育做了多少事，知道他穷得晚年靠养鸡生活吗？你校好你的错字就行了！"

两人相持不下，事情闹到总编辑那里，最后这篇文章换人编辑，"国民政府"中间仍旧加上了那个"党"字。我一肚子气下班，饭也没吃就去了食品舞厅，在排队等候客人邀请的舞女行列里，意外看到了小芹。

半年以前，我和小芹跳舞的时候，她告诉我自己就要离开这里，回湖北去了。我很高兴，这也是我一直劝她的。她曾告诉我，她家在湖北荆门，爸爸是个小厂主，她从家里跑出来的原因是父母离异，父亲又成了家，继母很不喜欢她。她和母亲一直有联系，母亲生了乳腺癌。前一阵她打了父亲的电话，父亲很高兴得到了她的音信，很希望她回去。经过在鱼城的这两年，她也想通了不少事情。母亲动了手术，似乎暂时也没啥大问题，不需要她操心了。

"那你就回去吧。"在舞厅中间人群的昏暗里，我和她一边贴着慢慢挪动一边说，心里也感到某种似乎非分的失落。舞厅散场后，我去解放碑买了一条白色的披肩丝巾，下次去舞厅，在乐曲间隙送给了她。

她很意外，脸上的酒窝久违地出现了，一起等客跳舞的几个姐妹脸上更是露出好奇的神情，被旋转的射灯涂上了色，分割成闪烁的一片一片。就像那次在我的租屋，上床之后她问我："你为什么找我做女朋友？我又不乖。"

"女朋友"这个字眼让我有点发怔，一时找不到答案。在印刷厂宿舍楼上那群打工妹里，还有站成两排年纪轻轻来舞厅找钱的姐妹中，她确实不能算是乖的，有点过于消瘦，脸庞也显得苍白，毕竟她不是真正的鱼城女孩。不是这个问题，但我和她的这种关系，又不好解释，不同于我和其他任何一个跳过几曲舞的女孩的关系，甚至也不同于我和当初小芹在印刷厂的朋友、另一个打工妹罗玉英的关系。我也没有把罗玉英来过我家的事情告诉小芹。我是谁，在寻找什么呢？

那天舞场散后，我专门请小芹和她的两个姐妹吃了饭，给她饯行。小芹第二天搭船回荆门。那以后半年，我再也没有在舞厅里见到她，有时会想到她在老家怎么样了，是否在继续上学，或者在爸爸的厂里干些什么。有时跟她的小姐妹跳舞，还会问一两句。没想到她现在却回来了。

小芹说，家里待着还是不舒服，她两个月前就回了鱼城，想再次找工作，但工作还是那样累，钱也就那么多，看不到一点前景，姐妹一劝说，她就又回来了。

她这次穿了一双流行的松糕鞋，但并不适合她，因为她本来身个瘦高，显得我在跟一个踩着高跷的女孩跳似的。我告诉她不适合穿这个。她微笑着，似乎觉得有点奇怪，又像在表示某种歉意。我觉得尴尬，似乎有个东西已经改变，不会再回来了。我匆匆跳了两曲，给了她二十元钱，这是我们最后一次跳舞。

我的跳舞生涯似乎是从那一次开始走向结束的。我不再常去舞厅，当我偶尔忍不住走进那里，会担心碰到小芹；即使我并没有见到她，也觉得她在黑暗中某处看见了我，无声地回避了。假如她并未回避，和另一个舞客搂抱着，我们在人丛中挤到了一起，又该如何面对彼此？无法做到冷着脸佯装不认识。这样的担心，让欲念也变得索然无味。

那块由女朋友的错觉和披肩丝巾编织成的帘幕被扯了下来，在赤裸裸的场景里，我是一个过于蹩脚的演员，就像面对老资格的校对，我是一个编辑，却无法在争执中占到上风。这个城市，这份报纸，都是别人的地盘。是离场的时候了。

不久之后，我离开了鱼城。

现在小芹还会在里面吗？如果她在这里，不是跟当初她和小姐妹们刻意要区别的老舞女一样了吗？她会很容易地顺从舞客的任何要求，不再有矜持吗？她还会有离开这里的想法吗？或者是像那些也曾经年轻过的舞女，再也无法离开了？

这种想法并不好受，即使我曾经只是一个寻找乐子的舞客，我们彼此只是无数舞伴中的一个，那条丝巾不能改变什么，它只是花了七十元钱从解放碑买来的，并不像一条阿拉伯飞毯，可以带她平安回到家乡。那个家乡，父亲的小工厂，或许都是虚构的。我也没有去看过她租住的房间，吃她说过要给我下的面条。

我们认识的时候，为了赶白天的场，小芹和另外的姐妹一样，辞掉了从前在朝天门布店的工作，在储奇门附近合租了房子，每天来舞厅跳舞。说起来挣的钱多了，但是因为母亲的病，她没有存下什么钱。她不适应鱼城的气候，太冷太热，房间又没有空调，容易生病，有时在床上一躺几天，不能去跳舞，还要花医药费。

有一次小芹重感冒，合租的姐妹出去跳日场了，她从昏睡中醒来，想喝一口水。屋里没有桌子，水杯在做饭的案板上，够不着，她伸手使劲去够，一下子翻到了地上。大脑一片空白，浑身生痛，都不知道是哪里痛，没有一点劲，像下的面条，只好那样躺在地上，直到姐妹回来，才喝上了水。"那次我担心自己会死，第一次怕自己会死，有点后悔从家里出来了。"

小芹说这些的时候，我想到了贾樟柯的一部电影。一个小姐发烧躺在床上，口渴没有水喝，勉强挣扎到院子里，喉咙凑在水龙头下喝水。不知道小芹她们租住的是怎样的房子。小芹说是胡同里面的平房，水龙头确实是在院子里，以后带我去看。"我给你下面条吃。"这是她平常给自己做的伙食。

我已很久没有在家里吃饭，即使是一顿面条。小絮走后，我回到了初来鱼城时孤身一人的状态，但和从前不同，我像跌入了一个漩涡，一周四五次地去舞厅。当我有点心怀忐忑地走上打铜街的短短一截斜坡，我和身旁鱼贯走入舞厅的舞客没有什么不同，眼神浑浊，透着一股色迷迷的嗅觉。我和那些趁暗乱摸舞女下身的中年秃顶男人并没有什么不同，就像她离那个站在对面年老色衰的舞女大姐，也没有多远的距离。

一顿许诺的面条，把我们俩从舞厅的昏暗中暂时带走，在这个出租屋里，似乎我们真的是邂逅相逢，谈情说爱。令人安心的是，我们都知道这不是真的，只是挂在寒碜场景前的一幅幕布，如同舞场旁边卫生间的门帘，门帘后女人们对着洗手池匆忙补妆，男人们使劲抠鼻孔和往洗脸盆里吐痰。但这幅帘幕，我们都不想取下来。

陈天没有在食品舞厅和小芹跳过，但他记得印刷厂的这个女孩子，以往常和罗玉英一块出入。对于我和小芹的故事，他有些吃惊。

"你想不想进去看一下？"陈天望着舞厅的入口问我。

我们像十几年前一样结伴走进舞厅的门廊，票价涨到了十元。走上二楼掀开门帘，光线依旧黑暗，烟味扑面而来，舞曲似乎没有更新，但人群的密度比起当初显然小了很多。以前一排舞女等客的地方，等待的舞女少了很多，几乎看不到年轻女孩。入场的没有什么年轻人，全然不如当年的盛极一时，似乎它的欲望饱受摧残，从民国年代以来，早已垂垂老去，却迟迟不肯死亡，维持着这副残存的躯壳。一个袒胸抹粉的老年舞女示意我下场跳舞，我忽然看到在舞厅最后岁月的小芹，只是她从来没有胖起来过。

我们一起去上了舞厅的厕所，洗手池更显斑驳陈旧，仍旧有舞女中途过来补妆、漱口。走出舞厅的门廊，陈天说他没有看过贾樟柯的那部电影，但看见过一个女孩子就着龙头喝水，想冲掉嘴里的味道。大学毕业后有一年时间，陈天曾经离开鱼城，去一个亲戚在人大西门外开的野菜城当文员，野菜城附设一家按摩城，陈天负责给按摩小姐做登记，保管身份证，有时也和女孩们搭搭话。其中一个女孩来自新疆，很瘦，看上去有些青涩，有次被一个画家点了钟，下钟之后传来吵闹声。陈天过去查看，客人说好给二百五十元钱，下钟只肯给一百五，说她服务不好。客人走后，新疆女孩趴在厕所的洗手池里干呕，一边撩水冲洗嘴巴，一边挨着经理骂，眼泪和着头发泡在水里，看上去狼狈又可怜。

过后陈天问她，她说客人变态。

陈天对她本来有点意思，一个人待在按摩城的宿舍里，做梦还梦见过她。但是经过这一次之后，两人很少说话，说话时陈天总觉得她的喉咙没有清干净。另外一个女生是湖北的，长得小巧玲珑，有些像陈天分手不久的女朋友。有次她喊陈天去按摩间，陈天说自己没钱，她说不要钱，陈天也没有去，原因可能是觉得她长得像分手了的女友，心里会疼痛，事后又懊悔。在按摩城的单身床铺上，他常常彻夜难眠，心里想着隔壁发生的事情。他渐渐感到，自己离开鱼城是个错误，走了这么远，他并没有能躲避记忆中的东西。

正好那段时间北京开世界妇女大会，全城扫黄，以前封闭的按摩间都要求门上方开一个探视框，禁止色情活动。野菜城生意大不如前，新疆和湖北女孩都离开了，陈天也就借机离开北京，回到了鱼城。

回到鱼城后，陈天还在朝天门扛了几天大包。我们刚巧走到朝天门的码头区，这里的情形和打铜街不一样，沿路有很多转运批发的门市，一连几家是经营布匹的。路边堆着大捆编织袋装着的布料，几辆小卡车乘着夜色到达，一些穿着汗衫的工人扛着大包正在装货。陈天说，这是他刚回鱼城干的活，那时找不到合适的工作，心里跟自己有点过不去，索性跟着一个六十多岁的叔叔来到这里，从朝天门服装市场帮批布匹的客户搬货，装上卡车，或者送到店里。坡度比较大，得从码头一步步爬上来。因为身单力薄，被人瞧不上，他干了半个月只好放弃，那个叔叔却仍旧干了下去。

  我想到虹影小说里在朝天门扛大包的母亲。我一直想找到在这边扛活的人，没想到身边的陈天就是。他交货的那些卖布店铺，就是小芹当初工作的地方，下班之后在路旁的小餐馆里，他也曾和那位人山人海中的表弟一样，往碗里加上一勺又一勺红辣椒，鱼城人叫海椒。但在他的口里说出来，又显得轻描淡写，似乎实在难以把身边的他和背负大包的经历联系起来。似乎是在有了这段失败的经历之后，他终究变得驯服，走上了周围人们都认为他应该走的道路，复习，考研，毕业后来到鱼兜报社工作。

  我们已经走在了江岸上，稀疏的路灯照着空荡的阶梯，没有一个人影，涨潮的江水鼓荡趸船，发出低沉的声音。趸船轻轻波动，看上去是铁皮的，却又显得像纸壳那样轻，用粗大的铁链系在江岸上。只有靠近两江交汇处的半岛尽头高处，有一个地方始终在轰鸣，灯光从倾斜耸峙的峰垛倾泻下来，是在建的来福士广场。据说脚下叠压了鱼城由宋到明代的两道城墙，当时开挖基坑出土时，很多人一再呼吁也未能保护下来。像以往很多次一样，有一个新发现，往往在混乱之中什么也没有做，就被重新埋入地底。在建的楼群蒙着绿色防护网的身影那样高峻庞大，有些疑心它们会把鱼中半岛压沉到江底去，有一天这里将不复存在。

　　但眼下我们还能走到半岛尽头，坐在码头的石阶上，身后不知什么地方的鼓风机呼呼作响，两江汇合的水面微微波动，远处一艘夜航的客轮缓缓逆水而上，几乎不发出声音。对岸弹子石和野猫溪新增了很多楼房，从前半坡"美心门"的巨幅灯箱广告消失了，只剩下灯火稀微。也许我曾经溯源而上的野猫溪已不复存在，那部《饥饿的女儿》小说中主人公六六的生活布景终于彻底消逝，不再留下任何痕迹。身下这块我坐了不知多少次的地方，它一定也有了很多次变动，但并不引人注意。每次回到鱼城，我愿意沿着解放西路一直走到这里，待上一会儿，这样像是在事后能够经历那些变化，当我不在场时渐次发生的。

　　陈天一直看着眼前黑暗的江面，似乎要在微微的起伏波动之外，再看出一些什么。过了很久，他身子背过去遮住江风，点燃了一根烟，慢慢说起了跟琉璃离婚的事。"你记得那次我给你打电话，请你帮忙去拿发表论文的杂志吧？"

　　我记得那件事。当时琉璃在大学要评教授职称，权威期刊采用论文是硬性要求，发表之后由于发行很慢，需要自己去杂志社库房直接拿出来，好赶上提交期限。陈天给身在北京的我打了电话，当天是周日，我第二天一早坐地铁5号线转10号线，穿过半个北京到健德门附近一座楼房里找到了这家杂志社，开条子交了六十元钱买两本杂志，又穿过连接两座楼房的通道找到管理员，进入库房。里面是一个庞大的仓库，堆满了触及屋顶的各类杂志，大多没有开封，空气里弥漫着一股尘灰味。这个蒙尘的仓库里，一沓沓不起眼也不会在市面上见光的杂志，却有着权威或核心的身份，决定着遥远的地方很多人的命运，不时有我这样的人急匆匆赶来，交钱买发表自家文章的杂志。因为是刚出，经过一番折腾，总算找到了需要的杂志，交条子后走人，当天快递去鱼城，赶上了周四提交论文成果的最后期限。

陈天说，那篇论文是他和琉璃反复讨论后成稿的。"里面有我的心血，我好些年没有这么认真地对待过一篇文章了，包括报社的那些稿子。"从前琉璃发表的那些学术论文中，也有陈天的参与。

琉璃当上教授不过三十二三岁，成了她所在大学最年轻的教授之一。陈天却兜转了一圈仍然是记者。陈天觉得这没有什么，但老婆当上教授以后的事态，却慢慢地超出了他的预期。

琉璃参加的学术会议越来越多，一个月经常有半个月在外边，两人的交往圈子也不搭界。她不仅在学术界交游广泛，还认识了不少地方政府和商界的人，毕竟传播学院经常要和这两类人合作。慢慢地，两人不再一起参加饭局，回到家里也越来越没有话说，琉璃更常做的是逗尼采玩上一会儿。偏偏老婆当上教授之后，陈天又在岗位竞聘连任时失败，自己的心理状态也变得不对劲，平时和琉璃走在一起，听到别人说什么话，就以为是在说自己与老婆不般配，连他的个头也显得比琉璃矮一截儿，或许因为陈天的驼背变得严重了。饭局上有人开个玩笑，譬如说陈天跟着老婆吃香喝辣，更会让他心里半天不是滋味，他觉得这些玩笑一半都是真的。琉璃对这些玩笑似乎又有几分受用，并不制止。家里的气氛愈加沉默，沉默久了变为口角，口角又累积为争吵。琉璃觉得陈天变得越来越敏感，甚至不可理喻。

有一天琉璃回家洗澡，手机一时没有锁屏，陈天一时心动拿起来看，上面是一个男人对琉璃的问候，喊她宝贝，叮嘱她喝了酒回家小心，约她下次在成都开会见，一块游泳泡温泉。这个男人陈天听琉璃提起过，是成都某大学的一个教授，两人常在学术会议上见面，这次大约对方是来鱼城开会。陈天放下手机，抱着头坐了一会儿，忽然站起来去敲浴室的门，开始是敲，后来是拍，他拍门的动静把尼采吓得"喵呜"一声，躲到屋外竹林里去了。

尼采大约是在陈天身上闻到了老虎一类的暴虐气息，这种东西沉睡了多年，那一刻在陈天身上醒来了。琉璃惊疑地披着浴巾出来，陈天劈脸给了她一巴掌，琉璃的浴巾掉在地上，头发还在往下滴水，赤身裸体地站在那儿哭了起来。一瞬间，陈天想起了当初李影在涪陵宾馆的浴室里一边洗淋浴一边大声哭泣的情形。他知道，一切已经无可挽回了。

两人在几天之内办好了手续，琉璃搬去了她在大学分的房子，带走了自己的所有东西，把江北的房子留给了陈天。两人在经济上从来都是各自独立，办理起来倒是不麻烦。琉璃只提出了一个条件：带走尼采。陈天答应了。

　　陈天闭着嘴巴，从鼻子里吁了一口烟，缓缓地说，琉璃带着尼采离开之后，屋子变得很安静，安静得像是地上到处有坠下来的针，他不敢稍微重一点地走路，否则会耳鸣。他产生了和当初从特钢厂被开除后相似的感受，在鱼城已经没有自己的安身之处，在这座一天天高楼林立的城市里，他是个外乡人，比旅游者还要疏远。如果不是和我一起，他根本不会想起来到朝天门码头，坐在黑暗中鼓荡的江水面前。但是这一次，他已经没有了出走的勇气，好比眼前的江水被大坝包围起来，失去了流速，变得越来越浑浊、凝滞。和琉璃的离婚，似乎耗掉了他身上最后一丝勇气，是他面对世界的最后一次反抗，却又如此徒劳无益。

　　我不知道拿什么话去安慰陈天，只是想起了自己的一些心事，不知道自己在那座北方的大城还会待上多少年，在那里没有一个人和一只猫等着我，甚至没有陈天在鱼城拥有的房子和户口。连我身上新揣着的二代身份证，地址也只能写着跟我没有了多大关系的鱼城。

　　回去时我们走了上半城的路线，爬上朝天门高高的阶梯，空荡荡的穿洞里没有什么人。小什字的街道也寥落了，曾经在一部娱乐电影里出现过的罗汉寺现着门楼垛堞的轮廓，在对面的协信星光广场的映衬下显得暗淡，并不适合存放宝石，马路上的窨井盖得好好的，并不会忽然从下面钻出一个笨贼来。再往前走是棉花街，紧临九尺坎上方，我打算就近打听邓要发栖身的棒棒屋，陈天陪我去找这个"曾经的同行"。

街口的圆形石头上坐着两个吃完饭在歇凉的"棒棒"，棒子仍旧靠在身边。我们走近年纪大的一个，看得出他收工后喝了两杯啤酒，神情显得悠闲，耳朵上夹着一根烟，也许已经被他忘掉半天了。我先用有点生疏的鱼城话跟他打听棒棒屋，陈天又重复了一遍，他打量了我们半天，问我们要"做啷个"，后来告诉我们自己在棒棒屋住，那里没得啥子看头。他姓谢，入"棒棒"这行十几年了，一直在棒棒屋住。我说了邓要发的名字，递上一根烟，他想了一会儿说："我记得他，搭手扛东西不耍滑借力。只是他早走了，娶了堂客，搬去江北啥地方了。"他捻着手指间的红塔山烟，等到我给他点上了，大约是看我们失望的样子，说："我带你们去棒棒屋，问问别的人。"

从九尺坎走下去，到了阶梯底部，光线就比顶上的棉花街少了大半。棒棒屋靠近嘉陵江岸，是一幢老式居民楼的底层。绕到后门进去，里面空间很大，看起来是留作人防工程的半地下层，一盏电灯洒下昏黄的光线，照得几十张架子床明明暗暗。大部分人已经入睡，架子床上传来深深浅浅的鼾声，安放一具具赤裸上身的躯体，到处笼罩着一股汗气。没有蚊帐，对于铺位上长年磨砺的皮肉，蚊子们似乎也无可奈何。

这里的条件看来并不比铁门旅馆里好出多少，除了一个近似阳台的门廊，接受着从九尺坎高处洒落的剩余光线，即使是在白天也不会有多明亮，却是仅有的晾衣服所在。一扇半高的墙隔开了两副便槽和一个水龙头，冲凉和排泄都在这里解决，尿碱使便槽完全变成了黄色，一股冲鼻的气味压过了外间的汗味，说明这里只是男人的世界。

来到棒棒屋的第一刻，我就知道邓要发在这里只是个过客。他孤身一人来到鱼城，为的不是一直在路边吃一份"棒棒饭"，抽两包烟，在架子床上慢慢老去。不像棒棒屋里多数的伙伴，他那时连一口解乏酒都不喝。

老谢走到自己的铺位边，和别人的一样，除了一床看不出颜色的被褥和两件汗衫，没有什么别的东西。他让我们小声一点，轻声拍醒了上铺的伙伴，问："你还存的有邓要发的电话没得？"同伴咕哝了几声，打开手机翻出来一个号码，我就着诺基亚老人机屏幕的微光抄了下来。我把整包红塔山给了老谢，轻手轻脚穿过鼾声连连的棒棒屋，老谢跟着我们出来，在九尺坎的阶梯上跟我们又聊了一会儿，大约是平时很少有人会听他摆龙门阵。

老谢是綦江人，老家有堂客和孩子，年轻时来鱼城干过别的，在老家把楼房葺起了，后来因为想自由一些就开始当"棒棒"。他说眼下鱼城的"棒棒"越来越少，生意几乎做不下去，年轻人不爱入行，棒棒屋也只剩这处了。在这里几乎没有找到堂客的希望，除了像他这种一年两次和家小团聚的人，架子床上的躯体注定只能在单身中老去，现在这里都是四五十岁的单身汉。

所以邓要发娶到堂客的消息，大家都记得，他走的时候还散了两包烟。"也是红塔山。"所以今天老谢看着我装的红塔山，就愿意带我下来问问。

前不久棒棒屋出了一件事。有个老"棒棒"在这里干了二十几年了，他的娃儿读到高中毕业，前一段也从忠县老家出来，打算跟着父亲干"棒棒"，一块住在棒棒屋，老婆也接来了。九尺坎下去有段滨江路引桥，车刚从高架桥下来，转弯速度很快，这里没有设置红绿灯，又是从棒棒屋出行的必经之路，人们都是翻护栏来往。娃儿才出来不熟悉路况，前几天给老汉去买包烟，翻过护栏遇到一辆车快速转弯，躲避不及当时撞死了。肇事车辆逃逸，这一段也没有装监控，不知道找哪个，报了案也查不出来，娃儿至今躺在冰柜里，每天要交钱，派出所催着火化。"几好的一个娃儿，可惜了。你说我们棒棒的命多不值钱。"近五年来，老谢亲眼看到住在棒棒屋的伙计走了好几个，"长期积累的，生一场病，就完了哟。"那些老单身汉，死了连骨灰都没有地方搁，殡仪馆烧掉随便倒在哪里了。

老谢自己打算干到六十岁回乡，就像通常搞工作的人退休的年龄。至于有将近七十岁还在干"棒棒"的，那是没有后代养活，挣一天吃一天。"没得法。"比较之下，老谢觉得自己还是幸运的。"幸亏早年来鱼城之前长了个心眼，把婚结了。"平时老谢不会亏待自己，下了一天力，喜欢喝两杯啤酒，往常跟邓要发搭伙的时候，扛完了活也一起喝过。"正好两个人一瓶子，省点。"

告别了老谢,我和陈天步行回到较场口,在先前聚餐的日月光附近分手了,他的神情显得轻松了一些,似乎暂时忘掉了和琉璃离婚的事情。他打的回江北,我走路回穆斯林大厦的酒店,十八梯顶端的平台上灯光都黑掉了,还有一两个逗留着,像是男女在做生意,鱼城变得很安静。我的脑子里回响着九尺坎棒棒屋里的鼾声。

"冉老师,你还是以前那样,不过,你的头发少多了。"邓要发说。接着他有些不好意思,摸了一下自己铜瓢样的头,"我的都光了。"

第二天傍晚,我打通了在棒棒屋抄来的电话,穿越两路口隧道和鱼澳桥,在江北大石坝一个叫下五村的街口见到了邓要发。他带我穿过一片高层住宅小区,顺斜坡一直走到最下端,他租住在楼房脚下的一排简易房里,后身就是崖坎,似乎是一路退到了这里立足。屋内光线黑暗,开着一台旧电视兼作照明,手机显示无服务,有时偶然跳出一格,可能被前面的大楼全部挡住了,连同坡顶洒下来的阳光。先前接到我电话,是他在外面做工的时候,通话中我听到了打磨楼面的嗡嗡声。

没想到他还记得我的样貌,这或许是出自他的职业习惯,记住了每一个相熟的客户。又或者这是一句不会失误的话,我也能反过来对他使用。

确实，他的头像一具倒扣过来的铜瓢，被暴晒的阳光烧光了当年的毛发，镀上了一层金属的反光。一大两小占满了屋内空间的床铺，和空中悬挂的各色衣服，还有三部帮别人搬家时背回来的报废洗衣机，说明他成了家，有了孩子，这是我没能做到的。只是这些经历，也给他原本黢亮的额头添上了几道勒痕，和一条鼓突的血管，像是藏在皮下的蚯蚓。他的媳妇是大姨撮合的夫家那边的侄女，但很少联系。"虽说是亲戚，毕竟身份差得远，你说是吧，冉老师？"

他说着"身份"这个词，叫我想到在六楼房间里见到房东老太的情形，即使是她已经从当初的形象中退化，邓要发仍旧自觉地维护着两人之间的落差。对于我也是一样，他叫起"老师"这个在鱼城时的口头禅，并没有街头巷尾那份随意，倒有种郑重，就像面对那所打工子弟学校的老师，准备聆听他们常常很是严厉的指示，担心小崽儿又在班上惹了什么祸。

昨天晚上十点多，邓要发在大石坝的街上走，寻找离家出走的九岁小崽儿。前天晚上他从补习班接回小崽儿，督促他加时到十二点，完成拖欠的课后作业，结果今天下午放学后，小崽儿没有回到一家人租住的小区坎下的石棉瓦平房。以前儿子有过类似的出走，游荡在商场里彻夜未归，后来邓要发在过街地下通道里找到了他。那是夏天，眼下是小雪节令。

他走过了居住的下五村和附近的六村、七村，经过了骑士医院，走到了大石坝商圈，在几处大商场、两家游戏厅、一处量贩式KTV和一家汉堡店外寻找，都没有小崽儿穿着格子滑雪衣外套的背影。他还进出了一家菜市场，在那些摊点间转悠，辨识拥挤又模糊的人脸，也无味地扫一眼摊点案板的寻常蔬菜，一天到头，它们都失色泛黄了，像是老了的人脸。这里也没有儿子。他回到了下五村的家中，指望逐渐寒冷起来的夜气让小崽儿回来。到了近十二点，他又出去了一趟。

起了风，缩成一团的纸屑沿路滚动，像是一个无限地缩起背脊的小孩，被驱赶着不知去到什么地方。这也使他的心紧缩起来。隐伏的蚯蚓在他不够宽广的眉心凸显出来，似乎要破皮而出，只有每晚的两杯酒能暂时安抚。等找到了小崽儿，或许会狠捶一顿，叫他再也不敢这样。但找不到呢？如果一直不回来了呢？他想起玻璃贴着不透明薄膜的面包车，把路过的小孩一把拖上车，拉上车门开走的传言。他已经找不到小崽儿了吗？他在石棉屋顶下的人生指望都落空了？

半夜两点，第三次出门的时候，他穿着解放鞋的脚板开始发冷，而且隐隐疼起来，白天他挑红砖上下了不短的楼梯。这天的活是在一片别墅区，进小区的时候要给保安交押金，防止他们顺手拿什么东西出来，或者随处丢弃垃圾。他搭在运红砖的车上进去才省了这回事。别墅有四层，一根棒棒担两只裁成半截的涂料桶，每桶四十匹砖，脱了厚外套，只穿个短袖挑起来，沿着斜梯上楼，到了第三层的时候就吃力了，一步步地抵抗烧得很结实的红砖的重力，偏要往上走，不自主地"嘿哟嘿哟"起来，像是小崽儿受了什么委屈的时候。楼梯转角逼仄，上了四层阁楼的门框又低，总让人直不起腰又转不过肩膀，棒棒在肩头上略为滑动，早已磨平又麻木的两坨死肉，也有一种迟钝的不舒服感。不舒服的感觉，是永远不可能完全消失的，只是变得更加迟钝。

到了地方，"咣啷"一声卸下红砖，一层汗刚才收在紧绷的皮肉里，这会儿战战兢兢地出来，又不能大出。总有一刻来不及直腰，像是倚靠着担子在喘息，在答谢它饶过了自己这回。可是紧跟着还有下一回。下楼时看到装修队的人在安一扇大门，黄澄澄地发亮，说是铜门。一问，光这道门就要四万块。四万块的门啊，可以供他租七年房子。这扇铜门完全把邓要发和伙伴们挡在外边，一旦装修完工，他们就永远别想踏进一步。别说这扇铜门，连最外边小区的路口都不行。除了为这一堆很结实的砖所出的力气，他们跟这里没有任何关联。话虽如此，但邓要发并不觉得，需要跟自己的力气去计较。

十六岁那年死了父亲，跟着舅舅出门，二十三岁来到鱼城，寄居在大姨楼下的地下室里，肩上多了这根棒棒，邓要发没有想过放下来。后来娶了有兔唇的老婆，他没有觉得她嘴唇上少了那块肉不可接受，他不觉得每天拿起棒棒之前还要帮助老婆扫头一道"坝坝"、老婆的工资却只供她个人花是一件大事。

后来当老婆要求离婚，原因是她在他离家干活时出轨，出轨的对象不过是另一个扫"坝坝"的男人，他也不觉得捶过老婆一顿又跟她讲理顾惜娃儿是天大的窝囊——虽说他从此不好意思去见大姨，怕暴露了两口子的矛盾，心里又总觉得对不起人。他的想法只是在两个娃儿身上，尤其是小崽儿。

然而这会儿小崽儿却失踪了。如果没有上一次在过街地下通道找回小崽儿的好运气，他所接受的这些事情都白费了。

他就像家里那只总是捉不住的小老鼠，钻进了哪条缝里消失了，甚至已不在这个可以触及的世界。难道自己错了吗？不应该逼小崽儿做作业？应该让他随随便便地长大，像自己一样背起棒棒，继续干这一行，娶一个兔唇的扫"坝坝"的老婆？这一行或许会消失，鱼城那些上下不平的山坡会夷平，电梯代替了梯坎。这是一个要被高楼压到地下的职业，连邓要发这一辈都不知道能干多久，虽说一起抬水泥的老苏还说，他要当"棒棒"到八十岁。他觉得这一行自由，用自己的力气就完了。邓要发心想：你莫吹牛，总有失去力气的一天。

这一夜，邓要发没有找到小崽儿。

离开索道站，陈天显然不愿重复上次的路线，他提议我们横穿解放碑，去看一下洪崖洞。我们走过鱼城百货大楼，路过了以前的鱼城人才大市场。当初这里像花街子我居住的楼下一样热闹，定期举办人才招聘会，我曾两次陪着小絮来这里应聘。

炎阳照得白光光的广场上设好了招聘席位，排着长龙。长龙并不整齐，总在来回扭动，不断被人插断。相比之下，招聘席位总是显得稀少，要费尽力气才能排到前边去。即使到了席位前，大部分也只是递上一份简历,听桌子后面的人淡淡说上两句,顺手把简历放在已经叠得很高的一摞上去而已。即使自己在家中准备得分外精心,拿在手里也显得很有分量,这时也忽然变得轻飘,令人惘然若失,只有身上挤出来的汗液变得沉重,还好不时吹来的江风能带走一点。

但希望也似乎被江风带走了,有时候我怀疑,在这种地方根本没有工作可言,就像我在上海时去过一个招聘会,一间不大的屋,坐满了指望一举改变自己命运的人,教师、工人、干部、学生。概率在这里是多么小,也许根本不在这里,而在我们去不了的地方,在重重门道的背后。这里只不过摆设一扇门面,找一个百里挑一的尖子来装门面,而我自然不是那个出挑的尖子。

眼前那些煞有介事排列得整齐的招聘席位和头顶一排排悬挂的用人信息,都不过是装点门面的幌子而已,在鱼城根本没有那么多机会,其中自然更没有小絮的。因为她应聘的是外语职位,都要求当场说上两句英语,席位后面的人也像是真懂行似的,收起了鱼城味道的普通话,大概是用外语问了小絮一个问题,这时我总是看见小絮扭头飞奔出来,脸涨得通红,像是中暑了。席位后面和旁边的人都迷惑不解,我问小絮也不说原因。后来知道她的头脑一片空白,根本听不懂招聘的人在说什么,尽管她在那个小山村里教了三年英语。

两次这样的经历之后,我对于陪小絮跑人才市场失去了信心,有时在解放碑鱼城百货大楼买东西时,远远瞥见圆柱形矗立的轮廓就会觉得尴尬。我们再也没有来过这里。

眼前的人才大市场显得空荡，玻璃外墙像是蒙上了一层灰尘，有些褶皱过的痕迹。在它旁边出现了一个空敞地带，有一幢红色屋顶的新建筑，像是一个展览馆，在周遭显得很独特。陈天说："这是以前国泰剧院的地方，现在是美术馆，你想去看看吗？要从下面才看得出来。"

去美术馆的路上，陈天接到了一个电话，他用鱼城方言回复，从内容听起来那头应该是罗玉英，大约是告诉他自己去印刷厂上班了，晚饭给他做好了焐在家里。挂上电话之后，陈天沉默了一会儿。或许是因为刚才提到了小絮的现状，陈天忽然提起他经常想改行去当小学教师。"你记得吴海子吧？"他说。

刚去北京的两年，回鱼城的时候吴海子在鱼洞子火锅请吃饭，陈天也在座，当时吴海子刚刚当上晨报的编委，他夹着一块鱼头送到我碗里，对我说："以后你每回鱼城一次，我请你吃一次饭。不能多，请你吃一顿。"这是吴海子第一次请我吃饭，我一直记得他微微发福的脸上的微笑，让我想到当年西南师范大学校园里那个在大雨中朗诵海子诗歌的少年。之后吴海子又当上了晨报的副总，我们并没有再一起吃饭，陈天说他们也很少再见面。偶尔会聊起，吴海子新写了两首诗或者某篇小说，发表在文学杂志上。他已经跳槽到鱼城一家老牌的摩托车企业，做了公关总监。

陈天说，吴海子跳槽到摩托车企业之后，赶上外派美国，把孩子带去上了两年幼儿园。回国之后,孩子在鱼城本地的学前班里完全傻掉了,因为他在美国幼儿园学到的观念,到这里完全是错的,譬如上厕所排队,所有人都会插到他面前去,最后他尿在了裤子里,与小朋友分享玩具,别人拿走了就不再还给他。这个孩子崩溃了,哭着要回美国。现在他可能适应了,但尿裤子的阴影已经磨灭不掉。如果他在陈天的班上,事情可能会不同。

我想到了邓要发的小崽儿。他很自在地翻捡我带去的果冻和开心果袋子,和姐姐争抢,并不觉得自己昨夜的失踪有什么了不起。他私下拿了同桌的变形金刚回家,彻底玩毁了它,第二天被投诉,却觉得自己只是玩了一下,为此父亲在棚屋墙上写下了"约法三章"中的一条:不拿不是自己的东西,违反严惩。然而并没有什么用。那所滨江小学里,班上都是像他一样的打工家庭子女,在那里他从没感到什么不适应,却不愿意待在课堂里。

那个失踪之夜后的清晨,邓要发接到了学校班主任的电话,说小崽儿早晨自己去上课了。

班主任让邓要发赶到学校,签下一份安全事故责任书,声明男孩走出校门之后发生的任何事故与学校无关,否则拒绝接收小崽儿上学。

询问小崽儿得知,他昨天放学后去了化龙桥的同学家附近,两人在商场逛到太晚,公交车停开,没法过江回来。同学回家,小崽儿在翠湖旁边的一条长凳上过夜,拿一幅撕掉的广告布盖在身上御寒。天气太冷，他只睡着了一小会儿，其他时间一直醒着。清晨寒气太重，公交车开班后他就搭车去学校了。

班主任让邓要发不要体罚男孩，免得再次出走。但邓要发想不出别的法子，甚至找不到一句话可以跟男孩说。这天他没有出工扛活，在家里抽闷烟，想着今后的打算。

老婆上班扫"坝坝"去了，没有活她也很少归家，家里只有一只顶细小的猫，用来逼鼠。老鼠咬坏了窗帘和二手冰箱的电线，冰箱到现在也未修好，开门就闻到一股食物放久了的霉味。这只小猫进家门之后，老鼠就不叫了，虽然它看上去如此细小，路都走不稳。怕猫是老鼠的本性，就像下苦是"棒棒"的本性，他只是指望在两个小孩这辈上摆脱这个行当。他不明白，为什么小儿子不愿读书，似乎那是比当"棒棒"下苦更苦的事情。似乎他故意要往没有前景的路上走，让他内心小鼠的恐惧成真，就像有一天来了一只小猫，即使是这样的仄角，他也没有机会再待下去。

老房子越来越少了。以前在盘溪，一连片都是棚屋，还有竹笆房子，现在都变成了楼盘。变成小区的过程里，有他一挑水泥一挑砖出的力气、流的汗。下五村小区也将开发建高层写字楼，这排石棉瓦平房会全部拆掉，到时可能再难找到租住的老房子了。唯一的办法是租小区房，但每月一两千元的价格让邓要发不敢想象。像搭伙拖水泥的老陈那样跟别人合租，拖家带口不方便。至于买房，更是看起来就不可能的事。到了那时怎么办，邓要发只能先不去想。小儿子夜不归宿这件事，却让这种前景变得似乎迫在眉睫。

就算高楼全部建成了，他和妻子老了被排挤回乡下，儿子和女儿怎么办？乡下还有他们的位置吗？

乡下的房子在长江岸边，前两年上镇子还要坐船。房子外貌看上去是过得去的两层小楼，但根基处在滑坡带上，墙壁已经有手掌厚的裂缝，黄桷树根顺着裂缝爬上去。这是老丈人的房子，除非万不得已，邓要发不愿意到那处屋顶下栖身。但在鱼城有栖身之地吗？

邓要发越想越觉得小崽儿不明白自己的苦心，烟蒂和心头都越来越苦。他打开装散酒的瓶子，给自己倒上了二两。这是他近几年养成的习惯。烟丝聚浓了心思，酒又像是将它化开，眼前的一切都渐渐消散了，就像他下力搬砖修建的那些小区，似乎并不存在，连同那些沉重又光鲜的铜质大门，在竣工之际，就会对他砰然关上。

那条先前模糊的小蚯蚓又鼓突了出来，就像真的有一条蚯蚓藏在他的额头里。

我在陈天的微信朋友圈里看到过一条状态，他提到自己学过工程、文学、法学、文化理论和哲学，自信可以教好一个小孩子，尤其是喜欢培养他们的政治敏锐性，为未来的政治人物做铺垫工作。"在夜深的时候，对这点，我很自信。"如果陈天去到小崽儿的班上,面对一群"棒棒"、清洁工和保安的子弟,他能唤起他们的政治敏感,还是像小崽儿的班主任一样,只能要求邓要发签下责任书?他会像当初的维特根斯坦一样束手无策吗?

陈天似乎猜到了我的心思,他说:"有这种想法并非受维特根斯坦影响,他是一个失败的小学教师。"

和罗玉英结婚之后,两人并没有特意避孕,但一直没有孩子。他有点怀疑,长年接触油墨和菲林,可能损害了罗玉英的身体,但也有可能是自己长期抽烟熬夜的习惯带来了毛病,对此陈天并不打算求医问药寻根究底。实际上,比起自己生一个孩子来教养,吸引陈天的始终是面对一群跟自己没有血缘关系的孩子,如何启发引导他们成为社会人,甚至成为政治人。而自己的孩子由于有亲情的牵绊,是很难做到以平常心教育的。"这就像我在涪陵的时候采访一座庙,住持曾经告诉我:他不近女色并不是为守色戒,而是一旦和某个特定的女性恋爱结婚,就没有办法平等地对待世上其他女性,违反了众生平等的教训。"

在刚刚看得见红房子屋顶的时候,我们仍旧谈起了维特根斯坦。他撇下哲学家头衔和煌煌家产去的德国南部几个蛮荒小山村,他对天才学生的钟爱,他编的德语方言小词典,还有他修好的那台蒸汽机。"如果不是修好了蒸汽机,他在那里肯定待不了那么久。"工科背景出身的陈天,显然在这一事迹上找到了自己和维特根斯坦的更多相同处。问题在于,维特根斯坦歧视女学生,揍她们,最后为家长驱逐,上帝伸手迫使他回到了剑桥哲学系的教席上,这才是他最合适的位置,尽管他本人如此厌恶,以至于把他最亲近的哲学弟子都打发去干医院清洁工和修锅炉一类活。

陈天说自己不会揍学生,但那些家长——"他们确实让人害怕。"对于陈天来说,家长是等待阳光哺育的一片小树林背后的蛮荒黑夜,他还没有触到树枝就可能被黑暗吞噬,正如他在报社编委的位置上来不及施展,就被民主评议的票数拉下台,理由是他管理方式粗暴,不尊重记者编辑。我劝陈天还是打消这个念头:"就像非典那年采访,你走进一位老奶奶家中,她的整个房间囤积着捡来的肉骨头,一直堆到屋顶,长出深深的绒毛。你想到要赡养她,照顾她的晚年。那个场景很哲学,但你首先得知道她儿子怎么想。"

"很长一段日子,我一直觉得自己不是在活着,而是自杀未遂。"陈天不经意地提起了沈文明遗稿中的这个名词,这么多年,除了两次婚姻的反复,他或许在脑子里一遍遍翻阅那篇五千字的文章,琢磨里面每一句看起来没有说穿的话。我忽然想到,他的阐释始终没有越过八千字的长度,或许不是出于懒散,而是不知道在故友的文字之外还有什么出路。和罗玉英结婚之后,两人的上下班时间有错位,陈天仍然要独自打发大量的时光,即使两人在一起的时候,也是忙着烧顿饭做些家务,没有多少交流。有这么一个改行去教学生的想法,并不需要真的去实行,但想一想这个念头，毕竟会带来某种安慰，就像脑子里总是存有一篇稿子，虽然一直没有动手去写。

现在去日报当记者，除了稳定，至少可以开始写稿子。让陈天内心遗憾的是，他没有培养起写作习惯。如果能够动笔，那么至少在鱼城，他有很多可以写的东西，譬如眼前的红房子美术馆。

我们走到了红房子的下面，看到它确实造型不一般。宽大的纪念性屋顶之下，横向伸出一垛长短不齐的条子，可以看作裸露参差的檩条，也可想作吃麻辣烫烤串时堆积的一把竹签子，完全打破了正常的天际线，鱼城人称它"筷子楼"，稍微拉回了日常的经验范围，但仍旧不能平复其带来的震动。这样的建筑出现在老鱼城的临江门附近，完全是另一种东西，为此拆除了以前民国风味的国泰剧院，又占据了很大空间，引起了人们激烈的争议，陈天却乐见其成。

这显然是一个外来的设计师的作品，它的血缘和这里没有一点关系。我想到了和朝天门相对的江北鱼咀上的一栋建筑，上次来鱼城时还没有完工，它不规则的外形让我有种强烈的不适感，却又感到好奇，似乎它像变形金刚一样，落在这处原本荒凉的江岸之上，在模仿什么，又在伪装什么。

陈天说，那是大剧院，它的造型构思是一堆礁石。它们和洪崖洞不同，洪崖洞是按照老鱼城的风格，稍微改造了一点，大家都喜欢。那里可以望见大剧院。

洪崖洞是顺崖壁建造的几层茶楼咖啡馆，可以俯视脚下的嘉陵江，以及跨江的另一座斜拉大桥，依旧有轻轨嗖嗖地过去。陈天说这和东水门大桥连通，是姊妹桥。红茶要五十多元一杯，坐在不免狭窄的茶座上，咖啡馆里驻唱歌手的歌声显得有些聒噪。和刚才在临江门街头卖唱的歌手一样，声音是外地人的。

这里以前是一片吊脚楼群，我一直疑心它有不少的洞窟，却从未探寻过，直到离开鱼城以后读到一本被镇压的地主崽子回忆录，写到他在幼年逃亡鱼城期间，夏天总是白天到长江一面的望龙门坡上，躲避由江北来的烈日，晚上则穿过解放碑，来到嘉陵江这侧的洪崖洞，在有几尊残缺塑像的洞窟内睡眠，像一只小鼠藏匿在鱼城的阴影里，躲过了那些灼人的阳光。

眼下它已经变成了精心设计过的茶楼酒肆，被说成是《千与千寻的神隐》的灵感来源，虽然还保留着垂直的层次落差，却再也不需要任何一根吊脚的柱子。当年的洞窟也不见踪迹，那些含有畏忌和隐秘的内情，已经彻底被驯化，变成一种让人感到舒适的东西。我想到了翠湖后身虎头岩的情形。

昨天下午，在小崽儿曾经出走过夜的翠湖前，我有些迷路。它处在"香港天地"和另一座在建中的楼盘之间，和这些高层楼盘一样，完全是凭空长出来的，当初那个黑暗坡地的街区，走入深处，似乎仅一盏灯火在世。香港天地的广告是"打造鱼城真山真水"，但眼前的翠湖正像出自人手应有的那样，有着清澈又浅露的水面，一些部位有意露出的鹅卵石，木板铺就的步道，栽种成荫的紫薇和桂花树，以及树下步道上得体的长椅。我在一张椅子上躺了一会儿，没有什么人经过。两个工人在露出的湖底修理水阀，靠里竖着一些隔挡的广告牌，使人感觉这里是刚刚建好，却又经过了树木的换季。最靠里有一道铁栅门，里面保留着几块菜地，菜叶青黄不接，标示是"家庭农场"，供附近的高尚业主亲近生态，亲自耕种。

广告牌挡住了深处的情形，这里看不到山谷的内情，疑心它已经消失了。那些从高处居民脚底奔腾挥发的污水，弥漫山谷的腥臊气息，往年单身女性屡屡遭劫的旧案气息，在这清澈碧绿的大湖、静谧的林荫步道面前，如何存在？这是两个天地，不能共存。

我仍想一探究竟。离开了翠湖，走上一旁被大幅广告牌隔开的施工道路，奇怪这里没有人挡住，在尘土和车声中一直往里走，转过一个弯，从前的山谷渐渐在前方显现出来。

铁道仍然存在，我刚才一直疑心它和新开发的楼盘不能相容，被取缔了。依旧从菜园坝火车站穿越隧道而来，从布景之后掠过。铁路桥下方有一座小型水泥搅拌厂，但还保留一片树林，林中一间旧式瓦屋，像一个低调的单位，有着半世纪的历史，瓦顶上染了青色，粉墙现出一分暗青，与树林相互侵入，又相依为命，等待某天的一并铲除。当初我没有注意到这间瓦屋，也就没有写下它。

　　山谷还在，仍旧露有一些菜地的青色，坡顶建筑长高了，代替了以往瓦片参差苫盖的天际线，似乎压住了山谷。奔腾的污水瀑布去了何处？

　　我看见几条水泥被覆的坑道裸露在外，从谷顶搭下，仿佛以不经心的手额外包扎的绷带。它们出现在这里，显得过于突兀而不必要，一个外人难以猜到底细，面对这样庞大的事实，却又无从着手去探寻内情。

　　沿途遇到一些工人，也能听到机器的轰鸣，意外的是这条施工道路一直无人拦阻，半坡上的两栋居民楼使我明白，它须要容忍本地居民的出行。这两栋居民楼并未存在于我的记忆中，似乎还来不及新鲜，就侵蚀变旧了。居民楼外边有一些干枯变黄的大豆地，一个老婆婆在地里忙碌。走到这里，闻到一股特别的气息，让人不适却含有某种熟悉，听到隐约的声音，来自一个水泥墩子的窨井盖底。似乎我隐隐接近了某种线索。

　　俯近窨井的缝隙，刚才不确定的气息变为冲人头脑的腥臊，井下坑道中浑浊黄绿的水流奔涌，山谷的真相似乎立刻回到我眼前，它并未消失，只是封盖起来了，在泄漏的缝隙之中，保存着它的本性，毫无改变。那位腐烂神并未离场。

　　但这里只是序幕。我走过居民楼，穿过工人休息的棚屋，怀着微微悚惧，一直走到一条最粗大的水泥绷带下端。这是以前瀑布的位置，如果它仍存在，奔腾的气势不可能容许我走到如此之近，或许已经遇难。

眼下我似乎仍有这种危险，隔着水泥绷带听见轰隆的响声，这条旧日生活的瀑布并未减弱声势，像一个意志未全被囚牢磨损的囚徒，如果绷带瞬间破裂，瀑布恢复本性，山谷弥漫腥臊水雾，谷底优雅的社区消失，翠湖决堤泛滥，高尚楼盘遇难，只有锈蚀的铁轨幸存。人们是如何大胆，才敢包裹了这条瀑布，似乎危机就此解决。这就像《一双绣花鞋》里特务埋在鱼城地底的"塔崩"，终有一天将泄漏，于是无可收拾。

只有虎头岩仍在高处，似乎削减了一些外围，仍保留巉岩的轮廓，或许只是最坚硬的部分保留了下来。施工中的隧道和基坑隔断道路，弥漫着巨大的轰鸣声和乳白色尘土，只有另辟蹊径。我跟着一个放学回家的孩子，走入半坡的居民小区，意外发现一座临时搭建的铁桥，只容一人攀爬穿越，上面写着"禁止逗留"的标示，小孩若无其事地过桥，我跟随其后，心里提防被人当作恶人。再经过另一铁桥，上面标明的拆除日期早已过时，经过两段小路，竟然来到了虎头岩下面。它的底部已经被覆，削减了一些轮廓，或许从前嵌入岩壁的骨灰龛，业已消失在水泥的面具中。它本身能保存下来已是奇迹，或许是由于岩顶的一家单位。顺着岩下的便道，一直走上大坪，在干休所附近新开辟了一条道路，以往的棚屋变成了验车所，污水沟全无痕迹。但在道路边沿可以看出，腐烂的气味只是被包裹了起来，在悬崖边缘露出了水泥的绷带。

记忆之城

我来到了虎头岩顶端，这里是鱼城市防空警报中心，以前大约是城区的制高点，现在高楼环伺下已经不再显著。远远近近仍可望见城区的轮廓。一条新建的步道迂回向下，带有半边橡胶路面和瞭望的栏杆，顺着步道走去，里边是修建整齐、似乎刚刚移植上去的草皮，草坡上方的崖壁，以为不会有特别的事物了，但忽然又出现了记忆中的骨灰龛。

它们并无改变。也许死亡是最为耐受变迁的东西。在陈年枯萎藤萝的勾勒下，墓窟的方正面目大多已经剥落，但还保留着昔日的线条，有的带着名字，像一座废弃医院中庞大的药柜，或是陈年军火库的储存。

在这座山岩最后坚硬的骨骸上，它们执着地留守，和近在咫尺的整洁草地全无关联，却被人手强行安置在一起，在草地和岩壁的边界上，柔和的地域忽而变为生荒惊心，有种不动声色的互不退让。这是那个鱼城最后的骨骸，或许也由于遍身的墓龛保留下来，成为城区中心的化石。这最后的分界和对峙，不知尚可持续多久，就如岩顶那防空警报中心的单位，或许不久将为某座大厦的顶端代替，而旁边的植树造林基地，铁门闭合，内情封存。

在附近的一带山岩上，还绵延着这样密麻又似有某种整齐的岩窟，一些上面郑重地写着名讳，其中一座写着"出生于1969年，1991年过世"。墓门泛出杏黄，保留了当初的底色。另一些却被人破坏，里面荡然无存，令人怀疑当初是否安放过什么内容。在它们下面，先前的荒坡也已修建草地步道，安装着路灯，在草地的中央，却也保留着一两座土茔，生着完全不同却不便触动的荒草，说明着新旧生死的边界。

站在虎头岩下的步道眺望，看见江对岸的溦澜溪坡地，也生长出了座座楼盘，当初一座半停工被私人收购的工厂，没有留下任何证据。就连那些陪我秘密进入厂区，在内脏一样千回百折的管道和蒸汽丛林间逡巡的工人，也说着一件自己为之蓄积半生，却忽然变为陌生的家事。他们眼下或许在一个遥远又平常的社区里，疏离了那份郁积的义愤，等待退休后的晚景。但也许那份郁积，像坚硬的巉岩，一直存在于内心某处。那篇发表在远方一份报纸版面上的报道，不知能否给他们的下岗命运带来些许改观。

我来到这里是去见傅玉强，他居住的第二干休所在虎头岩背面附近。电话里再次听到他的声音，让我有些宽心，又似乎含有某种失落。那是一种蜕去当年停顿的少年气息，经历种种丢弃，然而活了下来的声音。我曾经想象，经由八年间诡异而悲惨的遭遇封印，他在现实中的河床中不管漂流多远，再也不会被打磨得光滑柔和，原封储存在我未曾成篇的故事里，等待我今天的续写。

他到干休所的门口来接我。体型没有变，还是从前的他，眉头间仍有深深"川"字印迹，正像洪水过后的河道。神情如同预料，和声音一同松弛了一分，又平和了一分，正如和他见面的我一样，变得温和而腐朽，我在想要用怎样和从前不同的语言来适应这种变化。他出狱后失去了原来的国有公司的工作，辗转过好几个企业，现在歌乐山顶的一家私人电缆厂工作，当司机兼干杂活业务。公司似乎也撑不了很久了。他仍旧住在父母的房子里，每天早晚开着面包车往返歌乐山。

父亲已经去世了，成为南泉山坡的一处墓碑，家里剩了一张他的遗照。父亲生前用积蓄和傅玉强三万多元的国家赔偿款再次装修了房子，为他张罗娶了一个乡下媳妇。媳妇没有工作，又添了一个九岁的女儿。母亲还在，用她的离休工资撑着家用，弥补他每月两千多元工资的亏空。一旦她离世，将抽掉这个家庭的柱子。

干休所周围已变样很多，拥挤的大片棚屋已经消失，建成了两个小区和一条商业街。干休所外貌经过了一次整修，仍旧显得有些落伍，院子里也没有什么人。家里进一步褪去了往事的痕迹，那股石灰水的严峻气息，上次就出自想象，眼下更杳无痕迹，过去发生的事情显得不真实。卧室里两面墙上，一边是女儿得到的各种微红色的奖状，一边是两幅儿童画作，表示着他父亲的身份。唯一的痕迹保留在他的眉头，总是习惯深深地皱起，像在深思一个化不开的念头。九年前他盯着一沓报纸深思的神情，完好地出现在我眼前。

案子没有破，这或许是他眉头沟壑的来由，那具碎尸的阴影没有完全离开傅玉强，它默默藏匿在床底下，虏获了他前半段的人生，像附近奔腾坠崖的污水，虽然裹在了水泥坑道里，但依旧散发出难以摆脱的气味。自从第一次听说他的遭遇，我就无法把案情和干休所脚下山谷奔腾弥漫的气息区分开来。始终没有破解的案情，也像是虎头岩高处那些顽固不化的骨灰洞龛，任凭脚下的景致迁易万端，仍旧不为所动，似乎保留着这座城市最后的隐秘。

"唱红打黑"期间，公安局长提出复查旧案，傅玉强和哥哥曾经想向公安局申诉复查，被律师劝住了。律师觉得，王局长无非是借旧案来打人，这桩无头命案牵扯太广，可能成为一根棍子，他的亲戚中有八个人在公安系统，这根棍子说不定会捎带落到亲戚头上。

律师在鱼北一处新落成的写字楼十九层的律所办公室等我。这个在我的故事中一闪而过的人显得比当初显赫，午休时倚着真皮沙发靠背，双脚架在办公桌上打了个盹儿，疲倦还没有完全散去。那几年他小心翼翼地避开了风波，没有让自己陷入同行的困境，也慢慢爬升到了合伙人位置。他代理过黑社会性质团伙的案件，也遇到过从铁山坪"基地"出来噤若寒蝉的同行，避免深入地触及内情。他确实搜集了死者的一些线索，譬如她生前人际关系复杂，推测的案发当天还有一个外地木匠和一个手臂文了一条蛇的"哈儿"来找过她，被巷子口烟摊的小贩看见了。但公安机关并没有往这方向查，自己如果深入下去，可能会惹上"做伪证"的麻烦。"想想北京来的那个姓李的。"

这桩他一生最为看重的案子，化为一堆资料，留在电脑和记忆里，只属于逝去的那个晦涩的鱼城，被深埋入地底，没有机会活过来和索求答案。

或者，它宁愿埋得更深，就此死去，不想翻身被人们挖掘出来，在新的世事里寻求角色。

坐在洪崖洞的茶楼里远眺，果然看见江北鱼嘴的大剧院，已经建好的它，外表是暗绿色的玻璃钢，中心屋顶叠伏拱起，看上去更像是一座落下的铁锚。它似乎是在寻求本地的某种东西，但玻璃钢的材质和几何体的造型却提醒着，它跟筷子楼一样，不是这块土地生长之物。在它的脚下，是一片露着红壤的荒地和杂树林，几个"老鱼城"站在江边狭窄的一溜沙滩上垂钓，情形和大剧院平台上完全不同。

那里原来是一片宽阔的沙滩，轮渡在江边靠趸停泊，坐轮渡的人们走过狭窄的跳板，落脚到沙滩上，再顺着旧日缆车的斜坡，缓缓走上一片古旧棚屋的江北。在那片棚屋里，我采访过一个用一辈子写了一本自认为是"大书"的孤身老人，他的大书仍未完成，但纸张已经霉变，关节风湿让他不能直立走路，适于下陷棚屋的屋檐。屋顶的青苔，和城门洞下的不同，比地上生活的颜色鲜明得多，像是他那本大书想呈现给世界的成果，却无人注意。

"鱼城变了。它在顺从、满足外来的想象。"我说。

两座建筑都是在前任书记治下开工的。陈天说："你闻到了桂花香没有？这也是他引进的，不光银杏树而已。他打击那些老板，不光是政治。那些老板不懂，以为你当你的书记，我们不惹你就行了，还照从前的方法活。但他就是不想让你们照从前的方法活。"书记下台之后，这个过程并未中止，而且似乎到了一个临界点，人们忽然发现了一个不同的鱼城，从胶片和镜头里走了出来，虽说它并不怎么属于本地人。

譬如压住朝天门的来福士广场，虽然想与隔江大剧院的铁锚造型相对，模仿扬帆倾斜的姿势，但体量却过于庞大，压住了脚下发掘的古城墙。陈天觉得，这是没有办法的事。"只有顺从。"

"它顺从了，所以死了。但是死了，才有活下去的可能。"这座广场已经取代朝天门码头，成为鱼城新的网红打卡景点。

但眼前的景致与从前住在棚屋里的人无关，他们远远迁离了这里，到了视野之外的地带。就像姑且坐在茶楼里的我，这次来鱼城是了结我和鱼城最后一点纸面上的关联，免除每年三百六十元档案加户口挂靠费的赎价。

"鱼城是大都市，你把户口转回老家做啥子嘛。"陈天说。

是的，多年来我不愿想到这个结局，自己的身份回到那个偏僻小镇，从考大学"跳龙门"，兜了一圈之后回到原地，连去香港也不能自由行。但我更怕年复一年接到那个一成不变的女声电话，我害怕她慢腾腾的四川普通话，害怕那个伴随着023区号的座机号码，提醒我不是鱼城人，不会自如地说这里的方言，也不是这国家任何一个地方的人，只是暂时容许被挂在这里，像一张勉强贴在电线杆上的小广告，随时可能被揭下来。

昨天上午，女户警穿制服的胳臂一挥，那个骑缝钢印不动声色地盖上，看起来手续是如此容易，以前来回的奔波折腾以及悬心，像是原本不存在，我有过的牵扯终究结束了。曾有过的租屋，一两件自己买的电器，肺部患过的病痛，和租屋楼下的喧嚣一起消失，只在我肺部留下钙化的阴影。我从来不曾是这里的人，比不上公园前墓碑上一个被镇压的"反革命"的名字，一份在南坪印刷厂的机器里印出来的蹩脚报纸，被人匆匆一瞥后卷曲在街角。像一个遗落了相机的观光客，来过又走，没有留下曾触及的什么。

我想到了红萍。从干休所回来途中，公交经过国际村，我下了车走到路外去看，那里曾是一整片棚户区，依附在菜园坝火车站对面的山坡上。

眼前毫无棚户区的踪迹，变成了一个园林式的高层小区。小径依山势盘曲而上，点缀在绿地和喷泉之间。只是楼盘高处有一个观景平台，仍旧可以俯瞰菜园坝火车站条条排列的站台，那是当初红萍被父亲捡来的地方，由于火车北站的建成受到冷落，铁轨间长出青苔。

在这片整齐舒适的高层小区里，毫无红萍和父母曾经的居住痕迹，似乎她完全没有在此世存在过，连同我们蹲在棚屋门口的对话，那句出自孩子口中，语气郑重的"我想活"。我看着脚下整洁舒适的小区，绿地上父母陪伴着嬉戏的孩子，心想这究竟是好事,还是坏事呢?

小心地放好那份加盖了钢印的证明,我走到不远的嘉滨路上,这里可以步行到轻轨站。嘉陵江的水缓缓流着,带着浑浊的绿色,和往年似乎没有变化。对岸的浮图关公园,还有一片半坡上的绿意,但已经加上了一道轻轨线路的分割。当初和小絮游玩照相的竹林,还有那座茅亭,已经无迹可寻。

我再次看了看手里的迁徙证明,忽然想到不急着去轻轨站。纸面上曾经和我相关的地址,是否真实存在?毕竟在九年里,这是我和鱼城唯一被认可的联系。

按着户口本上曾经的住址,我去到了华新村。这是马路旁边的一个老式小区,门楣上"雨轩"的标牌已经剥落,如同住户阳台陈旧发黑的百叶式护栏,不知出自何年的时尚,现在成了蹩脚装饰。小区住宅楼依次列在马路边,像鱼城很多顺应坡势的高低楼一样,它的正面朝着马路,有一层平街门面,按照单元依次标注着193、195、198到212号。看来我理论上的住址213号就在下一个单元,与一家美蛙鱼头火锅、一家报废汽车回收公司毗邻,右手边则应该是那个写着"空调开放"的按摩房,它是214号。但我没有找到213。所有其他的号码都在,从210到212,再从214到219,唯独没有213,那个明明印在我身份证上的地址,遑论它后缀的那一长串数字:附22号12-1。

或许是号码排列不完全规则,或许是标示不显眼,213号的公然缺席不合情理,我来回又找了两道,问了一个人,终究无从收获。也许它藏在临街楼房的后面。我从212单元的门廊走了进去，它的背面吊下去很高，我从平街层一直往下走，数了七层才到底。和平坡以上的楼层一样，人户全都紧闭着铁闸门，底层墙上有一截向外膨胀的水管，使得整面墙壁像是膨胀起来了。走出大楼后身，确实在一处墙面上有一个数字，但这仍然是212。除了地上年久破碎的方砖间长出的青苔，和一树被柴堆覆压着开放的孟春花，我没有见到别的事物。

可以确定，我理论上的住址是不存在的。它只是一个数字，一个虚空中某处悬着的衣钩，让我的身份可以挂在上面。这是一个游戏，我不能当真，如果213号真的存在，游戏就难以为继，楼道里每扇铁闸门都不再安全，墙壁真的会膨胀出来，大楼崩塌。一旦这幢无形的大楼崩塌了，就会比眼前真实的大楼倒塌严重得多——它无比庞大，一个门牌内容纳了至少22幢大楼（不考虑那个"附"字），每幢大楼至少12层，如果按照眼前大楼相同的层数，每层大约四户，在华新村213号这个无形的钩子上，挂着上万名像我一样的影子住户。我们都是这个城市的幽灵。我不知道在街头擦肩而过的行人里，有多少是我的同类，他们是否曾经来寻找这个地址，或者在离开之时，从钉子上悄然取下行李，就像从未存在过。

"我们总算是又逛了一次哟。"离开洪崖洞的时候，陈天说，"你还记得那次在涪陵，我们过江去程颢演卦的易园，像今天这样散步，聊天。你走了，我就没跟人这样聊过了。"

是的，我记得。我再也没去过那座江边小城，就像不知道会否再来鱼城，见到陈天。在这座城市的穿梭游荡，以前看起来那样永无休止，却忽然间结束了，像一次也没有过。

"你是要把我跟那个舞女一样写到故事里去吧，连同今天的散步？"路上陈天想了一下问我。我说："你是我鱼城故事里的主人公，很多年以前就是。"

"我不希望当你故事的主人公，有些事情还是让它过去的好，听起来没有那么令人愉快。"陈天说。

"不过除了你，也没有人会把这些事情记下来了。"

2001

十八年前的一个清晨，我从较场口的办公室下班，站在十八梯石坎顶端，感到身体失去了重量，像一个现成的天使。

失去身体的感觉不是一下子出现的。大半年以来，我在报社做夜班编辑，隔两天要熬一个通宵，清晨在白蒙蒙的天光下回家，头和脚步轻飘。过了几个月，身体需求越来越少，饭量下降，性欲几乎消失了。我不再去跳舞，晚上小絮偶尔的暗示会让我不耐烦。有时觉得这是一种安心的状态，似乎渐渐摆脱了自己的肉体，灵魂独自生活，像我少年时代想要的那样。

但身体能承担的也越来越少。爬上租住的五楼觉得很累，赶不上身前的老年人；傍晚上班时爬十八梯的石坎到报社，更费时良久，像一个衰弱起皱的老年人，要在途中歇几次，让落后的呼吸跟上来。呼吸本身成了很大的负担，像一种强加给我的东西。

歇气中有时想起阶梯的譬喻。前几天我跟陈天、李影一起从解放碑大都会顶楼"外婆桥"回来，宴请的主角是陈芬，主题是向大家介绍陈芬耍的朋友。这是沈文明去世之后大家第一次聚餐。本来也喊了吴海子,他当了晨报的编委,值班看大样脱不开身。

"陈芬还是个官哦。"回来的下坡梯坎上,我问陈天。

"她是市纪委的一个处长。"

我走在他前面,边下阶梯边说:

"像吴海子跟陈芬他们,站在比我们高一级的阶梯上,我们伸出手来可以拉住,甚至关系还会很亲密。而我们的手往下伸,又会拉到比我们低一级阶梯的人。我们和两边的人都是好朋友,可是他们之间没有联系——他们隔了两级阶梯。"

"同样,吴海子他伸出手能够够到的人,我们也够不到。所以有人说马克思的阶级斗争学说过时了,但人生的阶梯又是分明的。"

陈天没有回答,只顾注意踩着生了苔藓的梯坎,似乎我多余的话,给这场散步添了小小的冷场。这在我们当中是不常出现的。

或许是我的话不合适,或许他只是在回想,刚才聚餐上见到陈芬要的朋友,是沙坪坝一个派出所的所长,看上去微微有些发福,两人就要结婚了。这是沈文明去世一年半后的事情,没有什么可说的。那天陈天的话显得很少,只是感谢陈芬帮李影找了在鱼城的工作。

在十八梯顶端,我一时没有迈步下坎,担心自己一脚踩空,会脱离地面飞起来,到达没有重量的地方,背上甚至长出透明的翅膀。就像我有一次对陈天说的：没有这根阳具，我就是个天使。

这是以前没有的身体感觉，它一直在那里，是一副我没法撂下的担子。像刚到鱼城，和报社司机小黄从菜园坝取回上海托运过来的书，小黄搭把手卸在地上就离开了，我独自搬着蛇皮袋上七楼，在来去的十几趟中，淌着黏稠的汗水，领受着经过的人猜疑的目光，像是支取了出生以来所有储存的力气，却只是开头。

夜班之前的日子，和陈天、万群他们走在去金竹宫的路上，几个一起分来鱼城的外地研究生，据说是报社专门决策"引进高层次人才"的成果。万群说到头天一个大款师兄来，请他去了牡丹夜总会。

他讲，那个"妹妹"像女学生，特文静。他问她一月能挣一万多吧？她说哪有这么多，也就是五六千。"你划得来？""那你让我干什么？"她叹气，"能当'妈妈'就好了，一个月两三万。"忽然反问："你愿不愿当'鸭子'？找钱比'妈妈'还高。"女人又笑，打量他："可是当鸭子也要条件，一要能侃，二要能干。"万群的体型那时还清瘦，算不上能侃又能干。

"今晚跟我走啊。"他尽量老着脸皮说。他第一次进夜总会可没这么出息。人家问他"怎么来的"，他竟说："同学带我来的。"他从此没忘过这句回答。小姐微笑了："我大姨妈来了。"

"大姨妈是啥子？"我的问题让大家笑了起来，跟着我就似乎明白了，脸上似乎有些红了，只是又想：为什么不待见大姨妈呢？母亲没有亲姐妹，谈不上对姨妈印象的好坏，只能说当初读《红楼梦》，对薛姨妈的形象不是很感冒，生了一个呆霸王，又加上有心计跟林妹妹争对象的女儿。脸红的感觉很快消退了，让位于另一种留恋的感觉：这样散步的小小队列不会有许多次，由于小絮在这里，他们并不带我，去哪里并不重要。

万群说大姨妈只是借口。"小姐一般不愿意跟你走，怕不安全。"眼下去金竹宫跳个舞，就简单得多了。这是我的初次，类似"开处"，他们却是有规律地去。那里的优势是实惠，能够摸到真东西，而且不是《在细雨中呼喊》中两个少年所谓的真东西，却花不了几十块钱。

那是一个巨大的防空洞。从道门口附近街面往下走，一条甬道长长下降，壁上挂的小灯有几分诡秘，地底传来的音乐声含有惶恐，我们像在走向一个巨大的、出自历史的仪式深处。到达底部是黑压压的人群旋涡，一种喧闹且浮动的东西像烟一样笼着，其中确实含有大量的烟。舞场是两部分，一边是茶座，一边是舞池，买了五元钱的票之后，撩起帘子进入舞池，最初一刻什么也看不见。

这个庞大的空间无从把握轮廓，沉在黑暗的海底。眼睛渐渐适应了，人的轮廓显现出来。我发现不少的人和我一样，站立着等眼睛适应，然后迈入黑压压的人堆之中，中心的人在挪动，这是一个庞大的中心，体毛那样紧紧纠结在一起，几乎看不出单个的人。而边缘在四处游动，一群群男人来去像虚无主义者，穿过大量站立等待的舞女。他们交换着冷静的眼光，成交者示意，就拉起手加入中心。我惊讶于这里无数的女性，如果男性也是无数的话。这原来是个巨大的交合仪式呵。中心那里的动作暧昧不清，我心情紧张，在人群中徘徊，手指在裤兜里按着纸币，已变得汗津津。

我的前途莫测，直到第一个女性主动招呼我，她看上去温柔可亲，二十五六岁的年龄，她的话语和臂膀消化了我的不安。按照同事们的嘱咐，在她的引导下，我很顺利地摸到了她的乳房，这是一只丰满的乳房，并没有下垂，然后又是一只，它柔和的形状像一个岛，一下就让我彻底地平静，忧虑都退到模糊的远处。她告诉我，她是一个厂里看仓库的文员，由于工资太低出来跳舞。她还在参加大专自学考试，前不久刚过了两门。我对她说自学考试很难的，不如上函授。她说函授贵，反正慢慢考。她打了点香水，但并不讨厌。周围的气息复杂浓烈，暗中大型空调在呼呼转动，音乐甜美，催眠着人的嗅觉和听觉，明知暧昧，却聚集不到生理反感的程度。

肯定是有问题的，其实冷静地想，肯定有。手心和胸脯上的黏液，在核心的昏暗灯光下，忽然看见一个舞女在为舞客手淫。那时全部的恶一起苏醒，这里的本质显露，霎时无法忍受，推掉怀中的异性，草草付了钱跑走。黑暗中的她感到突然，困难地辨

2001

认钞票。但我无法摆脱尚在旋涡中的伙伴们，一个人走出甬道。我有些反感下身，但被乳房的曲线组成的天际线吸引。乳房是人头上空的救生圈。

我见识乳房的数量迅速增长，进入一个磅礴的世界，童年的我也从来梦不到这么多只乳房，它们满空飞舞，挑起对饱满的、柔软的、俯就的世界的渴望，绝望地永无止境。五十年前，在俄罗斯边疆地区一栋癌症病房楼里，患乳腺癌的少女阿霞把乳房悬垂在少年焦姆卡脸上："你吻吻它吧，吻吻它吧。"她流着泪，第二天它将被扔进垃圾堆。对那一刻的少年焦姆卡来说，他尝试了人生全部的温柔和残酷，这对一个孩子是否太重又太轻了？

这大概是一个地下指挥部吧，一个历史场所，现在却埋藏了鱼城快感的秘密。那样壮观的场面，对我而言没有再现过，即使我之后还去了多次，当初的震撼却消失了，我成了烟雾弥漫下攒动人头中的一员，无从分别。也许是场面太过庞然，金竹官后来由于消防问题被关了，很长一段时间里，同事们无所事事，直到偶然听说了新的地点食品舞厅。在那里，我意外与小芹重逢了。

烟气浮动的灯光下面，她在一排穿着单薄等候客人的女孩当中，个子显得细高，似乎并不适宜出现在这里。我们的眼光相遇，最初都霎时避开，或许出于震惊和尴尬，怎么会在这里？我想过在什么地方和她擦肩，朝天门码头或是解放碑的路面，停下来搭讪两句近况，又匆匆作别；为什么是在这里，彼此以这种身份？没有别的舞客向她伸手，也许和周围的女孩相比，她单薄的身体实在不算性感。她正要往回走，我邀请了她。

我们像其他舞伴一样搂在一起，慢悠悠地转着，没有说话。她的身体温顺地贴着我，和其他舞女的温顺没有两样，这就是当初我在宿舍楼顶和水房魂牵梦系的身体，没有了那份躲闪和疏远，但又显出迟钝。虽然在我怀里，却似乎离得更远，带着某种烟气和汗意，变成了另一个身体，我搂着的小芹也变成了另一个人。两曲终了，我给了她二十块钱，她回到了候客舞女的队列里，我随便再找了一个舞女跳了两曲。过了一会儿我再去找她，一时没有找见，疑心她走了，后来灯光变亮，她从舞池中间退了出来，和一个舞客分开，轻轻往衣兜里塞一张钞票。我又邀请了她，跳完一曲之后，就跟她到旁边的长凳上去坐着，问她为什么会到这里来，似乎她不该先问我为何来舞厅找乐子似的。这是我们在舞场里说的第一句话。听到她的回答时，我似乎有一种释然又可惜的感觉，她的声音没有变，仍旧是那个在水房的滴答声中让我感到心中一动的声音，似乎在烟气的熏染下预先获得了某种豁免权。

她说，自己离开报社印刷厂之后，有好几个月没找到工作，在鱼城漂着，租房子的钱都没有了，只好到一个也是湖北过来的女孩那儿去挤。那个女孩在朝天门布店售货，自己没多久辞了职，介绍小芹顶了她的岗位。布店里一月挣七八百工资，一天站柜台的时间太长，下班之后基本只能睡觉了。干了一年，她觉得实在没意思。到鱼城以来的几年经历，和当初出来的想法不一

2001

样。那年她从宜昌上船,带着一股离家出走的快意,坐着上行的轮船来到朝天门。看到岸上高低矗立的灯火,还有"鱼城港"几个显眼的大字,好奇这个城市的灯光位置都特别高,整个建在一块高高的石头上。顺着石阶一步步爬上去,就有了很多的憧憬,心想自己会够到解放碑的灯火,没想只能停在南岸和下半城的位置,在气息憋闷的车间屋顶下或者灯火暗淡的马路旁边求生活。一天手里拿把塑料尺子,除了量布就是裁布,有时还要从车上帮忙卸布,觉得自己的双脚被粗糙的布匹缠死,失去了知觉,身体要被布裹起来,像在乡下夭折的女孩子,年纪轻轻地下葬了。她不甘心这样,找不到出路,又不愿意回家去面对继母那张从来没有挂上去过的脸。

　　后来她发现,当初介绍她去店里的姐妹虽然不上班了,却手头宽绰,经常请她吃饭,没事就去逛解放碑大都会。问她才知道,可以晚上到舞厅去跳舞,好耍,又能来钱。小芹担心自己不大会跳舞,姐妹说也不需要会跳,小芹不大相信这样的事。后来周末跟着去了一天,看了半场,才明白,心里觉得这样的事自己做不来,脸红。姐妹说头两回脸红,后两回就习惯了,也没啥,里面黑灯瞎火的,谁也看不清你。主要是来钱快,一首曲子就五块十块的,又不费力。想到在布店里一天十个小时地站着,一月七八百块的工资,这里小姐妹一晚上就能挣一百多,能到解放碑吃东西,逛大都会买包包鞋子,好几个姐妹都在这样跳,再回想起在印刷厂装订车间被排挤的遭遇,小芹终究忍不住下了舞场,站在了等候舞客挑选的人行列里。起初在黑暗里脸红到发烧,感觉自己要燃起来,也觉得吃亏,挑舞客,遇到那种特别过分的,直想把舞客的手拽下去,后来也就习惯了。只是每天回家,一定去巷子口的大众浴室,好好洗一个淋浴,那些舞客的手掌痕迹,似乎就像树叶从身上落下了。

小芹也坚持着小姐妹们教给她的底线:上身可以摸,下身不行,遇到那种客人一定拒绝,宁肯吵架撕破脸。因为这是小姐妹们和站在对面一排的老舞女的区别,是跳舞好耍和卖身的区别,是年轻和年老色衰的区别。至于出台,更是不常见的事,一般是肯掏很多钱的人,或者长期包场的熟客。

我们像普通的舞客那样跳舞,只是每次我都多给她一二十元钱。有一次在舞厅散场后,小芹跟着我去劳务市场,爬上七层楼梯,又避开房东太太的视线进了我的租屋。"我好少做爱的。"在我们上床之前,小芹正正规规地用着这个字眼说,就像她在印刷厂宿舍楼里第一次跟我搭话,似乎从那座宿舍楼到这家舞厅,一切并没有发生什么变化。但毕竟有什么暗中改变了。当初我在水房和走廊里曾那样渴念的身体,似乎远隔银河,缥缈如同星云,如今这样来到我的身边,仍然有一分过于苗条,似乎额外减去了一点什么,又多出了舞厅里的汗味和一股烟丝气息。我在她的乳尖上尝到了浓浓的咸味,来自今晚不同舞客的手掌抚摸,其中也包括我的。

后来小芹告诉我,来我家那天她在身上藏了一根针。如果上了床她并不想发生什么,而我不想就此打住,那根针就会拿来对付我。那是一根顶大号的、用来缝纫帆布的机针。

我背上有点发凉,不敢让她拿出那根针来看一下,也不知道她藏在什么地方。我只是小心着不碰到这根针。我们躺在床上聊到彼此的过去,难怪她在南坪时从不吐露自己的家世,似乎正像那些小说里的情节安排,她的故事里除了父母离异和继母的不待见,还要添上生母的乳腺癌。母亲离婚后状态很糟糕,父亲也不管,只有她找钱给母亲治病,因此她跳了大半年舞没存下钱。

我说癌症治不好。

"是啊,可是不给她治,她的咪咪烂了,看上去真的很烦呢。"小芹心事重重地说,分不清她说的是病情预后,还是眼前已经发生的事实,让人无从目视,尤其是我正在抚摸她咪咪的情形下。

那次上床后我给了她两百元钱,但是在按价付账之余,我们之间似乎有了一种莫名的关系,直到她说出"女朋友"这个词。

我停在梯级上,眺望坡下的鱼城,层层沉积的旧砖房或木屋,长江掩映在几幢高一些的楼房身后,露出宽阔不失蜿蜒的腰身。江面那边是有些迷茫的南岸区,刚刚开始修建的南滨路,露着一些生荒的地面。远处南山的丘陵地势一直通往云南的山脉,那里竹林耸起托住了阴影。 河流与幽深的竹林缠绕不休,来自竹林又归于竹林,植被茂密地遮盖了阳光,掩护了陈独秀的墓。植被又是在蒸腾，阳光下绿色的雨，使我想到远古的四川农民，李白和苏东坡的童年、初恋、眺望、远行。

南坪是我初来鱼城住过的地方，已经很久没去过，就像把东西丢在地上再也不去捡。小絮倒是在那里上班代课，但用不着我去探视，她也似乎不情愿这样做。这是长年奔波后些许的成果，从人才市场到招聘单位，黑压压一眼望不到头的长龙，厚厚叠压的简历材料下寥寥的机会，蹩脚条桌后招聘者麻木不仁又故作深沉的脸，简直就是蛊惑人心的圈套。我更愿意在市场外等待，几次等到小絮一脸通红地奔出来，原因是招聘者对她说了一句英语，而在老家学校教英语的她脑子一片空白，像课堂思想走神被她叫起来提问的学生，完全找不到那句回答。在这个人数过剩的市场里，每个应聘的人似乎变得越来越小，直到跟人才完全不沾边，却无法摆脱这个过程。

奔波的历程从上海就开始了，在毕业前那个蒸热的暑天，上海西部连片耸立又毫无差别的写字楼看起来仿佛气化了。我们在其间上上下下，有的好歹得到了一个盼望，或许只是一个微笑，一个较为和善的态度，一句随后等通知的套话。给人带来希望，希望又变为失望，像白天奔波的汗水很快变咸，和晚上在南区宿舍楼硬板床上拥挤的汗水胶着在一起。

有时候开始怨恨那些故作亲和的话语，轻巧地许给似有若无的希望，就像春天里的一次前鉴。一个叫普尔弗之类的外语培训公司大规模招聘，初选通过后要求到上海面试，而小絮的学校课

2001

程请不开假。打电话说明情况,招聘的女人在电话里煞有介事地回答:"我们希望给所有人提供机会,但不能保证你录用,是否来你自己考虑好。"咬咬牙,还是让小絮来了。在我那张晒烫的单人木板床上安顿下来,去远在郊区的这家公司,一直走出高楼的边界,到了蒙蒙稻田之中。

我们都意外上海会有这样的稻田,甚至没有找到正路。小絮穿过窄窄的田埂去面试,我在稻田边草地上躺下来,翻看手里拿的蓝英年译的《日瓦戈医生》,似乎第一次懂得了那些刻画蓝色天空和纤细树枝的句子,还有糅合着诗歌与方言的漫长对话,像民谣的吟唱一样永无休止。蜻蜓有时擦过我的额头。读完一章,小絮从普尔弗出来,说前来面试的人排长队,可能那个女人给所有投简历的人都发了面试通知,他们大约是借招聘来做企业宣传。

我没有说什么。我们沉默地在稻田中间逛了逛,似乎对这里有某种感情,但知道不会再来了。小絮要赶回陕西去补课,面对无故旷工的处罚,过来时下的莫大决心,显得有点可笑。

夏天里接到一个面试机会,去到一个破旧的工厂区之类的地方,整座社区似已废弃,大楼面目蒙尘,小絮从楼道走上去,寻找那家据说是开在这座空荡大楼里的公司。我开始担心她的安危,似乎这里会上演诱拐、绑架、失踪的情节,但我仍旧被一种东西阻碍,没法陪她走到楼上的办公室,徘徊在空荡荡的楼下,悬着心等到她走下来。小絮说楼上只有那家公司的门牌,一个面试的男人，对她印象似乎还好。但这个地方太清冷，也不太敢相信这家公司，即使通过了恐怕也不敢来。我们离开之后没有下文。

不管怎么说，那么多次失败下来，总算有了这么个代课的地方，告别了在各个人才市场穿梭的轨迹，在家中单单等候我归来。当我在一天"扫街"的奔波之后，回到南纪门那处光线不足的出租屋，敲门等待小絮来打开，看到她的神情由寂寞到看见我露出的喜悦。在整个鱼城只为等待我，为的是阿里巴巴念着"芝麻开门"的咒语，而小絮真的变为了一粒芝麻，这么小，没有了重量和需求，我却无法像她希望的，把她装进衣袋带走。

似乎没有这个机会的话，再也拿不出一丝心力，只有破产或者回陕西，却又来了这么一根吊人的蛛丝。每天八节课和十五块一节的收入不可谓不辛苦，"好歹我可以养活自己了"，第一天下来，小絮哑着嗓子却似乎有几分高兴地说。她还没有学会如何用低一点的声音讲课并压服一帮城里的小孩，不过慢慢地也会找到一点分寸。我们从南纪门搬到了十八梯光线较为明亮的租屋，涨了一截租金，我也从热线部到了夜编部，生活告别了奔波的过往，安置在这段上下坡的阶梯轨迹里，像一个总是在这段路上，挑着一副看不见的担子的"棒棒"。

第一次走出菜园坝火车站，迎面围上来的"棒棒"吓住了我，手里圆滚滚的竹棒和急切贸然的口音像是要明火执仗。浓郁的口音，含有一种陌生的质地，如同这个城市的本名，天然含着一个"重"字,无从解脱。"鱼城大吗?有农村吗?""有,鱼城是大城市,大农村。"从上海过来之前,在电话里只问了这两句。到了鱼城,并未真正下乡。就像当初大学毕业回家乡的法院,想着扎根乡土写小说,以为自己可以承担泥土的重量,却失败于旁人的眼光,"他来这里干什么?不行才回来的吧。"报社校对室那些人的猜疑,"说是引进高端人才,特别好的留在上海了,也轮不到咱们。"

上一次过江,是周末去商学院打印稿子。

走进新式的学校高门楼,拱形线条带有雕花的廊柱,有点仿古却带着洋气的味道,和我熟悉的那些古老却落寞的校园大门很不一样。初来鱼城自制的"作品集",是去鱼城大学打印的。它两扇水泥墩子的沉郁大门,完好保存着另一个时代的阴郁质量,那暗红的字迹似乎生来如此,不曾被雨水和岁月冲刷:"教育为了工农兵""无产阶级大学"。后来我看到沙区红卫兵墓,墓碑跟这两根柱子像极了。院中草木葳蕤,我的大学生涯,似乎就淹没在这样的盛夏荒草中,辛苦而急促地穿过记忆,一些木板房子的微红色内部使我感到了神秘的亲切,想到了朦胧久远的仪器、课堂和心灵的往事。

在复旦一间霜白的、四面是暗红木格窗的教室里,高老师为我推荐稿子。他有一个同学在北京某杂志,最近当了常务副主编。楼板轻轻踩一脚就引起回响,似乎在一口井中,窗外有点点飞花。对复旦现在就是这样的记忆，一种东西离开久了，变得没有理性地浪漫。电话打了，稿子寄过去，一直不见回音。一个月后我打电话问，说还没看。给高老师说，他连说没问题，同学有些忙，毕竟是做主编的人。

但过了一段时间，那边还没来电话，高老师就让我再拿了一篇稿子，一路寄给他。"也当作催一催。"我看了高老师的推荐信，说我的东西"初看平淡无奇，看进去了很有味"，又说："以前你多次督促我给你一点东西，因为我生性疏懒，一直没有还债。"这两段话莫名使我感到一点难过，和对老师的歉疚。信又寄了，过了一个月，没有回音，我打电话过去了，那边正在和人打牌，开始没想起来，我说是高老师的学生，才"哦哦"地说道："看了，看了，还可以，就是我们这里比较强调现实，你的东西题材意义到底有限。"我问他写得到底怎么样？对方停了一下："风格不合吧。"又说他会给高老师打电话的。

后来我告诉了高老师，他沉默地点了点头，说那个人不要再理他了。我很少见到高老师这么动气，我也觉得废然。到现在我还常常思虑、后悔，是否这导致了我和高老师的疏远，还是当初不该叫他推荐稿子。在帮我发表毕业论文这件事上，他也很失败，虽然在自己的论文发表时他不同寻常地成功了。

废然是一种常态，也许胜过"无聊"。当痛苦袭击一个农民，他总是默默地受，等待着过去。过去了，就能深刻地体会"活命"这个词。我想为一个老年的农民写一首诗。这首诗只有了两句：山顶笼上阴云／农民步入老年。陈天说吴海子写诗靠一种语言的天才，总能得到最合适的词语。赵传一首歌唱道：仗着天／我走路大步大步。我的任何一小步都笨重。以前以为上帝在支持我。用失败来试炼我。肯定很多人都这样想过。

今天我还是行动了，准备打出来寄给同学陈立。毕业后大家分飞，他分到上海某出版社。这是一个特别走运的结果，我曾想争取却失败了。

陈立的哥哥起了决定性作用，他在法国当翻译，出版社的老总出国旅游，正好他做导游，相处愉快。老总问到他有个弟弟在国内复旦大学，表示可以帮忙。回来兑现了诺言。上次电话中，他说已认识了不少作家和编辑，韩少功、海男等等，让我有了东西可以给他寄过去，碰碰机会。"就是怕你出了名，不理我了。"

我对着电话狂笑："怎么会！"我说的是"怎么会出名"还是"怎么会不理你"？后者未免太自以为是了。也许就是这两者微妙、隐秘的混淆让我大笑，同时感到笑后面的抑郁。

陈立不以为然地说："那可是未必，你的那种风格，肯定会有人喜欢的吧。"指的是我以前寄给他的《唐诗故事》。

尽管自觉有点虚伪，心里还是窃喜的。以前在大学里，并没给他看过我的什么东西，没觉得他是文学同道。现在他倒是——

眼下两张软盘在裤兜里体贴着我，有一篇就是从《唐诗故事》中抽出来的加工部分。

自从办公室的电脑爆发了一次病毒,副主任在他经常使用的那台电脑上加了开机密码,而那台电脑又是这个办公室唯一装了激光打印机的,我就失去了借公家之便打自己稿子这种小小的方便,虽说我以前也只是用一下机器,打印纸是自己买。报社附近打印店价格不合情理,输出一张要三块,最少也要两块,算下来两篇稿子得花很多钱。根据我的经验,大学里的打印店应该比较便宜。我的目标预期是找到一家一块钱一张的。

眼前的楼略为含有神秘,暗红色、黄色,形状有几分像城堡,特别是立于高坡上的那些,这些使我陌生,不是我经历的校园。想到传说中从未见识的"大学城",像失望的 K 站在村头感到身处异乡。只有门廊里的传达室和 "男生止步" 的标志是我熟悉的。

一条尚未填好的深沟那边,一座现代样式的宽顶建筑,走近后看出是食堂。灯火就要辉煌,它显露出来的钢筋结构和玻璃组件,有一种神秘凄凉,也许是由于那种冷色吧?伤感有时候包含神秘,蛊惑我自己。我的头是微侧的,我顺着少人的洁净水泥路走去的行为是生僻的,仿佛我打算什么也不碰到。但是就在眼下,就在路边,一对恋爱的学生勾肩走来,幸运满足地微笑,女孩却长得有几分庸俗,使我对他们产生了一种"苟合"感,这真是一种破坏性的感觉。

奇怪,这里仍旧不见打印店,小卖部倒是有几家。我朝着学生宿舍楼走,那地方一定要养活这类生意的。但是我走了相当远，还没有见到宿舍楼，同时渐渐惊讶于这座新学校没有历史，倒能别具一格，或许是一种考究的洋气。人造的不过度张扬的排场，除了占有南山的地利，听说还由于校长是现任常务副市长的弟弟，能得到拨款。

我在草坪和喷水池边缘上走着，有时钻进一片竹林，里面有的部分已整治得很好，当然还有一两对拥抱或独坐的学生，像无可救药地安静的鸟儿。这使我感到一种手足情谊。一道月亮桥，几处石阶还有溪流，我没有去看溪水，心里却判断那溪是脏污而又不超限度的，一个这样的情境能容忍的限度。有一片地方还在整治，我踩着刚铺上的松软土堆，迈过一个界线，于是又回到了大路上，像是要急匆匆奔赴什么地方。

我知道，我走路的样子几分像有角动物，昂头，鼓起嘴巴，两手倒背。在宽广的操场上，这没有妨碍。当我遇到越来越大群的学生，我这种姿势就收敛了一些，脊背稍微弯曲，手贴紧两肋，顺从中含有期待。我意识到学生像潮水一样涌来，很多跟过去的我相像的穷学生，边幅不修，一眼看过去，内心的沉默和家境的卑微就现形了，无可掩护。

我也遇见了漂亮的女生，竹林里恋人的情态还未消逝，有一种缠绵的东西开始隐隐活动。这种活动根本没法提到桌面上来说，可是暗地里仍然是需要出路的，又根本没有出路，只能乱走一通，在某个部位又沉沦罢了。小絮来鱼城之前，我的出路只有手淫或找妓女。这显然不是理性的解决，算不上一种解决。跟妓女在一起，双方总是要提防什么，肉体挤压之外其他是疏远的。就算表现得羞涩、亲切也不行。她来之后，似乎仍然没有解决，倒像是加增了别的重量，让人轻易不愿伸手触碰。

眼下问题却忽然消失了，像是有一双手替我拿掉了它。但我也有些心虚，这副轻飘飘的担子，有天我也会忽然挑不起，一下子变得极其沉重，把我压倒在地。就像走出办公室时触到头顶的天光，总是特别沮丧，像有一块毛玻璃压下来，头皮发麻。

春天的气息些微飘来，我的胸口有轻微的疼痛。这是陌生新鲜的感觉，想离开这段轨迹，到那片有些迷茫的远景中散散心，把无形的担子放下一会儿。

中午，我租住的楼房被一片人声抬起，连同我稀薄的梦境。睡眠到了末尾，像煎得太久的盐改变了性质，近似于昏迷中的挣扎，一种对于睡去的懦弱迷恋，是我这样过夜生活的人独具的迷恋。我被吵醒了，却不知是人声中的哪个声部，哪一次尖锐的发音，刺破了我稀薄梦境的被单，似乎有个尾音留在脑子里，却无从找寻。我待在床上，床头有一本陀思妥耶夫斯基的《罪与罚》，半天才想起这是从图书馆借来的。

正像李影说陈天：早上起来，会瞪着眼出神半天。

图书馆在两路口坡地上，有几排苏式老房子，看上去像一个异乡人走到这里，临时停下来在路边歇息，却再也没动身。因为防火整修，里面敲打得又破又乱的，仍有一种时间停滞的气息，

2001

暑热蒸着木窗格上暗红剥落的漆皮，铁质书架上厚积着灰尘。前不久，报道了一个女孩在开架书库里闷得休克。暑热在这座城里像黏稠的泥浆堆积，在人们彼此紧挨的背上相互流动，像铁柜里关闭的空气的绝望，又似乎是用旧了却无法舍弃的象征。一眼望不到头的书感染了陈腐气息，它们把偶尔增添的新书沉沉淹没，使库里失去了一切活气，陀氏的书就蹲在十九世纪的囚笼或地牢里守望着，其他一些角落还囚着各自孤独的灵魂。

同样的闷热，充塞在图书馆下方半坡的博物馆里，房子比图书馆更老旧，看来出自民国，所有的木格窗户都关闭着，似乎被钉死了，没有空调和电扇。一副陈列在沙盘里的恐龙骨架，像是从侏罗纪的闷热里一直存放至今，那些已成化石的巨蛋或许受到催化醒来，却又被暑热催眠。不知道这座建筑以前的身世，没有任何的标识介绍，一切事物都在半死不活中，正如鱼城无数的旧物，连同报社里曾经的"国民党政府陆军部"礼堂，现在只是用于工会每月发东西，领回色拉油、红九九火锅料和卫生纸。

眼下这本书显得过于沉重，我另外打开一本《江文通集》，朗诵两句"郁青霞之奇意，入修夜之不旸"，固执地想把某种感觉储存在心里，但一户人家哭丧的哀音更执着地飘进我的耳朵。我想起来刚才是被它吵醒的，类似一种谣曲，声调咿呀，足够的悲哀又悠长。我走到窗前，想看看是不是北边的人家，那边不是前不久才死过人吗？办丧事的时候，人们在巷子里摆开牌桌，还要开一个卡拉OK演唱会，请来一帮野路子歌星和两三个打鼓的乐手，声情并茂。亲戚们轮番为死者点唱，希望他热热闹闹地听见。鱼城的大街小巷，永远热闹地演出故事，每个人都愿当个角儿。连找劳务也是如此，非要挤在大街上，市场里面却冷清清。

那悲哀的声音，并非来自北边的人家，却是从南纪门劳务市场升上来的。往下一看，只见密麻麻的人头。刚来的时候，这一片拥挤发出的嗡嗡声曾使我梦寐不安，非常后悔租了这套一室一厅，过了几天却适应了，像是其中含有强大的催眠力量。几个警察驱赶着人群，他们每人手持一个电喇叭，发出单调重复的口令"走起，走起"，类似吟诵。若非如此，他们自己也很快要被人群的嗡嗡声淹没。走过来，走过去，他们使庞大的人群永远停不下来，似乎只要不停地走动，就可化解一切矛盾，给患了肠梗阻的道路带来希望。

但这是个多么庞大的、不停蠕动的、充满一切的、散发着气息还伸出了触角的活物啊！它不断地产生矛盾，又不断地达成和解。有时候矛盾突然激化为冲突，流动的人群忽然停止了，积聚在街心，像掀起了一个浪，四面是水流相激，越升越高，溅起了污言秽语的浪花，最后终于成为惊涛骇浪，往往呼啸地冲向其他街道。这时警察只不过是浪花上的一块舢板，他们的工作在我看来因此完全必要却无益。但大多数时候，他们能够控制局面的根本原因是：这庞然大物受到某种虚无感控制，它扬起了浪花又将它们平息为虚无，发起了一个运动又猝然停止。这庞然大物还养活了沙滩上的拾贝者：卖盒饭油条，特别是那种一元钱一碗的糙耙饭的、擦皮鞋的、报贩、棒棒旅馆、公用电话摊子,当然还有乞丐。我想到柏拉图的洞穴和市场意象,我就像在背对人间的洞穴里,看到世事喧嚣落到岩壁上的投影,面对飘忽不定的火焰,无从捉摸真相,尽管我成百次地穿过人群,就像我一次也没有勇气越过人流旁的"铁门住宿"栅栏,走进地下的空间一探究竟。

此刻不知为何,我的耳膜对于楼下声音的旋涡感到极度不耐烦,江淹诗句的意境片刻挥发,也许是我的身体在一觉之间变得更轻飘了。我匆匆拿起陀氏的书,带着空落的肚子出门。小絮去学校代课了,我郑重地锁好门:两道三保险的暗锁,加上两道走廊里的铁门,上锁时发出沉重的声响。外一道铁门是半年前加装的,缘由是小偷的不懈造访,以前靠里装的小门保护不了靠近楼梯的两家,其中包括房东自家的住处。紧临劳务市场,底层出口没有装门,顺楼梯上下实在过于便利,很难阻止闲人的心思泼溅。

刚搬来的时候,房东大妈把着外一道铁栅门骄傲地说,这多牢实,看看这锁,"将军不下马"。她那胖大威武的身躯,由长年的鱼城老火锅滋养出来,似乎天然具有权威,耳朵下方两只黄澄澄的金耳坠轻轻晃悠,给这句话增添了分量。

没想到不久后小偷从外墙排水管爬上六楼来,偷走了厨房的一只电炒锅。房东加装了铝合金防盗窗,选了一种窗格较细、便宜的,我疑心它的坚固程度,却让位于房东"不锈钢"的自信。

不料改天小偷再次爬墙上来,掰断了一道窗格,在卫生间地上拉了一泡屎，屎附近还有两个烟头，却没有拿走什么东西，看来是示威。奇怪的是也没有发现他使用的卫生纸。想到当时我们睡在卧室，客厅通向厨房的门开着却一无所知，真是不寒而栗。客厅里倒想不起丢失了财物，想必除了一台搬不动的二手冰箱，我们的租居生活实在缺乏财物。

对着那个窗格的大洞，房东也不免目瞪口呆，耳朵下面的两个金耳坠也不晃动。安窗的师傅生意好，过两天才能来，只能提醒晚上从外锁住厨房，把菜刀都拿到客厅里，晚上去上厕所的话把刀拿上。小絮又说不拿还好，拿了怕逼急小偷引起命案。她说的可怕景象使我也不敢提刀上厕所，只能拿一根木棒以示警戒。至于小絮，睡下后根本不敢去客厅。这样的日子持续到五金店师傅来补上了窗格子，我想这对于小偷仍旧只是摆设，不料以后竟未再来，或许发现这家人并无余财，而那一泡屎的示威已经足够。

有一天房东回家，耳朵了少了金坠子，神情也大变，激动地给我们看耳垂带血的豁口，讲述正午的惊魂：她走在南纪门车站附近的街上，忽然耳朵一阵剧痛，跟着一个黄头发崽儿从她身旁飞跑而过，伸手一摸耳垂，摸到一手血，空落落的，金耳坠不见了！稍停才反应过来是被那个黄头发崽儿一把揪掉，想追上去，人却早就在人流中没影了，怒气冲天又无可奈何。事后报案也无济于事，民警做完冗长的笔录，说最近这类飞步抢夺耳环或者手包的事很多，抢夺者大多头发染成各种不常见的颜色，为安全起见，建议她不要再戴金耳环，街上遇到染头发的小伙子离远点。跟着去医院治耳朵，缝了两针，现在还留着一道疤痕，破相了！

房东愤怒地说，啷个社会变成这个样子，她年轻时候，天气太热，全城老幼都铺席子睡在大街上，没听说谁丢过凉鞋水缸子，一把扇子也不会有人偷。她这对金耳环是银婚纪念品，现在剩了一只，配也配不起来，也不敢戴了。"没想到社会变成这个样子，你们报纸要多报道，改善社会风气！"这时她已经知道我在报社实习，刚刚开始跑消息。

多年后在北京，和一个同事在北四环南边的西湖春天餐厅吃饭，我清晰地回想起这个场景，房东失去的耳坠似乎仍在耳朵下晃动，楼里的炙热、吊扇的呼呼声和楼下市场的喧嚣连在一起，使我有一种要中暑的感觉。脑子里面固执地出现一个小偷顺墙上下的场景，他就像带着一个吸盘，多么光滑的墙壁对他也无济于事，牢固地附着在我的记忆里。这或许是由于这个同事写的小说，里面有一句描述他看见一个小偷——"极快地顺着排水管溜下去"。小说的场景发生在广州，主人公却轻易地客串到了我的鱼城记忆里。

我没有报道房东太太的这次遭遇和连带的小偷拉屎示威的情节，尽管它够得上一条社会新闻，我又很缺线索。似乎这件太切身的事情，只适合慢慢地过去，在市场嗡嗡的喧闹中被人遗忘，最好是爬墙的小偷或抢走了耳环的小子和我们一起忘却，生活才得以持续。连那些网吧失火，不良少年窒息身亡的事情也须忘却,像那只发出人一样悲哀笑声的羊一样,被人忘却。我想到那个睡在屋顶被小偷打洞的棚屋里,打电话向我请求不要报道的少女,我们的生活都铺在人们手边,无从防御,看起来的安全感不过是自欺欺人。

劳务市场的出口对面有一座教堂,显眼的十字架俯瞰着熙攘的人流,似乎谁仰起头来,就可能随时被拯救,只是人们几乎没有这种心思。在校对室工作时,我趁着午休去过几次。

是周日,讲堂里嗡嗡地闹,非常闷热。凳子是烫的,没有彩画玻璃窗,也没有唱诗班,羊圈外紧临汹涌的大街,怎么保证不流失?耶稣说他爱走失的羊胜过羊圈里的。一些跟着父母来的小孩在座位间穿梭,牧师在讲台上用我听不懂的某种方言宣讲,从他脚下搁的牌子看,是《传道书》某节。他的声音含混而闷热,透出了心中的激愤焦虑。克尔凯郭尔保证说这正是使徒的本质。他不管不顾地讲着,也许使徒们真的已经抓住了他,听众们却是一副听天由命的样子,虽然也有人打手机,或呵斥孩子,但整个气氛是慵懒顺从的。布道终了,牧师说了一句什么,刚才的人们忽然齐刷刷地站起祷告,座椅一片嘎嘎响,我惊异地发现,他们都能马上准确地理解牧师的要求,像最好的信徒或羊群。这就是仪式!

后来一次,同样酷热的夏天。唱诗的歌声飘浮在报社上空,我受了歌声的吸引走进十字架下的拱门。两排穿着白衣的男童和

2001

女童在讲台前站成高低两排献唱,其中有些孩子几乎是婴儿。他们每人手里捧着一本赞美诗,神情专注地献唱。在我走进教堂时,歌声已经持续了不短的时间,一首接一首,中间没有停歇。我渐渐感到惊讶,孩童们要演唱多长时间,也许一生,他们不是一般的演唱,真正是"献唱",为我们这些成人——除他们的父母——还包括我这样不是信徒的人奉献。

教堂里这样酷热,孩子们头顶上并没有特殊的散热设备,他们站得密不透风,连续的献唱中没有一口水喝。座位上的成年信徒们也和孩子们一起歌唱,他们浑厚的声音正像父母之爱的云朵烘托着孩子们的歌声。奇怪的是在教堂之外,听见的只是唱诗班的童音,以及一个领唱者,这个严肃的年轻人嗓音甜美充沛,他的吐词舒气无不表明急于把自己奉献,正是他在带领着那些幼小的歌手,使歌声的潮流方伏又起,永无止息。

忽然,孩子们当中发生了什么。歌声还在持续,一个老师跑过去,抱出一个极小的女孩。原来这个女童晕倒了,她太小了,穿着连衣裙裙像陷在一朵大花里。女童闭着眼睛被抱出教堂照顾,孩子们继续演唱,歌声也没有发生什么变化。过了几首曲子,一个孩子忽然又倒了下去。和先前一样,一个成年女性抱走了她,孩子们继续献唱。他们的队列没有出现大的骚动,似乎他们习惯了这样的事情。这是一个小小的受难场,幼小的耶稣。谁能心安理得地接受一个孩子的献出?唱诗班的孩子大约来自虔诚的基督教家庭,他们的父母就坐在台下,和孩子们一起唱歌。只有他们能不动声色,有一种镇定的默契。

又有一个孩子倒下了。这次是个男孩。女教师中止了孩子们的歌声,他们一个个很有秩序地走下讲台,那个倒下的男孩也被抬走了。教堂里出现了一段静默,这时那个领唱者为在场的成人继续领唱。他带头以无限的激情重唱了刚才中断的那节,成人们跟上他歌唱,似乎刚才他们为孩子压抑了自己的歌声,现在他们的歌声像海潮一样,从低处涌了上来。炎热更加酷烈凝滞,和歌声一样趋近永恒。

我去参加过周三的青年读书会,在楼梯的拐角,看到广告"今日宣讲《马太福音》第三章1—5节,由温州秦同工主讲(温州话)"。是否鱼城没有自己合格的牧师?我对那些听讲的人更惊异了。我带了一本《圣经》,但发现那里的《圣经》是准备好的,还有一种赞美诗集,但不得带走。大家像在拉家常,说着一种特别的语言,"姐妹"和"做工"是使用频率最高的词。一位女信众带来了她的朋友,一个刚刚对信仰产生兴趣的"慕道友"。主持会议的女同工很亲切地欢迎她,用她那种特别的语言。初信者感到不大好意思,但又打定主意地探问了一个问题(大概是战胜不了好奇心):"信教会不会走火入魔?"女同工笑了,解释了信教与练气功的区别。"那能不能治病?"女同工说只要信教,心地平和,与人为善,就确实可以延年益寿,使徒们不是都很高寿吗?她忽然指指一位信众:"你叫她说说嘛!"

这位女信众极其瘦弱,似乎是从最初世纪基督徒们的"墓穴"里出来的,还带有油灯的光和死亡的枯瘦气息。她认真地捧读着《圣经》,有一张基督着意要去拯救的、走失的、受欺的羔羊的脸。整个读书会上(甚至包括同工),只有她带来了这种气息。她醒悟人家在叫她,不由得怔了一下,女同工微笑地说:"我们这位姐妹,身体很弱,原来也曾经为教会工作。"看来她有半截话没有说。女信众用低沉痛苦的声音说:

"我以前因为生活痛苦,身体差,想自杀了,因为我找到了主,还能进入教会,为主殿做工。又由于信心未固,退出了教会,不能成为主的牧人。(这里她咽了一下。)主怜悯我,让我的生活里有了主,现在我还是非常希望,希望,有一天能回到教会的怀抱——"

说完后就低下头,不再补充什么。她的语气中有一种极度的负罪感,似乎是要哭出来了,她给聚会带来了沉默。我想到她在进行语言的赎罪,而她常常被要求当众进行这场赎罪,又以自己的罪过为见证。此时众人对她既有对罪人的怜悯,又有不寻常的畏惧。既是玩味,又是忍受。我感到了这种畏惧、不快的气氛,笼在每个人心上。耶稣去到耶路撒冷,就是带去了这样一种气氛,弄得大家只想摆脱他。他抱怨着杯子的苦味,最亲密的信徒们听得也不耐烦,一个个睡着了。他却要他们警醒。女同工连忙用她那特别的、亲切的语言,说起一个什么话题,气氛才又轻松起来,我感到大家都吁了一口气。这时我忽然感到:这种语言在这里并不是自然的。女同工自己,她一次又一次地让那个女信徒发言的时候,心里也一定非常矛盾。

后来我们学唱赞美诗,使我忆起在上海时走进南京路口"沐恩堂",听唱诗班献唱。那是我唯一一次在现实中听到唱诗班歌唱。但是教堂中的气氛究竟是几分现实几分幻想?学了一段赞美诗,大家休息,一个信众问同工工作苦不苦,同工感慨地说,苦啊,总是遇到不理解主的意旨的人,他们只知道基督的话"打你的左脸,把右脸也转过去让他打",一提起教会就是这两句,还提出过分的要求:"你们反正是把脸都可以给人家打嘛。"你说不是这个意思,他们就说你虚伪,是鸦片。比如前一阵长江洪灾,就有外地人跑到教堂来,自己说是灾民,啥都淹没了,要教会救济。救济了,发现他们其实是骗人。"当然,这些欺骗我们的人,我们也要为他们祝福,祈求主宽恕他们。"她微笑了。

她的微笑忽然使我想到最近看的一部西班牙电视剧,国王的弟弟在密室里,对着主受难的十字架忏悔,虔诚热烈的祈祷中,忽然迸发出恶狠狠的诅咒:"主啊,你杀死那个小男孩,把他的灵魂打入地狱,给他钉上钉子吧!"但马上醒悟到罪孽,扑倒在神坛改口:"啊,不,主,你祝福他吧!"可是等他站起身来,欲望又占了上风,比第一次更恶毒地冲口而出:"杀死他吧,把他钉死吧,像人曾经钉死您一样;劈开这畜生吧!"——当然,小男孩,有可能成为国王的人,或者就是基督本人,终于被他毒死了,在凶手本人也被折磨得近乎昏迷的神志下。我知道我不该这样想，为了自己，为了今天来参加读书会的活动。

我出声："我虽然不是一个信众，却一直对宗教很感兴趣，心灵也常常产生痛苦的犹豫。我想获得坚定的信念，像在爱人如己上。有些事，我们是努努力能够做到的，应该去做；有些事，是做不到的，也就没有问题；有些事是可能做到可是很难的。比如在公共汽车上让座，这是可以做到的，我也去做了。可是当我坐长途火车，车上很挤，一位妇女就站在我身边，看上去累极了，但如果我把座位让给她，我就要站上整天和整夜，这种情况下，怎么办？"

我的问题显然不得体，它打断了刚才家常的气氛。其实，在刚才的气氛里，我一直有个感觉，我是混进来的，藏在信众和新来者之中（像狼混在羊群之中？），"同工"显然注意到了我，也许还有点提防我。在语声消失后的寂静里，我有些尴尬，我看到刚才那个女人带几分尴尬地笑着，也许是觉得迷茫。大家都不自然，这是我造成的，故作严肃，我为我的问题感到脸颊发烧。最后女同工微笑地对我说："你觉得自己能做的，就让，不愿让，你就坐着。"当时这句话使我觉得受了讽刺，是对我刚才打断气氛的一种回击。但也许不是这样，她是想安慰我。温情会在意料不到的地方出现，谁知道呢？她又加了一句："总之我们有主，一切听主的安排。"

这次以后，不知出于什么心理，我很长时间没再上教堂，直到那次听孩子们献唱。总体讲我上教堂的次数是很少的，也许比我买《圣经》的次数还少,在上海和鱼城,我买过可能有五本《圣经》自读或送人。也许,比起基督教来,我更喜欢《圣经》本身?余华接受采访时说,他正在学习《圣经》的语言,他觉得《圣经》是语言的最高境界。《现实一种》像锋利的刀子切割黑色橡胶,只有极细微的"刹"声,李振声老师说是"如此纯粹"。我并不喜欢这种语言,不喜欢黑色橡胶,当然比起祖师爷罗伯·格里耶的报废橡胶来,余华毕竟激烈得多,这世界的灵性与其被格里耶之类的橡胶闷死,还不如叫他一刀子剜了!他学"《圣经》语言"的成果我也看到了,《黄昏里的男孩》之类,似乎太快了。他不是一个慢工出细活的人。

两个月以前的夜晚,我躺在床上看罗扎洛夫的《角落》,外面很冷,类似墨水瓶里某个结冰的彼得堡。在书店里,我曾在一个角落里陷入两难选择,我最终舍弃了著名的《落叶》,挑了《角落》,但回来发现这是一本教育书。由于我想写一篇描写小絮离开了的学校的小说,我仔细地读了这本书。那些关于教育的字词发出一种神秘的东正教气息,不停地诱人走进启示之夜。在这种气息中我徒然构思,却不知我的小说已渐渐缥缈,最初成型的一些情节往深处走向虚无,穿过一道神奇的走廊,那是一种解构平凡字眼的气体。

无聊地打开电脑,再次收到高老师回复的电子邮件,他已从澳大利亚回上海了。

"你的心境还是那样起伏不定。看来,在这个大家都拼命攫取的时代,能理解你的人真的不多……"

我读到一种让人担心的调子。我勾勒出了某种委婉的、曲折的疏远,像一个站在黄昏河对岸的人说着,虽然话本身并无什么迹象。这不过是开始!也许应该这样读:我也不理解!

"其实,人生的痛苦无可逃避。我近来也深感学术的无能……"

忽然想到高老师说的一句:"大家乱搞。"

那是在电话里,令人意外的一句。谈到现时代,高老师讲了朱文小说里一段父子对白,当时爷俩泡在澡堂里,身上擦满肥皂。忽然停电了,一片漆黑,大家在黑暗中等候,有人寂寞地吹起了口哨。还有些人没事干,继续往身上擦肥皂。父亲(我想)很气恼,因为电和灯光是好东西,有电不至于让大家没有事做;没有事做,就会停下思想,这是多么不好的事。儿子却不这样看,他比老子有远见得多:"最好全城停电,大家乱搞。"在灯光下还是可以做一些事情,比如往身上打肥皂,一旦黑暗了,可干的事就更多,简直是千载难逢,哪还有机会左思右想。

他坐在一堆肥皂泡中,心神已经远远越出了这个澡堂子,流进大街小巷,大步迈开隐秘的步伐,和黑暗勾肩搭背,一同寻找这个时代的核心秘密,这秘密是由搞小动作到大破坏的快乐,比如(虽然他不知道这算是追随诗人伊沙)在城市的阴影里对着墙根很响地小便、焚烧塑料来搞行为艺术,或由他——一个门外汉、一个过了时的红卫兵来主刀变性，当然也可以是丰胸。他真的可以搞出让人人疯狂的乐子来，假如大家想到在沉闷的僵局中提拔他的话。当然他也并不觉得怀才不遇。他和所有新人类一样，对忧思具有良好的绝缘性能。

高老师的学术之途正在上升期：年前被破格提拔为教授，今年出了两本精致的书，一本是在三联书店。他只有三十五岁，几乎和陈天一样大，而陈天现在和我一样，只是一个普通的硕士生，连中级职称也没有。新书之一《鲁迅六讲》放在我的案头，高老师说，这本书得到了薛毅或是王晓明的称许，我私下想道：也许是传世的。高老师还计划写一本描述式的文学史，也是语言史著作，揭示现代文学家在语言和心灵之间的处境，这本书他在去澳大利亚前已着手了。

高老师的爱人在澳大利亚，已经有了绿卡，他在上海的孤身状态，经常出现在我脑中，像车站黑暗空间前湿漉漉的枝条上的一朵花瓣。帕斯捷尔纳克把火车站比作忠实无比的保险柜，保存的可不光是离别！《两个人的车站》里，钢琴家在候车室里挨了火车司机——他的劳动人民情敌——一顿狠揍，专门打脸，还像小鸡一样被提起来扔了出去。一部小说里，有个叛徒叛变了，是因为他受得了酷刑，却忍受不了敌人往他脸上啐唾沫。啐唾沫，这太下贱，太不把人当人了，这人的自尊被轰毁了。

晚上，我忍不住给高老师打了电话。我坐在床上打手机，坐下去的时候忽然想到：现在我一般都坐在床上，像童年家中那只赖窝的、不生蛋的母鸡，正襟危坐的时候很少，落凳子就有懒散的感觉，是否我已经废掉了一部分？我想到了复旦大学同学汪习波的臀部，坚实无情，一气坐穿无数夜晚。他的理想是早日登上《文学遗产》，他的脚步像带着铁器巡夜的警察一样踏实。原来高老师的丈人刚得了心脏病，他为此奔波。

上海的夜晚，那些校园和校园外的大街，细篱柱编织的院子，一两个地方露出枯的竹棍尖，日本人留下的房子里的灯光，弯曲的街道，墙根的一堆土，过街天桥下有人在拉小提琴。谁往帽子里放下一枚硬币。高老师走过五区，去外滩灯光昏暗的房子，朋友们和女性的绣凳在等他，水泥和微微昏暗的光线，悬在沥青路面上半尺的空间，随清秋而来，掀起一线车影。这里曾发生胡河清自杀的事件。

我说，高老师，你讲的神与人的关系，宗教的诱惑，我在大学的一位老师，现在巴黎大学，他也跟我谈这个问题。

高老师说："哦，他信仰宗教？"紧跟着又问："他是基督徒吗？"好像紧张。我说是的，他讲的跟你还不一样，你说的还是含有一种理想，尽管神的名很容易被盗用，包括"人文精神""美好""爱心"这些词。他说的则是尽一个基督教徒的本分：好好做工，乐于助人。高老师用那熟悉的、有点涩的嗓音说："是的，基督徒是这样。"我说："那该是很难的。"

"其实各人有各人的神，"高老师说，"你平时看宗教方面的书吗？有兴趣吗？"

我脑子里最先浮现的是一本《圆觉经》,前几天它曾经待在我的床上。哦!我思想的温床!佛说空中本无花,我们看见的花不过是我们眼中的翳。有时候,在西安,《空花》却是一篇古老的黄色小说,《二拍》中的和尚,有奇怪又丰富的性经历。另外一些晚上,我看见的是梅列日科夫斯基,烟雾一样的"孽"飘下的落叶。放下电话,我本来打算开头写构思的小说,却忽然起身,到报社去找陈天他们。后来,我和他们一块去了金竹宫跳舞。

眼下教堂似乎关着门,就好像那次聚会之后,它永远对我这个不信者关上了大门,我不知道那个生病悔改的女信众怎样了,她会再次离开,回到街上混杂的人流中吗?但其中唯有毁灭,虽然看上去完全若无其事。人流松松散散地走着,却并非没有负担,我想到了房东在这里被扯掉金耳环的情形,又联想到六十多年前这条路上的一场"新生活运动",要求行人走人行道,不随地吐痰,误碰别人说声"对不起",当然还有靠左走。眼下自然是乱走一气,说不清什么叫旧社会,什么又是新的。我穿过人流去搭一辆从弹子石到南坪九公里的车,它在南纪门药材市场对面有个站点,这里也是我和李素琴见面的地方。

"呵,你就是冉记者啊——"那天我走进办公室,她望着我站起来,手里拿着一份报纸。

因为很少有人到办公室找我,气氛显得有些异样。她有一张类似孩子的脸,眼睛水汪汪的很活泼,甚至有一丝令人不快的暧昧,头发却几乎全白了。我不由说"你坐",她就照旧坐下,眼睛依旧带着奇怪的笑意,似乎在等待。我一问她,她就举起那张报纸说:"这篇报道是你写的哟?"

是我前一段参加市里的"《国家赔偿法(1994年)》发布三周年纪念会"写的稿子,我抓了一个新闻点——市委副书记在会上讲到一个现象:鱼城市每年财政下拨三百万国家赔偿金,用于错案超期羁押等国家行为对私人权益侵害的赔偿,但从《国家赔偿》法发布到现在,总共只用出去几万元,"甚至很少有要求国家赔偿的案子报上来。这一方面说明群众要求赔偿的意识淡薄,另一方面只能说是底下机关在捂盖子"。稿子发表的名字就叫《赔偿资金为何花不掉(主)行政机关执行不力打折扣》,发在当天社会版头条。

我说"是的",但她询问的口气似乎透着不信任,让我有些不舒服,也许由于我的名字前面印的是"见习记者"?她接着说:

"我看了这篇报道,既然你写了——我有些自己的事情——不好说——"

还是吞吞吐吐的调子,有些奇怪的微笑。我注意到她的脸几乎还是微红的,加上水汪汪的眼睛,也许就是它们与白发的对比让我不习惯。"几十年了——要说一下子也说不清——总之是很惨的,最惨的那种——你晓得哟——"

她似乎在极力对我暗示,要我明白一种暧昧的东西,这种态度使人不快,甚至像是轻佻。但我还是感到了一种小心翼翼的闪烁,含有不祥的意味,作为记者的"职业意识"开始醒过来,克制着自己因不习惯而来的某种厌烦。

"起因是医生——冉记者,医生是救人的哟,这个医生倒是害人——害的手段,对女的来说,就没得那么惨的了,当时我年轻,不明白,后来才晓得,落了一身的病,也不能有婚姻,可以说毁了我一生——"

"他为啥害我?也是因为我年轻,不懂。他是来给我扎针灸,过程当中他就起了歹心,那个意思——冉记者,我当时年纪小,二十几年了哟,不懂,真的是不懂他的意思,都不是说拒绝——他就恨我呢,给扎了不该扎的穴位,就是——"她停了一下,专意望我一下,还是那种闪烁的微笑,我想到"做作"这个词。也许她确实不知道怎样来说这种事,对于她来说,那是始终无法掌握的,甚至她心里也不知道怎样对待这件事,看起来像是在卖关子。

"你是小伙子,跟你也不好完全说,反正就是最扎不得的地方,他用的是长针,有一指长——扎穿了呢,引起盆腔炎,不能结婚了。后来再检查时我才晓得,医生说根本不能扎那个穴位,就好比死人呐——"

我被她的语气震动,但同时冷静地在想,她的话还没有讲出来多少,医生的事很难办,过去那么多年了,也许无法写一篇稿子。她又说：

"其实我要找的还不是他。事情过去这么多年，无凭无据，后来还是他个人向我承认的，他当时是起了歹心。"

李素琴的语气温柔，甚至有一种回味的调子。也许是长年的这点回味让她眼光闪烁和脸颊微红。

"他承认了？"有必要确认这一点。

"他是承认了，好比是你我两个，都没外人在场，他说：我是那么做过，这会儿我也承认，可是有外人在的时候，我可以承认，也可以不承认——"

她停了一下，似乎放下了这件事，接着说："我要找的主要是厂领导——"

她知道了之后，一方面去找他，一边找单位领导。领导上一直不处理。"我一直害病，又是单身生活。"中间经过几年，为了打破单位的沉默，逼得他们出面表态，她打了医生，当着单位领导的面，拿了一块砖头，砸了他的头。"他流了血。"这句话的调子也是温柔的。

单位领导来处理，说她乱闹，诬陷人，又打人，有精神病，做了一次诊断，说她要有亲属监护，待在家里，不适合参加工作。"就是这么个文件，剥夺了我工作的权利，也造成了舆论。"她依旧是淡淡微笑着说，"周围的人都把我看作疯子。就这个文件，也不给我看，说的是在家休养，按月给我发基本工资，由家属照料我的生活。后来我听到周围的舆论，才知道不对劲,几次去找,要文件看。他们说,文件上并没有把我判作精神病,是我自己朝那方面想。但是影响已经出去了。"

她拿出文件。这是一份厂党委1984年×号文件,上面写着:

——因不适应工作,决定其在家休养,由亲属监护。

"'监护'这个词只能针对儿童和精神病人,这就是说你是精神病人哪!"

"对呀!可他们就是不承认。"前两年,书记、厂长换届,厂改叫公司,转制了,好多人下岗,她的工资也停了。她去找公司,公司说她没有能力上岗,当然不能拿工资。她说当初是把她定成精神病人,叫她在家休养,发的基本工资。公司领导说:"啥时给你定过精神病?""我给他们看文件,他们说,这文件上哪一处说你是精神病?"

她要求公司仍旧维持以前的待遇:"我一个人在家里荒了二十来年,什么都不会了,就把我作为精神病,发给基本工资就行。"领导奇怪地盯住她说:"你说把你作为精神病,你拿哪一条来证明你是精神病?"

就这样,她现在只能领鱼城的最低生活保障,一月一百八十元,病又没好,要常常吃药。"你看,"她在她那个布袋子里掏,掏出来一个存折,上面密密麻麻布满了存款、取款日期,一般是月初存入一百二十元,几天后开始取出,一次取十几元,到月底前几天就取完了。"除了六十元生活费,都存起来,取的都是为了买药。"

我想到自己到工商银行存钱，一般是一次一千到三千，一个月要存两次。第一个存折上的数字突破一万，当时有一种类似骄傲但又发虚的心情。一块分配来的牛莉领到工资说："这里简直就是个钱库啊！"现在有几个银行系统的存折，封面各不相同。手里这本起了毛的、软乎乎的存折，和我第一个突破一万的存折有相同的封面，红色的，属于工商银行。我那个存折搁在柜子里很久，已基本不使用了，里面躺着一万多元钱的数字。

"看了你的报道，我在想，我这种情况，一二十年了，给我个人的人生造成了这样大的伤害。虽说起因是医生，但单位领导和医生串通一气，也造成了对我的侵害，我觉得应该得到补偿，恢复以往的待遇。"

我考虑了一下，说很困难：证据只有"监护"二字，又时过境迁。想到她吞吞吐吐的态度、奇怪的要求，"也许她真是精神病呢"的念头轻轻闪了一下。现在只有去找公司领导，做报道。我这样说了，没想到她说："最好不要报道——"

我吃惊了，"报道"是我的唯一武器啊！

"因为这件事的过程，涉及那些不好说的方面。"她望着我，困难地说着，意思似乎是让我慢慢明白，"报出去以后，对我伤害更大——"

"那我就没办法了啊！"

她的眼里闪出一种光。

"我想——既然你写了这个报道，你肯定也认识管赔偿的人，我想通过内部——"

　　我才明白她起初对我审视的态度，并且条件反射式地产生了反感，想干脆一口拒绝她了事。正想出口，看到她望我的目光，和孩子式的、仍旧带着那种暧昧的微笑。我从会议上拿回不少文件，也许其上署名的发言人，真有某一个可以管她的案子？马上我就明白这种念头的不切实际，但还是让她留下了材料，也许只是由于生理上的难于出口拒绝。材料包括那份文件、一些药费单子等等。"我研究一下，明天给你答复。""那我明天怎样见你？""中午吧。"想一想我又说："下午吧。来了你给我打传呼。"

　　她看着我拿好那个大档案袋子，好像还要说什么，那样似笑非笑，似乎并不能放心。我又想到"见习记者"，只想她赶快走，似乎从我一接过袋子就后悔了。

　　回到宿舍，我怀着一种被动的心情去翻那一堆会议材料。这些材料自然也装在一个大信封里。自从毕业，"信封"的含义就不大一样了。上学时候，信封令人盼望。每天去食堂打饭前后，正是通知信件在传达室挂出的时间。从宿舍出发，和从食堂回来，都怀着期望，几乎是饥饿，特别是投了一些文学稿之后。有些信封里的内容会令人失望——比如说一封包含两句鼓励的退稿信。从信封的外表、大小，信件厚薄上，就可初步判断内容好坏，但看到信，目光接触到信封和手触到信封那一刻，仍然比没有信件要好得多，而这是惯例的情形。

到报社工作之后，信封的含义变化了：发工资。信封上标一个红色号码，你的号码，里面是根据号码来的薪水。有些是临时性的、意料外的收入，还有本部门单独发的，要避开别部门的眼睛，至少是象征性地要回避的收入，这时信封就有了避嫌的含义。拿在手里，有一种含混的感觉。

半个月之前，我到菜园坝火车站附近一幢经营皮革的商厦去采访。这幢商厦里经营的商户联名举报，商厦的承包商在他们入住前收取每个摊位三千元押金，承诺保证商场的安全和运营，并保证半年内一定让商场"活"。然而商户们的生意一直不景气，更要命的是进不了正规渠道的货。原来该幢商厦设计上存在问题，未经检验，建造中又资金链断裂，商户们搬入时大楼尚未完工，到现在工程还是搁置，自然办不到经营许可证，商户们因此不能合法进货经营，只能打擦边球。

举报者之一杨文化是个瘦小的男人，他说自己刚刚从垫江老家来到鱼城，贪图这幢商厦招商优惠，把一点本钱都压进去了，脱不了爪爪，想撤铺子老板不退押金。杨文化的皮货门面在商厦二楼，和整层市场一样生意萧条，笼罩着沉闷的鞣皮气味，衬得他发亮的眼睛像是健康不良。他指点我从消防通道爬上没有装修完毕的三楼，空荡荡的只是一个楼架子，绕了一圈走，小心翼翼地避免从没有栏杆的缺口摔下去，最后在一间堆满杂物的"办公室"里，见到了商场的管理人××经理。采访之后，经理送我从后面下楼，塞给我一个信封，说里面装有商场的一些情况资料，对报道有帮助。我拿着信封走下几步阶梯，忽然感觉不对劲；打开一看，里面是两百元钱。

我的心里有些震惊，这是我第一次拿到这种东西。考虑了一下，我返回三楼，退掉了那个信封。后来商厦老板还是不知找到了报社的什么关系，稿子最终没有发出来。杨文化打来了电话询问，说听说我收了老板的红包。我只好把退还信封的事情告诉了他，说我的稿子已经交了。杨文化沉默了一会儿，说："我们相信你。现在只好等合同期满，搬离这座楼了。"

从那以后，信封在我眼中成了一种暧昧的东西，须要提防和判断，它青春纯洁的形象一去不返——

我打开那个大信封，一张张翻找文件，找到认为比较合适的几张，拿在手里。但此时我的信心完全消失了。这个变化来得很突然。我跟文件上的人名毫无关联，只不过去开了个会，从这些文件上获得了他们的名字。拥有这些文件，似乎意味着什么不同，可说到底有什么不同的？我感到自己接下了一个太大的任务，我根本无力去完成；也许竭尽我的力量，得到的反而是不祥的结果。这种事本身味道不对，超出了记者的行为范围，就像滨江公园那些可疑的角落，最好远远避开——

说到底，我的任务就是写稿子，只有稿子发表对我才有意义。就算我帮她成功了，对我又有什么意义？我心头充满了失败感。实际上已经放弃了。我开始想怎样对她说，把材料交还给她。我觉得这样做比当初索性拒收还可恶，也许应该告诉主任。下午我见过主任一次，但没有把材料拿给她。也许会被她说一顿，让自己在她眼里显得愚蠢，这是我想都不愿去想的。主任对我的印象，就是我工作乃至生活的一大部分。要是没有收下她的材料多好啊，会是多么轻松，如同失重的感觉。也许一切其实很简单，说两句话，交给她，走人。后来我开始有些恼恨她。她那水汪汪的、似笑非笑的眼睛看着我，似乎是讥讽、不信任。就算我帮了她，她说不定也以为是"报社"的功劳，未必归功于我这个"见习记者"。

第二天一早，传呼的嘀嘀声我从沉重的梦境中生硬地拔出，李素琴留言说马上过来。我让她在药材公交站等，不要到报社来。匆匆赶到站牌下，她已经来了。看见她那种特别的神情，复杂的心情又涌上来，我没等她开口，直截了当说："你的事情，我考虑了一下，不行。"

我感到了自己使用的腔调，又解释了一两句。她似乎不为所动，淡淡微笑地看着我，忽然问："你给你的主任说了吗？"

我忽然非常气恼。她果然从未看得起我。我用一种含有惩罚性的郑重语调说，给主任说过了，主任说没有办法，报社也不是什么有实权的单位，可以搞定那些事。我惊讶自己镇定地说出了这些话，同时也不免担心她真的会去找主任。我处于负罪的、辩解的地位。

没想到她忽然完全平静了，眼里那种似笑非笑的神情突然消失，她低下头说：

"我也晓得不好办——"

那些暧昧的、轻佻的感觉，忽然从她身上全部消失，她变得柔顺沉静，充满了包容和悲悯。我的恼怒顿时消失，负罪感使我结巴起来，轻声说："关键是你又不想报道——"

这像是寻找最后一个理由。她似乎没有注意到这句话，说"谢谢你——"就接过档案袋，转身走了。这使我想到，以往她那种神经质的、捉摸不定的姿态，不过是由于含有希望，因为希望太不真实，也就使她的表情显得不真实了，现在希望完全破灭，她又回到了真实之中。我看着她走，转身离开了车站。就这样，这件事过去了，我再也不会见到李素琴，我做的荒唐事没留下什么痕迹，也不会有什么后果。我感到非常轻飘，正是我昨晚面对档案袋时想要的感觉，但并不好受。

公交车在拥挤的人流中缓慢蠕动，不断有扛着药材包裹的人穿越街道，人们提到这里总是说"药材，药材"。车上和车下一样拥挤，两个"棒棒"跟随采购的老板上了车，带着几个大编织袋，散发出一股药味。为了这几个包的体积和应买的货票，一身皮装的老板又和售票员交涉了几句，随后说"算了嘛，我买就行了哟"，一边掏出还算鼓胀的钱包来。两个"棒棒"似笑非笑地倚着竹棒看雇主买票，一副只是卖力、其余无干的神气，似乎还由于雇主出钱坐车有点得意。

我又想到了菜园坝火车站出口他们梁山兄弟一样的面容，心想那次搬书上楼，我怎么没想到叫他们呢？在劳务市场旁边楼上租房子，房东买了一个二手冰箱，叫了一个"棒棒"背上六楼，是她娘家的侄子，我简直震惊他半裸的单薄背部，可以一个人负担起那个冰箱，从一楼一步步背上去，冰箱缚在他的背上倾斜得像一座山，一个人怎么可能完成这趟任务，任何时候也不能倒下来，听说那样制冷的溶液会倒流，冰箱就坏了。跟在后面看不见他的人，我有些担心他会在下面遇难，而我也必然被殃及，我们像是走在命运攸关的悬崖边。

他却那样一步步地走上了六楼，才从冰箱庞大的体积下直起腰来，露出汗水黏稠有勒痕的背部，像是受了某种鞭刑。头发凝结在一起，似乎棒梢之外的另一副绳结。房东没有付钱，只是拿一块笼屉下搁了大半天的西瓜给他，他接过西瓜，露出笑容说"姨，我走了"，大约是拿着在下楼的阶梯上吃掉。我知道了他叫邓要发。后来又找他从解放碑新世纪百货搬过一台电视，知道六层楼的行价是三十，冰箱比电视要更贵些，背一台上六楼，可能要花掉他半天力气的储存。他不时替大姨搬东西，报答她对自己的某种照应：逢年过节的一碗烧白肉，平时的旧衣服，包括当初他刚刚来到鱼城，指给他当"棒棒"的门路，领他到楼下的铁门旅馆住宿。

我知道他就住在这幢楼的地下，却没有一次下去找过他。那像是一道不适合跨过的界限，或许打扰了他生活的内情。

眼下这两个"棒棒"不知送货到哪里，或许要去南坪，他们回来是否要自己掏车费，这样想时车已到了长江桥头石板坡一站，雇主领着他们下车了。看来他们要爬上陡直的梯坎，送到石板坡上的某个铺子里去。这是一趟大活，他们伏下去挑货的肩膀已经鼓突出了肌肉，刚才的漫不经心似乎是为此刻做准备。坡上高低错落的棚屋，看起来矗立在遥不可及的高处，下面没有路径攀登到达，像是鸟类的巢，边沿的房子只是凭借一根柱子支撑，称作"吊脚楼"。我疑心那根发黑的木头怎样支撑起全部的生活重量，就像庞大的冰箱下邓要发窄小的背部。但它们就是这样过日子，带着被岁月和雨水彻底洗刷的外表，隐埋内情，直到成为不合时宜的景观，被强行清除出局。

在经济部做记者期间，一天晚上的十二点，我还守在办公室，接到热线。

一个男人急促地嚷："出人命了，自杀了，能不能来一趟？"然后是一个女人惊惶的声音。我一问地方很远，其实并没有死亡，多问了两句，男人焦躁起来："哎呀，来一趟嘛！我是她邻居，我接你嘛！"

我打了个出租车。车上我想到那个少女的服药，又看计价器，还想到本月的稿量，总是觉得很难，很难，这样的一天应该有个终了。到化龙桥，计价器上显示二十多元。下了车，我打了个电话到那个男人家里，就在那里等。夜深了，街道很宽阔，特别是化龙桥这一段，我身边还有一些人在打小麻将，一些人从一些小门进出。我有一种身处矿山的不安。过了一段时间，那个女人来了，领我走上立交桥，这本来是不应该的，一些车辆飞快地从身边擦过，当然也有长时间的冷场。可是人行的路也不知在哪里，总是不安。我们走到一处坡下，夜色中的坡和坡上的棚屋，还在一个老鱼城里，无法从坡上下来。

由曲折的狭路往上走，总担心它和我们会一起消失，因为在一个破烂的环境里，不像是往上，像是往拥挤处。也许我们可以变成蚂蚁，仅仅一小点空间就可满足的小虫。伸出手就触到屋檐，一缩头就钻进下水道。她给我讲述着：丈夫早走了，她和女儿相依为命。晚上女儿回来，昏昏沉沉的，问她也不说。忽然又想作呕，流清口水。"我哭了，问她，她才说吃了药的。吃的安定。后头她睡了，睡了一整天，有时候睁眼睛望望我，眼光都是懵懵懂懂的，她以前不是这样子呵……"她流泪了，"要是她今后咋样了——"

原因她没说明白："可能是前两天，班上组织春游，一个人要交二十元钱，我们又没得钱。我就说算了嘛，我们不去了，她也说算了，就没去。同学春游过了，总是问她'你啷个没去哒'，她又不好说的，总是就气到起了。"她的声音又归于抽泣，但我们仍在爬坡；一步步走上去，对于做记者的我，对于做母亲的她，是必走的路。"她的父亲呢？"采访本暗中攥在了我手中，一种很劣质的黑色塑料封皮，就像废弃橡胶。这种橡皮使我暗暗绝望。"他到南边去了,也没回来,也没寄过抚养费……"阶梯上急促的回答,也许想稍微转一下身,面对走在下面的我。

我看见了山顶的星光,衬出棚屋区的黑暗。那间房子我也看见了,高处蹲着一个巢,忽然来到我们脚前,以木头在黑暗中那种温柔虔诚的姿势。地上的湿润,也许是青苔,顶上的星光。但对这些东西不能多出神。木板的门轻易开了,不像防盗门那样哗哗的动静,电灯亮着,以它不同于日光灯的光线,显出二十多平方米的空间,摆着家庭的所有东西。水桶,衣柜,一辆货郎小车,桌子,蜂窝煤炉子和其他小物件,它们沿墙围了一周,在剩下的窗脚意外地让开一张床。这张床上的景象突然出现,暖色的被子和床单,有一种梦幻的气氛,和其余物件完全不同,不是席梦思,但很宽大、温柔,甚至完美,是要人手布置的。微微隆起的被子有一种感人至深的东西:被下睡着一个少女。

我在床边一个凳子上坐下,母亲坐在身边。少女看上去安稳地睡着,我产生了落空的担忧,但又有安心的感觉,因为这张床的气氛,这少女,一种温柔亲近的家庭场景,在平时是掩饰回避的,现在这样袒露地向我显现,和其他的家庭用具混在一起,无可遮蔽,这里面有无可救药的、温柔又痛苦的东西,而我的身份不再是孩子,可以随意进入私密的空间,我的身份是一个记者。我开始轻声地采访:她叫什么名字?上初几?她吐过以后就好些了吗?女人俯身聆听了一下。"她还是'呼''呼'。"她说,

"出不来气样的。""没去医院?"这个问题使我自己不安了。女人犹豫了:"吃了些酵母片。听说……我们也没有钱,记者老师你晓得哟。"

对,我晓得,前一阵鱼医附三院,花了上万块钱治瞎了自己眼睛的某农民(或者叫犯罪嫌疑人),拿炸药包在门诊部炸死了主治的李医生、护士和自己,坚硬的墙和柔软的肉体被炸出了大洞,到现在可能还没补起来。诱因是他眼睛裹着纱布听到李医生招呼同事:"快去大都会买这种衣裳啊,好便宜,降价了,才一万二千块一件。"医疗保险的方案一直下不来,有人编了这样的顺口溜:"住房改革老窖掏空,教育改革家长逼疯,医疗改革养老送终。"晚报周刊把这个顺口溜登了出来,遭到有关部门的黄牌警告。黄牌制度是这样的:三次警告,老总下课。成都的《蜀报》和《天府早报》,就是那时关闭的,理由是"整合报业资源,建立报业集团",晨报的老总就是这样从成都过来的。

我开始感到一种彼此微妙的尴尬:我隐约觉得少女的情况不像在电话里说的那样严重,又因为自己这样的感觉而愧疚,当然更不可能对她说;女人为女儿情况稳定高兴,但把记者喊来了,女儿的情况又不危险,她也感到某种介于羞愧、歉疚之间的东西。由于这样的心理,我们冷场了。我问关于她父亲的问题,这时感到少女动了一下。她父亲出走以后,女人并没有离婚,原因是离了婚她和女儿将不能住这间房子,这面坡是她丈夫原来厂里的地皮。就这样还是闹纠纷,电都动不动给她断。但是由于没有房产证，不算这个街道的居民，她吃不到低保。至于房产证，她说是有人趁她出远门进货翻屋顶进来偷走了，她怀疑是单位干的。"这房子哪里挡得住人呢！"我想说是危房，又没说。

两口子之间，似乎还有激烈的情节，我忘记了，那个黑皮塑料采访本也不知到哪里去了。女人下岗以后，做过小生意，冬天卖棉拖鞋（胖头，毛茸茸长着两只大眼睛，很逗笑的），擦过皮鞋，女儿上学，两娘母就经常只吃一顿饭。"她还小的时候，有一阵子搁在外婆家，那儿另有两个堂兄妹。后头她忽然跑回来，就不去了。前两天，她还去过一趟外婆家，喊她去，她硬不去，是那几天我到外地进货，一顿饭也做不成，叫她去吃几顿饭的。不晓得这和吃药有没得关系。"

"我常对她说，我们两个，我哪个样都行，只要叫你有吃的，能上学。穿的虽说孬些，也总要有……哪晓得她……叫我多摧心啦。"女人又抽泣起来。我等了一下，再次向她核实服药的经过，这时，我感到少女又动了一下，母亲显然马上也感到了。我们也许在等待着，少女的眼睛终于睁开了，望着我。这时我忽然想到，她可能早就醒着，听到了陌生人的声音，惶惑着是否睁眼。她的目光流露着审视，和那些平日我在街上见到的少女类似，本来她也应是她们中的一员，只是我仍感到了母女间的某种相似。母亲连忙对她解释我是个记者。这显然使她更惶惑了，我很不安，刚才在我的注视下，少女的她被迫还原成无性的孩子，没有遮挡地躺在我这个陌生人的面前，现在她仍然无法摆脱这种晨况,只是因为碜而无从遮挡。这对她是不公平的。

我强作镇定,问了她几句,她简短地回答,维持着审慎的样子。我想她在怀疑这件事,用她孩子的经验思考和体味这件事:一个记者忽然来了,而她躺在被子下。这意味着什么?这超出了她的经验。在我的内心深处,也生长着苦恼的怀疑,使我无法坚持下去。但为了"稿子",我仍然尽可能地问了该问的话,就起身走了。

女人送我出门,我让她回去,自己走下那段靠寒碜的星光照明的阶梯。一次采访完成了,我感到压力消除了,闻到清新的夜气,还感到某种前景:我可以一次次深入这种地方,这种场景,在微小的苔藓和黑暗里,有我的安身立命之处。但又有一种说不出的空虚,使我怔忡,也许不过是由于长期的压抑吧,将我活路中的每一件事,变成了心上的物件。临街的小饭馆里,油桌子颜色深沉,我和陈天奔波一天后在这里吃饭。我们坐的地方很暗。今天又没有稿子,办公室里也没有线索。陈天曾在办公室接到一个投诉,说某幢楼封死了人行楼梯,电梯又时好时坏,发生火灾无处逃生。陈天到了那幢楼下,一边想象上楼的前景:黑暗而发出响动的电梯,像是警告,昏暗的顶楼,堵死的楼梯,一个人待在城市的顶端,预感着生命中的凶信。可是电梯是完好的,平稳地滑行,到顶楼的楼梯畅通,预想中的稿件坠入虚无。

我低头吃完自己的回锅肉片,两人走出小饭馆。冬天来了,天渐渐变得阴冷,隔壁的羊肉汤锅红红火火,整个店向大街散发大量的蒸汽和喧闹，这种喧闹简直是全然无法分辨的，任何的话语都淹没在里面。店前支着木头架子，倒悬着剥开的几头羊子，暗红的肉，一只活羊拴在架子下吃今天的草。它的头不停地碰到伙伴们被撕下了皮的前额。

我再次违规走过高架桥，小心地避着卡车，来到有一桌人打小麻将的地方，幸运地搭上了一辆中巴。在车上我开始构思稿子，我感到近于一种忧思。到办公室，赶完了稿子，已经一点多了，我赶紧拿到三楼夜编部，这又使我惴惴，不过心想：晚报最近重视"今晨消息"。姓唐的主任在，我对他说了，听到难为情。他说："好嘛，搁在这儿。"我搁下稿子，离开办公室，又感到轻松和废然。爬上招待所，走进黑暗的房间，陈天在黑暗中磨牙。这是他的老毛病，像是一种奇怪的语言，竭力琢磨着一种意义，痛苦地琢磨不清。我脱衣服，几星静电从我的身上飘落，听到门缝里透进的微小风声。还是肯定有一种不安，到底是什么不安呢？我疲惫地睡着了，落进一个坑。

在混乱劳累的梦境中，尖锐的传呼声猝然前来，我蓦然翻身，屋里像睡下时那样黑暗，借着绿色的荧光，看到一个陌生又有几分熟悉的电话号码。急促地回电（手机刚买来不久，买来还兴奋了一小会儿，像后来存款超过一万块时），听到一个少女的声音。

"你好，叔叔吗？"

一种惶恐的温情撞着我，我应了，她就问，语气忽然变得生涩严峻：

"我那个事……不要用真名好吗？……我怕影响不好……"

我忽然明白自己始终不安的原因了，慌乱不堪，我确实用了她的真名。我羞耻慌乱地解释自己用了真名，可以不用真名，我开始没注意到这事，还可以补救。她停了一下，我感到我们两人的紧张惶惑。她终于又问了一句：

"可以不写吗？"

我赶紧肯定："可以不写，可以不写。但是现在稿子可能已经签过了，如果打算用的话，我一定马上追回，不写。这事儿确实对你影响不好。我马上就去。"她说："那谢谢你，叔叔。"（我比她大九岁？十岁？）我说："我弄好了给你打电话，就是这个电话吧。"我马上打电话问出版部，一个人接了，问他有没有那篇稿子，给我看一下，如果有，要改成化名，不用也好。他说"我给你看看"。等了等，说没有。我说是几个版上都没有吗？他说"没有，我看的几个版都没有"。我说"好"。再次感到一阵轻松，又惘然若失。

随后我打了那个电话，告诉了少女。她母亲也在旁边，说："真是，你半夜那么远赶来——"我又一阵羞愧惶惑，赶忙说"没什么没什么"，就挂了电话，动作那样猝然——她们会以为我生气了。

长江桥头的转盘特别拥挤，只有这一座过江的桥，往来南坪的车和菜园坝去朝天门方向的车流塞在一起。酷夏季节，我的汗液流淌在别人背上，别人颈背上也淌着我的，不管交换者是什么人，上半身赤裸的"棒棒"或者一个穿吊带衫的少女，此刻都失去了分别。车流围绕着转盘凝滞不动，像是一锅浓稠的水泥，任什么样的手也搅拌不动。桥头两尊身披飘带掩住关键部位的雕塑高高在上，优美而冷漠的姿势凌驾于旋涡中的人流。这时我会想起那个传说的工程师，和水泥一起被浇筑进自己设计的桥梁里。据说，他在施工中监督水泥浇注的温度，凑得太近失足掉入，搅拌得滚烫的水泥一冷却会报废为硬块，给国家物资造成损失，因此不能停止。搅拌机继续浇下大量的水泥，工程师就留在了桥体之中。和红卫兵墓地及望龙门监狱一样，这是鱼城的秘史，我们曾想做一期旧案揭秘，主任三思而止。公交车驶过桥身的时候，我猜想他在哪一截桥体里，血肉之躯是妨害还是加固了桥体的质量，或许他的位置更适合这里，而非桥头引发风波的雕塑。

公交车开过了长江，钻过迎面山头下的隧道，到了南坪转盘，下车的人很多，车上忽然松快起来。又一刻我恍然疑心：自己是否该在这里下车。这是以往我熟悉的路线，走上一条岔路，前往报社的印刷厂，那里的七层楼上有我的一间宿舍，同楼有印刷厂的几十上百打工妹，当然也有很多打工仔，整天楼道里是人声的喧嚣。

有一天，我在水房里遇到了小芹。

小芹很瘦，尖尖的脸，下了班，爱穿一身睡衣。这也许因为她们工作太辛苦,下半年装订杂志,晚上往往加班到一两点,下了班就松松垮垮。但睡衣外穿也是本地的风气,隔壁住的陈天说,他来的头天就注意到了这一点。虽然他脸上罩着一副深度近视镜,床上和手中时常都被胡塞尔、福柯的大部头著作占据,却不妨碍双眼在镜片后面发出亮光,似乎那正是一双穿过了哲学迷雾,被晦涩文字打磨出精光的眼睛。他是西川大学的研究生,比我早两天到这里报到。

在水房里,好多姑娘排成一行洗衣服,喧闹的水声和闹声,我也在其中。我错拿了身边女孩的盆,她一个小姐妹叫嚷起来,小芹却是微微对我一笑,有一种无法捉摸的大方却羞怯的神情,脸上显出一个浅的酒窝,让我心颤了一下。

小絮还在陕西,我算个准单身汉。长年的分居状态中,我想象着一些意外的、邂逅的东西,我的心是在寂寞中,像一棵夜里的树生长,准备着每天去激动、渴求。招待所后墙下有很深郁的一排树,不清楚是什么果实,我坐在树下,看到树叶对面的灯光,从一座两层的居家小楼房泻下。在这里,它的阳台和前庭对我都是开放的,那家人在阳台上吃饭、冲头、笑,近在咫尺却无拘无束,一种亲密的感觉引起渴望,增加了我的孤独。远处山坡上,似乎一道对立的屏风,矗满了高挺的楼房,密密麻麻,像在一些小盒子里透出灯光,似乎还依稀有人影,那里面在做什么,有什么样的人、情节?——我坐在花坛上,仰头望招待所的窗户,一层层充满了灯光,水房还传来水流的喧哗声,混着人声跌落,是谁在那里,有小芹和她的伙伴吗?

虽然住在同一层楼,认识的机会却稀缺。我平日基本足不出户,看书,写点东西,包括我刚刚来贵阳的路上经历,或者上大街逛逛。再走回来,要经过一条长的巷子。

那段时光唯一的娱乐,是有时在宿舍打打牌。只有我和陈天两个不够,他和打工妹们比我熟络,认识了送报的一个女孩。这个女孩面目有些像少数民族,有种野气,胸部高挺,走路笔直,又透着一股不驯,类似《金字塔》里邮递员女儿的"凌波微步"。她似乎一开始就崇拜陈天了,那时我们没有方便的报纸看,她就利用工作之便,每天早晨送来一叠完整的报纸。对于我,她没有注意。但她不会打牌。通过她,陈天叫过两次打工妹来打牌。这天,她说去喊两个女孩来,其中意外的有水房邂逅的小芹。

那次我肯定表现得很殷勤,我问了她的名字,从此我们算是正式认识了,见面都会打个招呼。

但我心中的欲念无与伦比地生长起来,可以说真有"神魂颠倒"这回事。我和小絮谈恋爱时感觉很稀薄,这可能就是欲念和感情的不同吧。我在阳台上望着她上班、回来、去食堂,她还没有回来的时候,我在阳台上看书,等她在楼下院坝露面的时刻。知道她回来了,我就坐不住地假装上厕所,或去水房倒水,希望碰到她;我觉得我没有勇气说出"你来玩吧"这句话。但有一次去水房,正碰到她在洗衣服,她对我笑了一下,我就说出口了。

她来了。我有点手忙脚乱，又要大方地给她削水果，找凳子，屋里总共两张凳子，一张搭着衣服，这使我窘迫。又拿书给她看，尽管也许明知不适合；她借了一本巴金的《家》，说她看过电视剧。她坐的时间不太长，带了一个杯子，说是借水，倒满了，起身说"走"，我又不好挽留……

她又来了两次。可是忽然，她像是不愿意来了，也许是感到了什么。

那时我陷入更深的焦灼。我倾听走廊里的说笑、脚步声，我总是不愿把门完全关上，抱着希望：她看到了灯光，会过来借水，坐坐。陈天买了一台开水器，在这个楼里，她们要喝上开水并不容易，水房里大电热水器的水温往往达不到沸点。她过来借水，如果开水器处在断电状态，等待烧开总要一会儿；而水烧开了，如果她愿意在这里待一会儿，就会停留更多的时间，挽留她也更加自然。所以我往往将开水器断电，但两次她没来，我又产生了这样的顾虑：每次来都没有现成的开水，久而久之，她可能就不来了。因此我又常常通上电源。

我没有勇气经常过她宿舍去找。我跟陈天去过她的宿舍一两次，住着五个人，宿舍地面意外或意料中地脏，几乎是黑色的，墙上挂了些毛巾被、太空被之类，后来我在朝天门市场看到特别多的这类东西。挂在一个小钉子上，凸出很高，一点不讲究和谐，有一种掉下来的担心。小芹有一个小录音机，常常在放苏永康、陈晓东的歌。她铺位墙上还有一幅字，很大，字体有些斩截、倾斜,大体还成型,写的什么我忘了,是一句励志的成语。我的《家》放在她的枕头旁边,一直都没有还回来,她总是说没看完。

阳台上更乱,近乎神秘,用作换衣间什么的。宿舍的门时常关着,只留一条缝,要想趁去水房或厕所之机探看她在不在,并非易事。在路上遇见她,她倒一定主动打招呼,可这往往造成我的忧虑,就是她可能根本就对我没感觉,也就不会因为顾及我,做什么或不做什么。

这是令人废然的。如果她觉察到了我的感觉,她近来的姿态正是一种作态;还有另外的可能,只是出于女性防护自身的本能,又不想彻底拒绝我呢?——这些都是我,一个欲念焦渴的人无可奈何。我不可能过于直接地催促她表态,如果我是一个和她同类的打工仔,倒好办得多,君不见楼道里打工仔和打工妹成双成对。他们亲密却聚散无常,并不认为有什么大不了,据说这是鱼城的本地风气,敢爱敢恨。当然敢爱,也就有爱得深、爱得真的。小芹她们隔壁一个女孩,看上去不过十七岁,已经为八楼一个打工仔打了三次胎。小芹并不是鱼城人,因此她一直说普通话,好在和周围的姐妹沟通没问题。问她是哪里人,她不肯说。

并没有人追小芹。有一次陈天上楼顶转悠,看到很多粉笔和黑体字的涂鸦,有人写了一句"小玲,我爱你!"他打听了,李小玲就是这楼里的。我听了,不知怎么,心有点跳,蠢动中还有一种欣悦,似乎他说的可能有错,是"小芹",这种心理自然没有理由。但是心理就是不讲道理。后来我爬上了楼顶，在陈天所说的方位仔细瞅摸，却没见到任何字迹。也许我没有找对地方，也许被擦掉了；也许本来是隐秘的，不会轻易发现。

假如说我荒唐的想象竟属实，就是说有一个打工仔在暗恋小芹，因为激情难抑，不堪辗转反侧，所以用这种不大规矩但也不算粗野的方式来表达。有另一个人和我一起在暗恋小芹，这其中有一种美，美好的感觉，连同她的名字有梅，这使我有一种微妙的欣悦和悲哀。望出去，蒙蒙的鱼城，很沉重，有一种东西堵着，空气中梦的阻碍，想起初来那两天，觉得绝望了，怎么看得穿、受得了！两天一过，竟然也慢慢习惯了。下面是一片低洼地，有两个小罐子，似无情似有情地冒着白烟。

比较有把握能经常遇见的地方是饭堂。但为了这一点，去饭堂的时机也要有选择，一般应该在十一点三十分左右，这是她们中午固定的下班时间；去早了，饭吃完了她可能还没来，干等着不自然；去迟了，她可能不留在饭堂吃饭，这是经常的。活路一忙，她们就直接把饭端到车间去吃，甚至不离开车间，请人带饭。小芹的车间我也去过一次。她邀我去耍，说没什么人管。

傍晚，我在大厂房下徘徊，围着厂区散了几趟步，终于决心踏上通往车间的楼梯。果然，车间门口有两个人，看看我，倒没问。车间里噪音意外地大，不过完全不是负责折叠书页的小芹她们造出来的，而是来自剪裁纸边的那两台切割机，它们一刻不停，效率极高地切割打工妹们手边的劳动成果，催促她们一刻不停、折叠、折叠，眼手麻利，页对页，正合反，不出错，出一张错，要扣掉整个小组二十元钱。折叠封面相对简单些，内页难。大家像一群乡村的缝纫女工，埋头工作，那嗡嗡声就像来自她们手中看不见的机器。我走到小芹面前，有些无措、窘迫，她抬头有些惊讶，忙叫我坐下，拿了一个凳子来，我感到女性的温情。她的搭话和我的到来，在那种嗡嗡声的覆盖下不算引人注目。

我坐在小芹面前，看她工作。她手指特别细长，由于沾了油墨洗不净黑色，加上茧巴（这是我后来握她们的手感到的），不能说是美。我仔细看过和感觉过她们的手，和我的相比，不像男人和女人的对比，意外地粗糙，有茧，像是一种故乡的感觉打击我。手掌是摩挲纸页造成的，但手背也非常粗糙，不好找直接的原因，我觉得是一种无形的、类似阶级的原因，全面造成了我和她们之间的这种差别。似乎是因为手指长，小芹干得快和利落，她有一会儿专门放慢了速度，为我示范一张各面印满字的整张大纸，如何叠成十六开的书页，那简直就成了一本书。我看她的手、低着的刘海和头顶。这其实算是我和小芹关系中的美好时刻，除了劳动和一种由劳动产生的东西，没有私心。

在饭堂里没有这样自然。我常常想：何以在车间里那种亲切的、无间的东西，在饭堂里就没有了呢？我的举止常常极不自然，目光追逐她，等待她，侧过身望她。虽然带着一种大胆和毫无顾忌的姿势，心里却是忐忑多疑，一句不相干的话，一个未必是针对我的眼神，一次她有心无心的回应，就会使我隐含欲念的脸发烫。而她也不主动接近我，就好像车间里的一幕没存在过。是世间的什么造成了这种情况？或是蛊惑人心的把戏。

傍晚，我的等待常常落空，因为饭堂的伙食很不好吃，她们往往上街去吃小面之类（假如晚上不加班），或索性在门口老头子那里买酸辣粉。老头子基本风雨无阻，挑好几个大罐子，几个塑料袋和一大蛇皮袋泡沫饭盒、小塑料碗，酸辣粉就在一个大保温罐子里，有一种肮脏不堪的感觉，而似乎又若无其事，引人注目也熟视无睹。我试着买过一碗，酸酸的、特别温乎乎的，难言的滑腻，叫我只吃了两口就扔了，扔进墙根的垃圾草丛中，这种草丛埋藏在鱼城的各个角落，深邃得勾人念想。那个沾满了残留汁液的小碗很烦，看起来比饭盒还难分解。她和伙伴们围着老头子舀这添那，快乐地端碗，显然她们有别样的心肠。

我看见小芹她们正在路口吃烧烤。按说，烧烤比酸辣粉还脏，油腻腻的烤架只能拿刀子刮，炭灰飞扬，大街上积着人世浮尘，尤其是这处烧烤摊身后是一处垃圾收容站，每天环卫工人背着筒子打药。周围的火锅店之类，又把垃圾随意倒在储藏罐外边，和垃圾随意相处着，熟视无睹，似乎非常自然。我记忆中烧烤中毒的事件不止一起，而小芹她们吃得有滋有味近乎贪馋，要了不少样。当然有的比较贵，她们要的一般是豆腐皮子、土豆片、金针菇之类。这倒没吃了坏肉得败血症那么可怕。

小芹正在吃一串藕片，她没有要碗，就把长长的串儿举到嘴边吃，还在叫老板多抹些辣子。瞧见了我，露出她那特有的纯洁微笑,羞怯地邀请:"吃点儿!"我拒绝了,转过身却又后悔,似乎拒绝了比烧烤更多的东西。

入夜我望着对面厂房的屋顶,在两幢厂房屋顶交会处,有一道缝隙透出灯光,在这里我看不见它的真相,但觉得是一扇天窗。有一次,我坐在阳台上,夜已深,一切都沉没了,整个南坪类似一片黑暗的港口,又不见长长的黑影飞快游荡而过。我就注意到厂房顶上这线灯光。它像是从水泥中生长的,奇异地泄漏。我睡眠的钟点差不多到了,但我坐着,等待打工妹们下班,她们竟然会做得这么晚,直到夜深人静。我开始想到该去睡觉了,今晚已没有希望。这时,我注意到水泥中的光线熄了。忽然,院角传来脚步声和说笑声,打工妹们人影阑珊,下班归来。一线灯光和打工妹们就这样建立了联系,神秘的、水泥生活中的心灵之系!但这也许是一厢情愿。今晚,灯光熄灭,我心头一阵清凉、挥发。但阑珊场景并没出现。

因为这一晚的等待,我感到再见小芹是很难的事,几乎有死别之感,第二天上午和中午她都没出现。没想到下午却顺顺当当实现了,下午打饭,我们坐在了一张桌子上。她告诉我,昨晚上她们加班到四点,今天下午两点才起床。

车过南坪转盘,景色忽然变得荒凉起来,马路有些坡度,似乎尚未驯服,两旁是连片的五金橡胶零件店面,还未发展出合适的连排高楼。向更南方延伸,只有一些式样蹩脚的住宅楼,毫无特色地排列着，似乎属于某个过气的工厂，难怪这条延伸线没有特别的名字，只能以离解放碑的距离来命名：五公里，六公里，一直到九公里。

我想到那些招待所的傍晚。暮色降临，阳台宿舍上有了反光，我再也待不住，放下手中的书，下楼走过厂区，走出厂门，顺着长长的爬坡巷子，遇见那些孤独的草和树，都委曲在路的角落，和我走的路不相关，只有一种类似隐喻的联系。一直走到大路口，这里正在大兴土木，有一条宽阔的大街，开辟了原来的荒地，要一直修到下江边，为未来的南滨路准备。异常地宽，水泥打得极其规整，沿路却还翻着新鲜的黄黑泥土，卷着花草，在它拐弯奔长江而去的地方，更有一面高的土崖，爬满了花朵和野草，也许我把花的比例夸大了，觉得遍坡金黄。

它顺着一条坡谷下行，就是我在招待所楼顶看到的，对岸半坡上是一片密密麻麻的高层住宅楼，它们从野草中拔地而起，互相之间离得极近，坚硬的轮廓彼此侵犯，酷肖一片荒谷中的丛林，因见不到阳光而疯狂地生长，似乎含着某种灰白暗淡的梦魇。设想它们有一天忽然全部变成烟囱，冒出浓烟，似乎也不奇怪。在这群楼房的下方，如同阴暗的高树脚下更加黯淡的花朵，有两间漆黑的棚屋匍匐在草和垃圾之间。它们的气色完全是日晒雨淋后的死灰，很难想象竟是由有活气和一定身量的人居住。如果滨江路通了车，这两间棚屋也许会被修理？但也可能它们在繁华面前，被遗留得更彻底！

一个人在大街上走，心情不安地四处打量：凌乱的、毫无装饰的店面，店面里显露的堆放的钢管、橡胶、棱角闪烁的零部件，缺少较为柔和的饮食、百货的人性事物，使整个街区有一种一成不变的荒凉节奏，又缺少通向深处的线索。刚来时我为了买一个塑料盆，几乎跑遍了整条街道。我看见了一个准军事化的消防站，大部分的物体漆成红色，似乎有警卫持枪肃立，这一定是我的幻觉。

　　以后，这一切渐渐有所改观，新开了两家作坊，卖新鲜出炉的面包。似乎新发现了几家快餐店和小超市，入夜，沿街新增的灯箱广告使地面增色不少。当我沿着这条寂寞的道路走去，就体会到某种唯独为我所有的东西，不会丢失，胜于待在空旷的屋子里。走着走着想想我的爷爷、奶奶、外婆和已去世多年的母亲，一辈子都生活在几亩地里。我又看见了那幢遥远的草屋，在深入的山坳里，站在八仙镇上都看不见。婆婆至今栖息在那样一间屋下，由于幺婶不够贤德，她的房间甚至是不发出电灯光的，一入夜就遁形在荒凉的亘古里，那亘古的夜！而我在鱼城的街上走，感到一种密度过于拥挤的荒凉。大街加剧了我的饥渴。

　　一直到公路接近南山山脚，出现了商学院依山而建的新式门楼，荒凉平庸的局面才得以改观。但这只是在围墙以内，校门外依附于它讨生活的社区，显出和报社附近片区同样的荒凉。上次我走了很久依旧没找到打字店，随着人流往高处走，发现来到了女生楼前面。几个女生和我擦肩而过，听到她们落下一片笑声。

2001

她们笑什么不关我的事,我知道她们——三四个女生,站在自家的宿舍楼前有理由说笑,目空校园。除了笑可能没多少事好做——比我能做的事还少。她们是怎样从我的前方落到背后去的,这我看在眼里记在心里。但是她们笑的时间似乎太长了,周围又很空旷,这种空旷使笑声刺了我的心,我就回头望。也许因为我本来想望,不料她们爆发出巨大的狂笑,这完全猝然,使我猝悟她们在笑我,她们一起对着我,我脸上陡然发热了,这可能不是因为我羞涩。我像过客般走,手里捏着一朵鲁迅或安德烈耶夫式的小花,从刀丛中觅得小诗,我见惯不惊,知道脸红不过是正常的生理反应,据说还有脸红致死的,真是笑声的刀丛!我越行越远像朴素的帆,她们的笑声不是微妙的送别吗!这当中有着幸福,就像在一个市场上的木桶中!我终于打量了一下自己的后身,有什么特别不像话的,发现不过是毛衣下摆露在夹克外边。我把它收进夹克,感到淡然的失望:她们发现的不过是这个?

这时我似乎才猝然明白:这里已不是属于我的地带,没有我找的东西。转身走出校门,夜晚的街道(不如说是郊区公路)狭窄繁忙,灯光明明暗暗,打在一些马路小店里的角铁、钢螺上,变成清冷的碎片,预示某种特别的道路,这是从打印店中望出去的景象,完全改变了我平时的视野。果然打印店依附在校门之外,机器和纸被罩上一层黄色的雾,也许一切的打印店都是病态的,就像所有的咖啡馆,当然还有迪吧,都是亢奋的。

我去过一次"零点"。那一次,听说崔健来了,在回归迪吧,一百元一张的门票。陈天给我打了电话,我很兴奋,拿了钱就去会合,结果陈芬和另一个女伴认为太贵,非要去蹦迪,他们说我要坚持的话可以自己看演出,我犹豫许久没有坚持,于是去了"零点"。这里的口号是"让我们从零开始"。实际上没有谁有耐心,人早就坐满了,而摇晃从十一点半开始。到处在摇头,音乐、灯光和人比赛谁摇得厉害,像真的有一丸药物的作用。

我们桌子上端的一个女孩在剧烈地甩头,就像舞厅里那个跳舞的女学生。她们像是在武断地拒绝一切。眼前一个黄白色的少女,像是从莫迪利阿尼的调色板里起来迎接我,或是生长起来,我愿意想象我受到她专门的迎接。她穿的衣服很旧,有一种故人的感觉,她和店里的气息完全不可分。我问了价,原来这里仍是一块钱一张,和较场口的价格差不多。真是合乎预感:我来学院原来并不是为了输出,真相是为了找点别的什么吧!逛一趟吧!当然没有输出这个借口,也就不会有真相,世事就是这样。我在一路上所得良多,出校经过那段因为栽植树木显得狭窄的甬道,我想起了师姐。

我们在复旦校园里的行走,黑暗中夹竹桃和柚树向我们展开细微的锋芒,路面静默,落下一种洁净的微光,这些光偶然来自附近的窗户、小楼或空地,窗户偶然有光,窗户本身也是偶然,谁也不必注意。校园深广,上海深广,可是容不下这样一个提问:还有几步?将洞穿一切。就像眼前的少女,感觉亲切,却素昧平生,不知所措,一两句话之后,我们之间出现了犀利的冷场。当然，我保持着正常状态；我不至于失态丢脸；这一点当然能够保证。没有这个危险。可是我的什么地方不适宜（也许就是想象？），或者完全是无心，竟使她现出意外无助的神态，忽然把我推给了旁边一个青年，和她一样消瘦、寡言。

女仆的灵魂
在地下室的窗前
沮丧地发芽

那个青年矮小得令人悲哀。他的不寻常让人生疑：也许其实是他统治着这里，造成了打印店的气氛？虽然表面上看，女孩是主要原因。他们之间的交流是不可能的。可能完全是敌意、交锋。当我监督青年打印出我的作品，看见她起身走到店门，无聊地望着街道。此前，她随手拨了一个电话号码，但一点声音也没有，不仅电话那头没有回应，她拨电话也是全然无声的。她放下了电话。她很小，跟表妹一样大，为何来这里？怎样来的？她又进来，在我旁边打字，她打字的速度不快。我想凑近对她说："小妹，你打字不快啊。"像一个地道的鱼城人，这不难，还很容易，我觉得我完全说得出。但我没说，也许因为一切是绝望的。

小伙子不知怎么弄丢了我的文件，我记不清还有没有备份。当时打印稿已出来了，我提出这份稿免费。小伙子什么也没说，少女在边上,显然也听见了。他们露出一种听天由命的神情。这是个听天由命的店;它依附着学校,满足于卑微的生意,没想到去争取什么,也不用涨价、降价、热情服务、打广告、敲"棒棒"这些手段;这是个听天由命的地段,人们生活在发出声音的道路边,发声者和发光者是铁,是橡胶车轮,是振动的磁铁,而他们自己却只是呼一口气。

我拿着我的盘,走到大街上,还感染着打印店的气氛。我在走,习惯性地走回家(为一个纽扣系定)。正像《唐诗故事》中,灯火阑珊的长安大街上,缓缓驶离的一辆香车后面,一个经过一场邂逅的青年的疑问:

"也许,他该就此自新,勇敢去追求,穿越重重门户,打通层层关节";但也许,他更该就此忘情于青楼,沉湎于酒色,来洗刷今天的回忆?

是啊,真的想起来,为了这样一个普通的少女,普通的一面之缘,为了她对着街道无聊的一瞥,又有什么不可失去,而且谁能说会毫无所得?停住脚步,转身,并且重新走进打印店,打乱那里面听天由命的一切。你的生命将从此完全不同,和那个少女一起,还有那矮小的青年,你甚至可以改变这条街道,这个世界。你会失去的都是可以失去的。就像高更四十岁那年从上了二十年班的银行出来,动身去塔希提。可是,我只是上车回家,像那个长安的青年,回到客舍去复习他的举子课。为了让他们相信我真是教院的学生,我还往回走了一步。这是有关系的,他们

2001

的价钱可能是专门针对教院学生，假如我引起他们的注意，下次来会不好的。我不快地意识到自己怎会是这种心思。我等车，我在等一辆稍微干净的车，可是一辆本地常见的、极为肮脏的车发现了我，停在面前不停地招呼我，极为执着，我也就上了这辆车。一上车感到几乎坐不下去，但我没有回头下车，而是废然地随便挑了一个座位坐下，这时我又不好受地想道：我不仅无法改变一个打印店，甚至连坐一辆较干净的车的心愿也坚持不了。这辆极为肮脏的车从什么地方钻出来，一旦发现我，就牢牢控制了我，作为我的散步、算计和幻想的收场。

但我又开始计划：车到较场口，寄掉了手稿，就到陈天、万群他们那里去，他们仍旧住在单位宿舍，我在那里将下棋——对，这是我能够肯定的——我将下棋，没什么会阻挡我，虽然不是最喜欢的围棋。我可能跟陈天下，他前一段偶然赢了我一盘之后，对我就有些轻视了。想到这里，我心里涌起一股豪气。

我在六公里下了车，顺着一处山坳的豁口走入。本来打算坐到九公里，结果往这个豁口的一瞥吸引了我。

从公路沿线的山根向后退却，往上了一点却又凹陷下去，有很多的水，水多得盛不下，从一切高处溢下：田埂、屋角、沟渠、竹筒。只有一处屋子，这里最破烂的甚至可能是石板屋，虽然我明白这里没有盖屋的石板。屋子很矮，窗户蒙着油纸，正像在家乡岁月深处。屋里有一只小狗，宠物狗，它怎么来到了这里？周围人家都是一些大狗，它跟着追逐来去。它们越过田坎，一下子就跑进了春天满坡的李花。这里的春天原来远比城里来得早，像在完全不同的季节。

李花使天空远离，地面变深，我走过林子时一直深陷着。坡路上薄些，偶然停留在这里，是凝结的世上的盐，没有被碰触过，却毫无轻柔感。远望坡顶我的乡村，真实的寒冷。

那些夏天，我总是从西安坐火车穿过秦岭，换汽车到女娲山顶，步行十几里小路去看学校里的小絮。

沿途只有我一人，密布层层松林。道路很长，沉默越走越深，一些念头逐渐又从心底冒出来。我想压制它，不去理会，但还是想到那个女教师的故事。实际上，这个想法不是一直在我心底活动吗？几年前，这里附近有个小学教师，也是县城人，经常星期六回城。有一回大雾蒙蒙的，她独自走在这路上——似乎就是这一段，给人拿砖头砸了一下，昏了，那人强奸了她，是附近的一个农民，威胁她说"你要告了你也完了"。她偏去告了，那人给抓了，可是她的男朋友吹了，农民家里说她害了他们家的儿子，煽动人到学校闹，周围农民也都讨厌她。学校说她影响不好，停了她的工作。她申请调走没人理。后来她就疯了。当时听小絮说完，我想想说：你带把刀。小絮说：我每回都拿着一把剪子。我有些愧疚，想到她已经自卫。

我想象：她走到这里，在鸟啼松声的寂静中，暗暗把手伸进衣袋，捏住小小的剪子。铁给了她人生不一样的触觉。我低下头，注意到路面布满两旁松树伸来的根系，弯曲苍黑，望久了有些像蛇。小絮很少回家的一个原因：这些树根，总怕哪一条不是根，是蛇，动起来。但这倒不是最可怕的。被蛇咬了，一定有消息的。要是出了别的事，李家会不会知道？……老人看见她前两天过身，说明她至少那时没事。但假如那以后她又回来过，假如按照农民大略的语法，"前两天"指好几天，半个礼拜，甚至大半个礼拜？而这么多天什么都可能发生。假如小絮失踪、遇害了（我终于小心翼翼地触碰这个念头，它具有隐秘的魔力），李家老人可能会不知情，而学校也不一定会知道，还以为她回家了或者上西安了，家里人又会以为她在学校。这样就谁也不会知道她出了事。眼下，随着一种异样的心理程序，这种可能性越来越踏实，竟然仿佛已成事实……我握紧手指想：我将找到那个人，杀死他。我将不顾法律；只能这样做，绝对律令。

但这些想法后面似乎又有点心虚，不知道自己是否真的会做；结果必然是逃亡——不可能的逃亡，监狱，甚至黑色的枪口，生命，珍贵的生命和自由。或者，我将无声地埋她，就算法律惩罚了强奸者，我却将负疚深重，因为不是我自己为她复仇，留给我的是思索、写诗。

其实，报案不也是很繁杂的事吗？可能遇到想不到的阻碍，一时的激动之后是无数的细节需要办理。那将是我生活中面临的最繁杂的任务，排斥其他一切可能。我忽然意识到自己走火入魔了，赶紧收回心思，自责。但我还是离开道路，往松林里走了一步。望进去，深深的棕红色，绵延无尽，像洞房，又像洞穴。我又走进去几步。忽然觉出实在荒唐，心里涌起畏惧，身上一激灵，我被自己吓住了。我加快脚步走上正路。

将要接近院子，走来三三两两的学生，大概早上放学了。似乎刚才在林中听见过铃声。孩子们赤脚，踩着枯叶，看见了我。有个落单的学生下到水冲出的壕沟里走，那里枯叶积了沟一半厚，颜色深黑。那些成群的学生则大胆地直视我，无所顾忌。第一次来，在教室外边看到好多孩子赤着脚，端着有缺口的大土碗吃饭。有的碗里没有咸菜，只有一点鲜红的辣子，以此用力蒙骗味觉。到底这里是离公路十几里的地方！他们的目光是直勾勾的，我想到贴在小絮窗子上的目光。不知从我第几次来开始，学生开始趴在窗台上瞧，鼻子眼睛在玻璃上贴扁了，说他们也没用。小絮的窗子开向山坡，从门口要绕过大半个学校，等出去撵，他们叮叮咚咚跑掉了。回到宿舍，他们的脸又露出来。关上窗户，他们竟在玻璃上敲。骂他们，他们嘻嘻地笑，经常性的人有五六个。这样的事情重复了多少遍，我失去了耐心。有一回我一缸子水泼出去，学生躲不及，大概泼了一脸水，可是过不了一会儿，他的脸又出现在窗子上，粘在那里！奇怪的是我们没想到安个窗帘，而只是拿伞撑开，挡在窗台上。

小絮说，这里的学生谈恋爱的很多，大概是从收录机上和电视上学来的，有几户打工的人买了电视机和收录机回来。学校对门山坡上就有一家，房子隐在百年大榆树里，看不见，震耳欲聋的声音，却一天天冒出来。上课唱歌，学生唱的是"你是风儿我是沙"。一个六年级的学生，竟然有三个"老婆"，她们都很服他。晚上，男生们对着女生宿舍的墙壁撒尿。土墙已经塌了一方。隔壁教室里，白天上课，铺盖堆在教室后边，晚上铺开就是宿舍，男学生就对着墙洞喊："小桂，过来吵！""刘月香，我想你！"墙洞被女生堵死了，男生老在试着掏开它，窸窸窣窣的动静，就像很多老鼠在墙里跑。本来这里老鼠也多极了，有时它们打架会从破席子的天花板上掉下来，那席子破了一角，耷拉下来。

我内心似有畏惧，索性避开他们，在那棵大灯台树（也许是木瓜树？）下等待。树皮青黑，生满苍苔，但深沉的生机仍透出，庞大的树冠笼罩村庄。学校历历在目，隔着一垄垄的水田。这情景于我很熟悉。有一次来女娲山，也赶上学生放学，天快黑暗，整个山村停电，一片昏昧，事物都显得深了。我想到小絮就在这昏昧里，似乎是她或者我生活中的一种永恒。纵然离开了这里，情景依旧不会改观，因为这不只是生活，却近于预言和象征。黄昏，我们来到牛栏旁，天上整个儿烧着晚霞，一头成了暗红的牛在近旁咀嚼，一些晚霞要远些，似乎也永恒些，我们似乎是会永远在这里，又面临倏忽逝去的刻骨忧郁。而天空在冷下来，变成钢青，就像那些鲜红和彤红从未有过。等我再开始走向学校，问题又临到我面前：小絮不在该怎么办？这倒似乎比林中的怀疑更使我身心无力。问明消息，马上走回头路？该找谁？——这些难题逼上来，充满宿命。我不愿意遇见很多人，让他们猜疑：他怎么倒来了？我不喜欢别人的惊奇。里面有只属于我的、难于说明的隐秘。

那次我没有见到小絮。整个学校讳莫如深，发生了一起成色不足的灾难性事件，一个年龄最大的学生在课堂上不愿听讲，拿自制的飞针扎上了小絮的眼皮。"当时我很镇定地从眼皮上摘了下来，事后却吓住了。"小絮说。她收拾东西回到县城，再也没有回过那所学校，即使文教局警告说要开除公职，以后办理停薪留职来到了鱼城。我们终于告别了那条小路，和蚊蝇一样钉在玻璃窗上捕捉我们的目光，却没有感到轻松。

坐在李树下眺望，远处李家沱江岸两个大烟囱在阳光下吐烟，打破了这个世界的边际线，让我想到冒烟的世贸双塔。那下面是一片工厂区，我和两个同事去暗访过。

公共汽车旅程悠长，从解放碑慢吞吞到九龙坡，穿过了鱼城钢铁厂地盘到达双坪，街景发生了变化，没有什么路灯，三轮车群集路旁，有些无所事事，却不见一辆出租车。知情者说，这里外来出租车不敢驶入，怕被跑三轮的本地工人们打。在一家茶楼里，茶楼老板娘原是铁厂的工人，介绍厂里所有的工人都掷骰子，无论老少，自从厂子破产，工人们无所事事，掷骰子的规模更大了，好多输光了工龄买断费。她自己也参加过，输了千把块,后悔收手了,这才想到举报。

我们分头走进厂区,有一种不祥的气氛。除了一些卖东西的人,曾经的工人都无所事事,带着他们还留有机器茧的手,无处安放而像干部一样背在身后。据说,每个人都可能是眼线,这个词似乎难以和革命历史中的"工人老大哥"相容。当然,也有工贼、内奸这样的词,但绝对是一小撮,而且一定有着当作标记的丑恶嘴脸。而这里的人甚至面目模糊。所有的房子都是旧的,像阳光晒着的废铁,我走了几个进深也没看见赌场,莫名地失望。我在一个摊点上买了一瓶水,这里的水积着灰尘,高出外面五毛钱。老板娘打量我的神情也特别,似乎她不是在关心交易,不是在为自己的利润操心,倒在担心着别的什么。我喝了一口水回来,顿然看见了场子。

高低几十个人围着两条长桌,长桌上盖着印有骰子图案的花布,布上正开启几颗骰子,骰子旁边有一大堆钱,庄家正收回这些下注的钱,不用手,而用一根耙子,就像餐厅里做清洁时扫掉桌上的骨头鱼刺。人们看看这些被收掉的钱,拈拈手里的钞票准备下一注,他们每人手里都拈着这样的钞票,就像举着一种男女老少通用的证件。这样完全的性别年龄分布是让人震惊的,这样一个整体还显露出高度的警惕性,总有几个人的眼光望着外面。我喝着那瓶水走过去,加入人群中,我肯定是被打量了的,所幸我感到这个刚才旁观不寻常的群体并非离我很远,每个男女老少依旧是我熟悉的,实际上他们举着钱盯着铺子,脸上露出天真的朴实，就像不知道他们在参与一种吊诡的活动。须要防备的是那几个庄家，清一色的小伙子，不清楚他们是否是工厂里的人，我们的得到消息是，他们都是一个老板雇的下手。这个老板在附近的几个工厂区里都有场子，把这一片工厂的钱都吸走了。我的同事把衣兜掏了一个洞，相机镜头探视赌场。我们在这里受到相当的怀疑，为了掩饰我也下了一把，并且赢了，庄家一样用他平静老练的姿势付钱给我。

  他们的操盘似乎很规范，只是在骰子摇完后，再任众人下注，通常是押大押小。如果谁押对了，他们也会很痛快地付出钱来，给人群中那个人扔去，从来不会发生什么差错，整个气氛是友好的。庄家怎样赢钱呢？我们曾经和爆料者探讨这个问题，她说庄家表面上看来是公平的，实际上主要是赢那些投上了劲，失去理智的人，这些一般的下注者不过是烘托气氛的。曾经有一个老头一天输掉了工龄买断费，儿子和他断绝父子关系。不久我就看见了一个这样的人。

  这个老头先是站在一边看，似乎非常冷静不动心。其间庄家输了两次，都是输在大上，此后老头开始下注。他忽然在大的一头扔下一张五十的，显然让大家注意了他一下，因为这么久除了一个小伙子下过一次五十，大家一般都是十元五元。小伙子赢了，一连两次，大家要跟着他押，他又沉默地走掉了。而老人是那么沉着。庄家看他一眼，拿起缸子，是小。老头的五十元和其他很多钞票一起被兜走了，又被发还给押小的人.再一次摇骰子后,老头掏出一张百元,说:"我押它一百。"这次大家都看着他,有一个人对他说:"你那点工龄费莫几下押了哟。"老头不理他。庄家和老头一样不露声色地掷骰子,并没表现出一点手法轻重或速度的变化,但一切似乎忽然紧张起来,利索起来,刚才很多无关的小细节都一下子收起来了,这才是真正开场了。当然还有一些人在下小注,庄家还吆喝大家下,这一下吆喝似乎也和刚才不一样,有着意之感。缸子揭开了,又是小。一百块钱被扒走了,它扔在赌桌上引起的震动就只有那么一小会儿,庄家的神情永远那么冷静,不会承认这张票子带来过什么压力,起过什么作用,引起过他们心里什么样的紧张。在捕获这类毫无征兆投下的飞鸟上,他们永远是足够警觉和利落的。

老头沉着地又接连投下两张,押"大",这两张很快又被收走了。老头如此沉着,看来是充满着信心的,但为什么会一直出"小",这里面似有一种震撼的命运感,使人茫然失措。大家有点忘记下注了,只是盯着老头。庄家看了人群一眼,有几个人于是叫着"下注啊""趁水涨了试试运气",并且带头押在"小"上,于是大家又纷纷扔下五块十块的钱,却也有人还在等,想看老汉押了再押。老头以一种特别的、存在于青年身上的姿势,迅捷地掏出一张钱来,似乎扮演一个讲义气的无赖少年,说了一句"×的,我这回押个小看看",似乎他为运气击倒放弃了固执,在放弃时仍旧表现出果敢,就扔下去。

在这个老人身上是真的存在一个无知少年,还是运气与赌场合谋对他的欺骗,直到他两手空空才会明白?先前冷静地观察动向,果断地出手,沉默的坚持,也不过是毫无意义的空洞幻象?偏偏这次出了"大",大家似乎情不自禁地低呼了一声,那些特意跟老头反着押的人不由长吁了一口气。钱很快消失了,老头不再掏钱,离开了赌桌。起先劝他的人这次押了"小",一边接着庄家抛来的钱一边说"我叫你莫押嘛",老头似乎为了回答他,露出微笑。他走出人群,头很快地低下了,似乎是陷入了沉思。我在想五百元钱对他到底意味着什么,也许就是一种感觉,手里本来是沉的,什么都没有了,肉体被捅了一个洞,一时难以回味过来,才察觉肉体倏然衰老。

我小心地离开赌场,来到这里固然会引起警惕,离开也叫人不放心,因此我不是向着大门而向着深处走去。在另一个地方,我又看到了较小规模的赌桌,由于扔下的注较少,我欣赏了一会儿这张花花绿绿的布,想到太极河图之类的东西。它简直是有点孩子气,用来游戏的。这里保持着二十来个人,一直没有掀起什么高潮,庄家也一直平静地扒走一些钱,送出另一些钱。

好一些的家庭都从这里搬走了,很多房子是空着的,路灯瞪着瞎眼,文体活动室蒙上尘土。在附近的铁道上,一些鸡由于整天等待满头灰尘。有人说一些废弃的洞穴中发生过强奸杀害案。我们走到一个大的厂区,像是一个大植物园,破产两年不到,自然迅速重新统治了这里,曾经的铁轨也被人一段段撬走,我们到时还有人在深深的草丛中寻找钢铁。从屋顶长出了森林,一些机器的空眼里缠上了翠绿的植物之绳。

我们奔波在工厂区白光光的大路上。像是二十世纪三十年代的电影，一群工人下班拥出大门和一群畜生被放出围栏。白兰度的《码头风云》。洛尔迦的纽约印象。黎平和我是一组。几个工人往车上装着一种渣，只有凑近细看，才能从深黑之中辨认出红。一些深色的废水经过沉淀池，直接往江中飞泻，它飞泻时的颜色是红的，形成一种小规模的荒原景象。下去感受的黎平就像极地探险者。我搞不清楚自己的位置应该在哪里，路上还是江边，行动还是思想？

远处出现了白山。

白山来自刚才排出污水的磷肥厂的磷渣，在阳光下闪闪发光，几辆卡车盘旋绕上山顶，黄瓜低下头，农民掏出小小的沟渠保护田园。我们在厂门附近的一家饭馆吃饭，天气酷热，暗红色的血旺，苍蝇和烧白。我们谈起了未来！我们是个战斗的小组，奔驰于大路、政治与法律的狭径中。皑皑的阳光下远方无限，有着真正的寂寞，白山使这一切坚固真实，就像在非洲的一个小镇上，使那个手术包含的死亡真实。大江伴着工厂区死去，好比手拉手从那些高烟囱上跳下，而我们是领会其中严重的意味者。

一个搞艺术的人说，他要把我家乡田野里废弃的一座水泥厂，改造成后现代博物馆。我的叔叔和婶子在那里工作，他们还在天天卸货，搅拌灰泥，我住过一夜，沙发上积了一层灰和一些屁股印，门窗和蚊帐被堵死，一大早，世界传来电线在混凝土之中的呼叫。鱼城有一个故事。这是一个虚幻的秋雨天，泥泞的公路绕道，专为了保留美好的弧线，让粉刷的红木瓦屋和水田安静地生活。雨中竖起了水泥厂的影子，却没有根基，我们的车穿透了它的混凝土胸膛，撒下的不是泥灰是细雨。这是一座怀着梦想到处迁徙的水泥厂，为雨水洗刷陈旧，在田野上是没有家园的。它为什么从遥远的城市，从宛、洛那边来到这里？它本来是那里的，现在却变质了，和这里的事物一起染上了怀乡病。

一个温柔的水泥厂是无法存活的，放下了恶的盔甲者，比从无盔甲者更易扑灭。那个人肯定搞错了，雨水销尽他的梦想。坚固的一切都将不存在，北京朝阳区大山子有一些人，活在被工人抛弃的工厂里。给管道涂上油彩，对着机床喝黄色啤酒，在齿轮上漆革命语录，以便每天绞死自己的新思想和灵感，他们的思想和灵感像真菌一样生得太快了，来不及收拾。他们说自己只是和数字在一起，这个军队留下的数字。城市要拆迁了，他们想把工厂或者那个数字保护下来，说这里已有文物价值。他们早就这么干了。水泥厂，你属于城市，你注定死去，他们榨干了你的内容后放逐了你，你是现代大地上的漂泊者。

有一次我见到嘉陵江小三峡的一座水泥厂，在峭壁之下，那里显出战役过后的广大荒凉，或者一座要塞的遗存。没有人了，有这么多的建筑，包括那些小窗整齐划一的工人宿舍，像温柔的鸽子笼或骨灰盒。人撤走后的房子是一种很不祥的现象。但还有楼梯、扶手，这些善良的意向，诱惑怀旧者。

2001

从高耸的形状来看，水泥厂本身就是超现实者。一个工人在这里出生、成长，他的内心包含着多少死亡。那些多维空间中的乙烯管道，双氧水的林丛，一个残疾的工人在铁皮屋子里烤煤炭火，煤气通过一节连一节的合金管道排出，公共大厕所里也只有冰。厂区最近死亡的是声音，气味还活着，铁烤久了有一股油脂味儿。工人们住的屋子刚刚只有头顶高，以防北方来的风削平。有时一个老人告别了子孙，独自住在一些照片和记忆里。怎样想象，生活竟然也可以这样进行。

"你往后一定要记得我哦。"黎平说。

我意外嗅到了伤感的味道。光头的黎平，以泡小妹妹出名，夜晚他进入暧昧的发廊或洗脚城，始终扛着的摄影枪支急于缴械。他用过真正的枪支，沐浴过河西走廊真正的月光，如今却精通于电脑和QQ，不通英语的障碍也被他在彼世穿越。上次见到他，三十岁的他竟然把短发染成了金黄色，显然是为了哪一个妹妹，我感到一阵悲哀。在鱼城，站在十八梯顶端眺望，内心的日子已成过去，我们双手做出的一些东西朝生暮死。死掉的还会有我们的双手。

我翻开陀氏的书，躺在李花上阅读。拉斯尼柯夫和妓女索尼娅有爱情，罪和公义却在规定它。上帝的公义向来是严厉的，在这里，一个被原罪流放的人类集体中，没有个人的位置，没有委屈可言，焦虑从第一行到末尾一直烧灼着人们，无所逃避，只有放弃自身才能获救。后来我想，读这一本书一定是有代价的，我在这一小段紧张的时光中，肯定抵押了自己的一小部分生命，奇怪的是有时我们情愿如此，多数人对他敬而远之，却总有人甘心去看他，和他立约。

我看完了书，在深深的李花地层中睡着了，青色和白色的花是凉的，这是一个和春天完全不同的世界，像在冰中，感觉不到自己的身体，我肯定在此刻暂时摆脱了肉体的温暖，就是我从有欲望以来一直依赖又反感的那些。如果一直这样沉睡下去，我将成为植物，因此我站起来，走出李树的阴影，这时我感到身体已经凉了。我在太阳下走，似乎是光着头接受着阳光，像那些栏杆上摊晒的干草，正在迅速地回暖，一直到晒成昏迷的紫色。

我像一个昏迷的人走到小路上，这时嗓子突然想咳，奇怪的是没有平时想咳的急促感，却有舒适的甜润。我张开口咳在草地上，一些口水随之落下，我又吐了一口，这时我忽然感到不对，一看之下怔住了：草地上是血。

甜润依然在嗓子里，在那里，我的喉头又开始发痒，一种致命的恐惧触到了我。我试着忍住喉头的感觉，中断这个过程，往下走上公路，这段下坡路似乎比从家乡到鱼城更为漫长，是我注定走不过去的。脑子里一片空白，却又掠过了无数的画面，陀氏阴郁褶皱的脸像李花那样层层叠放，似乎每口鲜血里都包含罪孽，此时到了清算的时候。意外的是，死亡并非如我想象的咸，倒是含有诱惑的甜，正如那些暧昧等候的时刻。

2001

那些夜里,我把第二天见报的国际新闻稿件操作好,已经两点了。主任审过稿,和一个证券版编辑一起走了,整个楼层的大办公室这一方,就剩下了我一个人。

现在的时间,是我可以自由支配的,我感到这是属于我的夜晚,也许正因如此,夜晚固有的性质传给了我。我感到一种空虚,就像我不是在办公室里,头上没有人造木材和水泥,以及可能存在石膏和竹节的屋顶,而是在虚无的天空下。

我把《几回回梦里回箮凹》拿出来,刚打了一两行,又废然了。这一段写得松散,大河上的飞翔,山坡上的眺望,和先前没有吃到的一树五味子,看不出联系。是不是因为梦本来杂乱无章,写出来也没什么意思?这样一想,整个事情都没意思了。

我上了QQ,看到了"淮南皓月"。我正想问她,打了一句:"上次你为什么没去?"

她半天没有回答。我又打一句:"难道我真的那么丑吗?"

她的头像动了,一个小女孩。她的名字是"淮南皓月"。她本人三十五岁。"我去了。对不起。"

她的头像忽然消失了。

那天,淮南皓月主动把我加为好友。我查看她的资料是"苏州""苏州人"。在"个人简介"一栏,是两句诗:竹影扫栏尘不动,月色穿阶水无痕。我就问她在哪里。我想,她也许到鱼城来上学或出差。她说："我是鱼城人呀。"我说，那你的资料里写的是苏州。她说："啊，是这样的，我特别喜欢苏州，就把苏州填成我的故乡了。"我说，好啊，我也去过苏州。（我想到从上海到苏州的草原上火车奔驰。草非常深，在车窗里感到水杉青黑湿润的气息扑面，整节车厢里没有两个人，竟然有些荒原上的畏惧。）我说，你真是个浪漫又诗意的女性。她问："你为什么这么说？"我说，我看到了你资料里那句诗。

问到职业，我告诉她了，问她，她说是产业工人。我问：产业工人是什么意思。"这都不懂啊，大编辑。"我说我真的不太懂（有点不好意思的辩护，有些暧昧的故意），我是做国际国内新闻的。再说你这个词太老了啊，像十九世纪的。她说："啊，这是最新潮的词了，你不知道？"我问到底做什么，她说可以做的很多。我胆子有点大了，说总不会是李师师一类吧。她紧跟着打出："我要是李师师，你是蒋诚吗？"我不知道蒋诚是谁。"蒋诚是谁都不知道？但如果我是李师师，你是蒋诚吗？"我说好吧，我是。我心中升起一种微妙的窃喜。"不过蒋诚好像是影视虚构出来的人物，除了皇帝，李师师的情人是周邦彦。"她说："是吗，你是学文学的吗？"我说是。"那你喜欢沈从文吗？"我回：热爱。我问：你美丽吗？她说不。我说，啊，不美丽你怎么做产业工人啦。"你想到哪里去了哟，莫乱猜，以后说不定要见面的。"我顺势说我们见面吧，她说你见了面会失望的。我说，只要你不是很丑。"你要求这么低吗？"淮南皓月忽然担心起我的样子:"怕你不是温文尔雅。""基本是吧。""为什么说基本是?""有点不修边幅。""不是很邋遢吧?""不是,是不喜欢外表胜于内心。""那好,你在法院门口等我吧。""是第一中级人民法院吗?""8:30。""好,8:30。我穿白衬衣,蓝裤子,拿一本书。"

时间有点耽误了,我急匆匆往法院赶。夜晚已有了夏天的闷热,烦躁不安。我一边走一边想着这样急切是为什么。到了那里,花坛上坐着一帮老太太和妇女,说些什么。我穿着白衬衣,把书拿好,站直,在那里等。这时我就想到了第一次见网友的经历:剃着光头,打一把暗色长伞,穿灰衣服,结果人家说她差点扭头就走。我想蹲下去等,但我不能蹲下去,也不依靠什么,这是小絮常说我的毛病。站得直,四面打量。街对面有两家火锅店,一些人从那里进出、走过。有一个女人走了过去,过一会儿又一个女人走了过去。她们都使我心里发紧。一个时髦的高个子姑娘保持轻盈地走到法院门口,在门卫室前探身,和门卫说笑,而后走进去了。我的心优美地跳了一下,她穿的是浅色衣服。但这不是她。

应该有目光在暗中看我,我把身体挺挺直,拿好报纸,我的白衬衣(其实不是纯白的,是含有一种典雅的奶油白)稍微大了一点,我的裤子兜里有手机和传呼机,使它们稍微鼓突。除此以外,应该是可以的,我像是夜色中生长的一棵观赏植物。

时间在我的叶片上爬行,又有一个女人走过来,她个子矮可是没有长发。长发及腰——这是对夜色中的我最确切的安慰,最好的希望;我忠实于这个希望,像一盏指路的灯,引导我有勇气去追寻、辨别,它战胜了所有那些不祥的猜测、纷乱的动摇,没有这个意象,我早就退缩、怯场了。像一株植物,我知道自己有多么脆弱。但又一个女人走过去,仍然不是,我数得清只过去了五个,有两个根本一看就不是,其他是男人或者和男人走在一起的女人,连她们我也怀疑过。可是人真的不多,都过去了,只有花坛上的老太太们还在那儿,偶尔看看我,像一出古典戏剧中的歌队。我看了看表:八点四十。这是我第几次看表了?我等着,其实我是在等待数字从"40"走向"42"。一到这个点,我忽然离开了那里,向中兴路方向走去,走了几步,我脚步越来越快,接着跑了起来——向着另一家可能的法院,我知道另一家法院:鱼中区人民法院。

　　大约一站路的距离,我奔跑着,出汗,我到了那里,马路上一股污水的郁闷气息,灯光很暗,没有什么人。在栅栏一边的小巷口,两对男女中学生在污水的气息里说什么,或者等什么。只有这些。我往回走,避车过马路,然后又跑了起来,超过偶尔的路人,我在出汗,在夜里的鱼城。我忽然想到几年前在复旦校园的奔跑和行走。那天晚上下课,我在黑暗温柔的路上走,同学老胡骑自行车赶上来,他说师姐就在后面,你慢点走。他的车影子暗中消失了,我没有回头看,而是忽然疾走,两腿生风,像是决绝地完成一项没有希望的任务,像走过水洼的兰波,在师姐温和的注视下。

跑回第一中级人民法院门口,仍然只有花坛上的那些老太太,她们的阵容像是一个也没有变化。冗长的戏剧!我轻轻喘着气,发散着热量。我的手机在兜里,始终没有响。等到了九点钟,我终于放弃了,临走看了看手上的书——竟然拿了一本《等待戈多》。

夜晚一过去,走在天光下的大街上,觉得恍惚。我也在交网友了?这个事实似乎比我的失败更荒唐。以往那些在台灯涂抹的书架前啃《韦伯斯特英语大辞典》的夜晚呢?那去林风眠故居拜访的想象呢?似乎一直也不会去实现。

办公室的两位同事,本来并不熟悉网络,却不几天就成了聊天专家,各自手心里有一大把女网友,又在现实中见了面,传出一些微妙的新闻,当时也在报社刮了一阵风。

夜够深了,夜又还没开始透底,一条直临着街的小巷子,也会有我的感觉,它有一个深腹腔般的领受器官。我们主要都不是生活者而是领受者,生活走过了我们,踏过了我们,车辆在小巷口子面前飞驰而过,几个巷子深处的老人偶尔走进来。

隔档的人问:"你在打游戏?"

我才注意到编大众话题的王力没走,也在上网。我问:"呵,你在看美女?"他说没。但我瞥见了他正在关掉的裸体网页。这是新兴的编辑部娱乐。

王力不愿意承认的原因，大概因为他不只当编辑，还是个作家，正儿八经的作家，应该是鱼城作家协会会员，虽然我想他不大会是中国作协会员那种身份。我们编辑部就有两个作家，报社里的作家更多，我从来没和他们谈文学的事，也没读过他们的东西，陈天的同学吴海子是个例外。今天晚上，我到电讯室打稿子，忘了带开门卡，正在玻璃门前发愣，里面有人来开门了，正是吴海子和他的手下，他见了我说："你好。"我报以笑容："你好。"我报以笑容是当然的，而且我知道，我的笑容要更热情，而且爽朗。

　　吴海子原来是晨报副刊部的编辑，副主任。刚到鱼城来时，他到陈天和我共住的宿舍看陈天，坐在黑暗里陈天的床上，一堆哲学书中间预留的位置。不管怎样，他毕竟接受了，没有表示什么。我问他鱼城文学界怎么样，有哪些著名诗人，来鱼城前大概是听老师说过鱼城有一些诗人。陈天在一边抽烟，烟头在黑暗里一闪一闪，像个藏在暗中或甘心退居黑暗的鬼，忽然出声说："吴海子就是著名诗人啊！"我有点吃惊，关于这个问题，吴海子一直没说什么。我只听陈天说过，吴海子原来诗写得很多，什么杂志也发过，这两年写得少了。大概那个"少了"给了我一种心理安慰。

　　我们谈到我的导师高老师，吴海子忽然说他知道，最近买了一本高老师的《在语言的阁楼上》，这又使我吃惊。

　　零点，值班者在二楼食堂"用餐"。新闻中心主任也是副老总陆地,忽然问我最近又写了什么没有。他说:"我怀疑你从哪儿来的生活啊。看你写的那些,好像还有点生活。"我吃惊地说:"陆总你看了我写的小说?"边上一个女编辑也说:"呵,已经读过了啊?"陆地说是看了几页。我想那是《唐诗故事》。我微笑,说那不需要生活,本来就是虚无缥缈的。陆地笑说我看你写的贩茶叶、布匹之类,像是有些生活,怕是从书上看的吧?"情节嘛,纯粹是鬼扯。"我又笑了。陆地对女编辑说:"写得还可以,能发表,烟钱赚得回来。"又说:"我晓得他看了很多书。"女编辑说:"他是看了很多书。"陆地又说:"除了看书,你还是应该交些朋友,时常下些馆子,谝一谝,作家都是这样的。"就又含蓄地微笑了。

女编辑微笑讲:"两路口有一家叫作什么的馆子,就是鱼城的诗人聚会的场所。那一次我们去,遇到一个长发诗人,带了一个小马子,一点都不发育,很瘦的那种哦(我想见那个小马子的样子,很瘦很窄,平板板的胸脯,平板板的屁股),诗人凶得很,结果把小马子还惹哭了咃。"诗人是鱼城一个著名的诗人。陆地说:"文人们就是这样。比创作,那是暗中比,桌面上是不比的,大家到了一块儿,比什么呢?"陆地用带普通话味的考究的方言说,比骚,比荤段子。

副主任讲他上网。一个网"虫"名字叫"枪手"。副主任问他:

"你拿枪做啥子?"

对方打两个字:"杀人。"

"杀啥子人?"

"杀女人。"

"你杀了好多女人?"

对方不答。副主任追问:

"说起凶,有没得本事杀嘛?!"

对方反问:"你看我本事有好大?"

"鸭儿长硬了嘛,能进去了嘛。"

(鸭儿是鱼城话里的那话儿。)

那头沉默了,半天,打出一句:

"叔叔,我今年十三岁。"

副主任大出意料:"你狗×的崽儿!"

女编辑咯咯笑了说:"你们晓得不晓得?鱼城的作家,他们喊的是:一群小痞子,两个老骚棒。"我笑起来,陆地也大笑,一种知情的笑,我问老骚棒是哪个,心里想莫非是某某某,女编辑却不答。陆地说:"鱼城的文学不行。"我说是没有在全国叫得响的。女编辑说:"那一群诗人,他们自己感觉还很好呢。"我问哪些?"李钢他们啦。"

我想到来上海之前,到李振声老师家里去。到复旦小区,下了车还要走一段街,这些街很宽大,种着一点植物,有些寂寞,像田野。那座城市也往往宽广而寂寞,除了外滩那些少数地方。有一个地方,是未完成的一座什么建筑,回来的路上,我望着它就想到了一个小县城工厂的院子。我见过这样的院子，机器、铁锈、杂草和光线，离奇孤单的幻想，因为李老师给我讲了一个本科生写的一篇小说。李老师正准备去日本，把我送给他的画册放到橱柜顶上。我跟他说了我去鱼城。"鱼城有一帮诗人啊，搞过一个星星小诗的地下运动。"

到了鱼城，再未听说过这个名字，似乎他们真是当年的地下党，在火锅和肥肠的热气中长年埋伏，到了晚上才偷偷铺开稿纸发报，只有远方的文坛能接收讯息。

我说："晨报的吴海子还可以。"他们看看我，都不说话。这说得太近了。"我在解放碑新华书店，一本《第六代诗人选集》上看到他的一首诗，很长，叫《鱼城》，写得还可以。"在座的人还是沉默着。

长诗的开头让我有点吃惊。夜晚的幕布刚刚拉开，吴海子像我一样，站在鱼城某一处黑暗的房子后面，看着大街，大街的对面有一个人在等车。他缩着脖子，缩了很久了，本来想伸一伸，又放弃了，因为，"这不是一个引吭而歌的季节——"

夜总会或酒吧暧昧的灯光，像神秘空洞的外衣。城市离了这件外衣，就像树木剥了皮，是不能存活的，滨江路那种过于明亮的灯光，唤起的只是不安。在空旷的路上、空旷明亮的广场上、码头上有恐惧，铁环辘辘滚动。而这里充满痊愈后腐殖质的温馨气味，关键的不是客人，是一位调酒师，滑稽的上帝。他面前摆有一溜盛有液体元素的杯子，深浅不一，正细细品尝，为这个城市调味，找到一种脆弱和无穷小的平衡。这也许太难了，只是一个没有真相的把戏，因此他也可以说是一位严肃的小丑，被派负了一个技巧过于复杂的职务。

我是那时喝酒的我呢，还是此时的调酒师或小丑？如果我是一个小丑，那么一定是莫迪利阿尼宠爱的小丑，绿色的脸，绿色的裤子，悲伤的脸，僵硬的动作，藏藏掖掖的号角，打算吹响的，也许只是自己的末日：沙坪坝的大学生活，白天在大街上推销眼镜，散发名片，试图走进别人的生活，改变那些岩石的印象，在鱼城这座城里比比皆是，屡遭修饰，类似一座灯火下楼台的石头城。一句由两个人的夜晚吐出来的警句："我们是各自孤独的。"但警句只能说一次，那么下一次干什么？——轰然走散，你本来还会等待下去，因为你天性善于等待而不惯于担当，直到你在街边遇到了那个算命先生，他说，他年轻时的梦想，是做一名伟大的文学家……

我依旧在等待，等待与一个人相对，一步一步走进这个夜晚。走到窗前，有些高，看得很遥远，很暗，又现出某些灯火。我想到最近读到的：远的地方，在南泉那面，住着一个青年雕刻者，他和崇拜他而来的妻子和咸菜坛子和菜地和石头茅厕，他在石头上雕刻，鱼城的石头有很好的石质——也许是酸性，硬度不大，便于雕刻，可是持久度如何呢——他正在渐渐有名，过上自由的生活，这基于他当初勇敢的选择。他看上的是那里的什么，是雾吗？他追随什么吗？大约六十年前，也在那个地段，一个叫"大佛段"的地方，林风眠待在一间农家棚屋里，画着梦中的西湖。一待四年，就这样彻底脱离战前的岁月。西湖的梦氤氲成型，跟山城毫不相干，有的是温润高大的树，说是树不如说是温暖柔和的疑团。海中神秘的房子，浪头高处的远山透出微光，总是有那么点微光，那么点惊异，使人无法轻易说懂得了一切，解释一切。

在这里，在办公室里无法解释，甚至不能下决心去做一个区县部记者。刚才在饭桌上，提到这件事："我还是想去当两年记者。"这是紧跟着"熟悉生活"来的勇气。陆总说："那就不必要了。有些可惜。"补充："可惜了一个编辑人才。"陆总的神情很亲切。他通常是严肃的。我忽然想到一个传言：陆总可能要调走，到报业集团新成立的新女报，他不愿意去。前一段陆地去新马泰考察，听说就是对他的一种抚慰。"莫随便传啦。报社的事，只有看到了红头文件才作准。"刚才上厕所出来相遇，女编辑洗着手，带着几分严肃地对我说。

我在洗手间的镜子里看到了自己，一张小丑的脸，在焦虑的线条下，藏匿着某些过早出现的松弛。这张脸上真的有什么地方，和那些小痞子、老骚棒有区别吗？

那天在金竹宫里，接近十点，灯光亮了一些，忽然旋转飞驰，炫目地打散拥在一堆蠕动的人群。音乐声断然改变，强烈的摇滚，蹦蹦嚓嚓使人心直抖，抖出一个场地，男人们退后，一些舞女开始急促地舞蹈、展示。我挤在男人的前排，看到一个小姑娘，扭着身子，急促地摇头，她似乎忘了周围的世界，只顾自己摇头。她的马尾一会儿遮住脸庞，她停下来略微拢起，又开始摇晃，她的面庞上有一种幻想的神情，舞姿是既开放又有某种压抑的，也许是一种纯洁感人的东西被滥用了，那种不安和魅力。

一等她跳完，我马上去邀请她，搂着她，感受她的青春魅力，她不是那种主动的类型，但是平淡地接受了。我还摸了她的乳房，那是少女的扁圆形乳房，一种东西击中了我，有种感恩的心情。她的脸向上望着，透出幻想的气质，和跳舞时一样，似乎她的人并没在这里，有时还自己哼着歌。她是个中学生，晚上出来跳舞。我问以后怎么找她，她平淡地说每天她都会来这里。"你为啥来跳舞呢？"我忐忑地问，这个问题刺了她，她望我一眼，干脆地说："我喜欢钱。"那一眼忽然让我想到服药的少女。我感到强烈的不安："你家里经济条件不好是吧？"少女的口气缓和了："是的。"

她会是那个在被子下面不可触碰的少女吗？那个喊我叔叔的少女？难道没有这种可能性？是有的啊，不管多微小。当时她躺在被子下，而在这里，我抚摸了她的乳房，她平淡地接受，就像并没有被摸到，不存在我这个人，只要我最后给她十元钱就行。后来我在舞厅里还遇到过一个小姑娘。她看到我要把她往中间带，硬邦邦地说："不，就在这里。"我知道她不让人摸。一种负罪的心理立刻产了，不知怎么办好。心里还有残留的欲望痕迹，我对她说："如果我们不是在这里遇见，我们会成为朋友的。"她生硬地说："不会。"我还搂着她。怎么办？

我终究走到了公路边，隐约感到那个老人暂时放过了我，没有把罪过和惩罚了结在这段小路上。来了一辆中巴，我招手上车，略佝着头小心地坐下，对付着喉头那种痒感，想赢得去医院的时间。此时我确切地知道，再吐一口就是完结，是毁灭，这是一场结果未卜的斗争，而我的防备如此脆弱。我发现喉头的感觉被压回去了，这使我稍稍安心。

车子奔驰，窗外掠过春天无常的形相，许多细节似乎是超脱地、与这个我无利害地出现在记忆里：一间背靠坎堡的房子，门口是一种迅速赚钱的生意的广告，让人想到村庄附近的蔬菜地，不久前淋过粪，茎叶深浅地发白。门死死关着，看不到里面有和有过什么人与活动。这种广告从此出发走向街巷，它们一开始就是没有家的歹徒，垂死埋伏的反动派，在拐角处等待袭击和被袭击，背后藏着一个从人的群模中被剜掉的人形，或是史铁生说的人形空白。

很久以后，我已在北京，有一天去西郊万安公墓。当时是秋天，公路漫长，似乎到墓地来需要这样长的道路，阳光的长影穿过植物，墓园里很安静，却感到比外面多出无数温柔。有一处碑，写着"爱女温萦之墓"，年代是1925年，女儿去世的芳龄是十四岁。我想到一个中年人，女儿死去后，他在孤独中的时光，迟到的死亡，女孩的灵魂长年萦绕父亲，他的死亡到今天又过了多长时间。入口处不远的这些墓碑都陈旧寂寞，在一片树林中。有一些属于基督徒，镌着颜色已陈旧的十字架。"你是道路，真理和生命。"一处墓穴上这样刻着。越往里走越新近密集。平民是林立的一块碑，更寒碜的则是一座亭子，里面一格格贴着逝者的照片，密密麻麻的小小墓穴，亲密而无争，彼此遥远陌生的人们生前怎么会预料此处会这么拥挤紧密？照片大多是灰白的老年人，可是也有零星年轻的，他们的早逝给这片世界带来了生动鲜明。

有相邻的两格，一个男孩和一个女孩，从姓名看是兄妹，女孩在十九岁上死亡，男孩则在一年后的二十一岁上死去，1992年，当时我正上大学二年级。这两张照片都非常鲜亮，女孩和男孩很相像很俊秀，下面的小龛里搁着两束鲜花。这样的鲜花零星点缀着幕墙，就像是一道高的石坎上自然生长出来，惊心动魄后的遗存。

比较阔绰的是占有一小方园地，竖起一块白色或黄色的石头，连巴金和冯友兰，也不过占有一块不大不小的石头领地。邓广铭教授的墓石相对更局促些，左边和右边都挤着一名不出名的富人，像那本《魏晋南北朝史论》插在一些快速致富手册之间。时近黄昏，墓园里只有老人扫落叶，他忽然停下来，神秘地指着一块比较大的石头："这是陈宝国他爹。"见我一时反应不及，又提醒："大宅门——""要几十万呢。"我想到冯友兰那块石头应该在二十多万的价位。有点太白太浅，感觉不太必要。

第二次，我在另一片树林里意外地发现一块碑的背后刻着那首著名的诗："灵台无计逃神矢，风雨如磐暗故园。"本以为这是近时的人引用为墓志铭，正面却看到"韦素园君"几个字，旁边又有一行小字注明是鲁迅、白莽、殷夫立，正是鲁迅清瘦略带扭曲的字体。心中忽然一震，小路上那个老人的画像再次显现了，他曾在青年韦素园的床头以拷问的目光长久地注视他，关切地确定了他的不幸，就像上帝本人拣选属于他的那些容貌和灵魂。

前来探望的鲁迅马上看出了这一点，因为当时在青年身上已经显示出那些被注定的特征：清瘦的脸颊，作为肺病前兆的清澈幽深的眼神。但来访者没有提议将画像换掉，他和墙上的画像一起守着秘密，直到这块碑成立。在他老去的身上，也藏着一个被注定了命运的青年，潜伏着那种不治的疾病。

经过漫长的时间和人群，在鱼城那个春天的李树林下，这种疾病来到了我的身上，几乎一模一样，在那个叫陀思妥耶夫斯基的老人的注视下实现了。和八十年前一样，他严肃和关切的目光只指出一种东西：罪和公义。他始终存在于我们这个时代中，尽管在车人如流的十字路口和扯着嗓子拿话筒吼的包厢里，他似乎被排除了。他的关切中没有温柔，没有可逃避之处。

那天我回到家中，像肩上扛着一个无形的冰箱爬上六楼，不过向上攀登似乎有一个好处，可以借助重力让甜味落回到胸腔里。小絮已经下班归来，事后她回忆，比起我说的经过，我嘴唇和语气的苍白更加吓住了她，虽然我的嘴唇已在中巴上用心揩净。我们马上去解放碑附近的重医三院门诊，第一次没有爬十八梯而是打了一辆车。那里的医生让我做了胸透，看片子之后开了转诊条子，建议我去结核病防治所治疗。我第一次知道现在还有这个机构，似乎是在少年的小镇上听说，却拥有比眼前的大医院更多的权威性。

第二天是周末，小絮却要上班，她不能请假，因为是替请假的人代课。我查了地图，从解放碑坐了公交车去九龙坡。线路冗长，因为重医并没有开药，我担心昨天的症状复发，还好心头没有特别的感觉。我能些许感到自己的体温，这是眼下属于我的东西，经过了昨天的危机，它似乎恢复了无辜的本质，值得我用心去保住。

车子经过了两路口、大坪、袁家岗、黄桷坪，感觉一直开到了靠近鱼城钢城的地带，远处看得见大拐弯的长江，终于在一处上坡路口停下来。需要我走上这段小坡，去寻找地图上的结防所，似乎是最后的体力考验。坡上是密密麻麻全无规则的居民楼和门面，彼此不留余地叠压在一起，似乎此外的世界都不算数，一定要挤在这一块，簇成一个混乱却紧密的圆心，实在看不出这里怎能容下一家有来头的单位。门牌号也是错乱的，我打听了两个来回仍旧莫衷一是，被几个卖香烟和清水豆花的小贩指点来去，最后终于发现一块旧木牌，淹没在一堆门面招牌之中，像是

2001

"院内有住宿"之类的所在。

走进去之后是一个四合院落,正和童年的那些公家房子近似,完全被四围笋子拔节一样的居民楼和它自己出租的门面包在里面。像镇医院一样的挂号室和门诊室,医生挂着塑料管发黄的听诊器,就诊的人一律穿着青黑衣服,似乎在这里,世界完整地折旧了。我再次走进带有骷髅标记的放射科,站在幽暗中庞大陌生的机器面前,按照指令把胸部贴上去,和在鱼医三院的感觉不同,似乎回到了那条小路,再次面临生死的判决。只有那些穿着青黑衣服偶尔咳嗽的人,给我带来莫名的安慰,原来在我之外,鱼城还有这么多人,与这种陈旧的疾病有关。

我的诊断结果不轻不重,医生开了几种陌生却又有某种熟悉感的药,有一种异烟肼,爸爸叫它"雷米封"。最重要的要求是严格,在三个月到半年的时间里按部就班,不然的后果,医生没有说,但没有表情足以说明其严重。另外嘱咐在开放期不能密切接触人,夜班要立刻停止,须要请一段时间病假。我终于意外地摆脱了那间与白天无关的办公室,却想不到是以这样的方式。

奇怪的是那些苦中带涩的药片,一旦开始服用,从前轻飘虚无的身体忽然恢复了感觉,右上肺有了清晰的疼痛,似乎一点点浸透肺泡,正像诊断说的"浸润式结核"。似乎病菌以前催眠了身体,想暗中把这个过程进行到底,眼下却在药物刺激下做出反击,刺痛了肺叶,力图把它们受到的痛苦传递给我。回想那次在李花上看书的经历,猝然中断了催眠的过程,老人的面容浮现时仍旧严肃，却透出了一丝怜悯。

我拿着病假条到报社请了假，每两周一次到结防所复查的日程，之后变为每月一次，再到三个月一次。那趟行程漫长的公交车，带着我一次次地穿越鱼城，来到这个我原本陌生的地点，见到全然陌生的一些人。在那段上坡路上，我能够从步幅和身姿，辨认出和我一样去看病的同类，并且知道有些人是发现后初次就诊。有次在一家小餐馆里，两个人讲到桶状胸，是长期患结核后形成的，其中一个半撩开衣服，让人看到他那副像一只木桶的胸膛，有些无言的惊心动魄，在这里却又似寻常，还有骨结核和淋巴结核这些令人生畏的名词。相较之下我们似乎都是幸运者，带着劫后余生的表情。

这些穿着严肃的青黑衣服的病人，神情面目似乎都是农民，来自远离市区的地方，这似乎也是一种远离生活中心的疾病，挑选了那些沉默卑微的人群。我不经意厕身其中，报社的同事都会觉得奇怪，当然现在我已暂时归入另类，不合适与他们密切接触。

每次复诊完，拿了药，我会从另一侧走出那个拥挤的街心，来到一条毗邻农田的马路上，从紧密的楼群包围中忽然来到城市边缘，可以看见远处鱼城钢厂的烟囱和管道，远处的长江。一两个似市民又似农妇的女人在路旁洗衣服，这里的水龙头装在路边，没有加锁，几个防空洞也无铁栅栏封闭，被人装了门板，派上了储物间的用场。我不急于回城，无所事事地游荡，想到那些天和黎平暗访的下文，或许就在这片混沌的田野里。

田野下着细雨，像陈年起毛的线，我们在青色的泥中前行，似乎是在绿色的深沟里，翻起绿浪。无穷的玉米涌动，举报人的家在深处，昆虫在暗绿的世界里蠕动，它们的心灵始终是青色，有些竟然是透明的。我们很快到达了一个小镇，这样的小镇似乎是坐在地上。看不到几个人。

赌场在一条路旁边。我走过那扇门，看到一屋的人。我走过去，到了通往深处的那条路旁。这里真青啊，越深入就是往青里走，离开这里不回来。几个村民打着赤脚，路过我身边。路上湿润的泥和水洼，柔和的脚印。现在我像是跟赌场无关，确实是这样，我是为了这湿润的草和水洼来到这里，这个路口，并丢失了自己。但我很明白自己将走回去，经过赌场，或者径直走进去。几个农民走过我身边，我动身走回，走近那道门。我稍微走过了一点，似乎和这里没有关系。没有人注意到我。

但我随即转身走回去，到人们中。高处、低处，是老的小的农民的脚杆，沾着泥。泥腿中透出两张桌子，铺满骰子，有芇的手掷下的元票、毛票。果真像举报人说的，这里的钱都被吸走了，现在场子很小。人们维持着热闹的气氛，似乎他们意识到了并且想逃避这里的凄凉。

这是乡村的盛宴，往门外望出去，阴天一片茫然。小镇上空荡荡。如果这个赌场散去，让农民们干什么？心底的空虚会像潮湿的气息无孔不入。就让害虫在田间肆虐，让庄稼以露水为养分。乡村本来就空掉了。人们在这里挤得很紧，害怕身后袭来的清冷。越是领受过漫长寂寞的人越害怕寂寞，而这里已有几万年，和工人区完全不同。

我看见了一个小孩子，又看见一个妇女。他们都站在人群中，手里捏着几张元票望着别人投注，神情严肃忘我，也可以说是柔顺的，对眼下赌场、周围人们的顺从，使他们获得了内心的平安。也许实际上他们对桌上那些凌乱的纸票没有大的欲望，以至于那个小孩子赢了后，要庄家喊了半天才想起来接钱，他的欢喜忽然苏醒，脸上一刹纯真的灿烂，那一刻不能说他是个小赌徒，虽然别的时刻他又完全是个赌徒。也许这里其实和解放路上的礼拜堂一样，是个皈依的仪式，这是一个唱诗班的孩子吧？也许有人在注意我，我抽出两张元票，也和他们一样，眼巴巴地盯着桌子。这时我感到内心的柔和顺从，我真的到他们当中，和他们一样了，周围是我的乡亲，我的脸和四周的很多脸挤得很紧以至混在一起，辨不出我，但我分明又是个暗访者！我的天性中是否有伪装和纯真的混合，我是伪善者？

我投下一张两元，输了。我略微计算了人数，走出人群。这时我看到，派出所就在不远处，几乎是这里的门户。我们的车停在刚进镇子的一个地方。

黎平告诉我，他想到可以开警笛吓唬他们一下，我们报社的采访车是通过关系装了警笛的。这建议大家都说好，但我心里很紧张，脸上还带着笑，似乎是在品味这件事。我们掉头开车，要过赌场的时候忽然拉响警笛，拉响的同时我转回了头或闭了眼，实际上刺激超出了我能承受的限度，心要跳出心口的痛苦，虽然我的脸上还带着笑。黎平把他的大相机对准赌场出口，咔咔地拍，我们的车子也很快离开那里，当时的情景是我后来听黎平说的：人们狂奔而出，往屋后的田地中奔逃，霎时赌场里已空无一人。刚才的女人和小孩呢？黎平拍下的照片里，只有一个打手的面孔向这边张望。很快他也跟着人们逃掉了。

他们消失在绿色深处，回到他们生身之地和最后庇护之所，默默腐烂，或者在一阵猝然狂欢中死亡，哪种出路会好些？我感到先前警笛的虚张声势，在我的内心，是和他们一样空虚的病灶，似乎无可救药。

几个疗程过后，我感到身体的重量渐渐回来了一些，右上肺疼痛的感觉被唤醒之后又逐渐减退，漫步的距离逐渐延长了一些。有时候时间还早，我会一路走到附近的动物园去，

这似乎是一座不走运的动物园，因为僻远少有人来，动物们笼罩在入夏的暑热里，毛皮黯淡，郁郁寡欢。我常常在狗熊区的围墙外俯视，看着它在狭小的领地里慢腾腾地走动，无精打采，有时扬头试图从零星的客人那里碰运气，弄到一瓶倾倒下去的可乐。最郁闷的是那头北极熊，似乎完全被这里的暑热弄得发蒙了，身上白色的毛皮变黄剥落，像大块的黄褐斑，没有人愿意看

上它一眼,更别说扔一条小鱼给它。当初把它从遥远的家乡弄到这儿的目的,已经完全消失。

我想到自己中午去报社食堂打饭,一个人避开众人,坐在一张空桌子上进食,接受同事几分关心又保持距离的目光。虽然医生说开始服药就不再有多大传染性,但毕竟主动避嫌更合适。只有陈天和万群仍旧居住的单身宿舍,我偶尔还会去。在那里遇见了知名已久的沈文明。

宿舍阴暗,窗户堵在石壁下,这反映出了鱼城的地势,关上门就没有明显的光源,光线的运动和飘浮成为隐秘难言的、如同人心中的运动。我坐在自己曾经的床上,沈文明像吴海子一样坐着黑暗里陈天的床,那张床一大半乱堆着哲学书,也可以说他是坐在福柯、哈贝马斯、柏拉图、黑格尔一群人中间,连同几本《新华文摘》。脚下也有几个纸箱子,限制他脚的伸展,但他显得泰然。陈天说,他这个同学的哲学思想,已经超出了对整个西方思想史的理解,追求一种融合,最近,他正处在思想的一个开悟期。

还在印刷厂宿舍楼的时候,在陈天有关海德格尔政治性的论文上,我看到过沈文明的许多批注,有一处用极粗大的字写下:"谬误!完全谬误!"另一处是:"危险!你在往反方向钻洞,而且已经钻得相当深了!"我记得那篇论文里有荷尔德林的诗:上天洒下了灵感的丛林,丛林脚下雪水奔流,是我无数次在风景挂历或画片里看到的景象,远处或者还有上帝的雪山和天空。

> 如同被卖到了天堂的监禁中
> 我存在于阿波罗走过的地方

这首诗使我想到另一首：前天吧，我路过较场口，在一条小巷门口的一个书摊上看了新出的《书屋》，本来是想找高老师的文章，上面一篇大概是北大才子余杰或摩罗的文章，引用了曼德尔施塔姆或布罗茨基的诗：

> 别睡去　别睡意沉沉
> 工作吧诗人
> 你已被永恒
> 抵押给了时间

陈天说，沈文明述而不作，曾经说希望陈天做他的秘书，二人共同把思想整理出来。我们并没有说几句话。一会儿出门的路上，我问他："李泽厚说当今中国更需要康德的实践理性批判，而不是纯粹理性批判，你怎么看？"他似乎无意回答，随意说了一句什么。走在我和陈天一边，他个子要高些的，像坐在床上一样，高高抬头，眼睛平视前方，目光平静而聪明。

送走沈文明，陈天讲到他们和吴海子在大学里是一个哲学-文学小组的成员，这个小组以沈文明为核心。在那个大学，大家喝酒、写诗、散步之外还打篮球，沈文明从来不参加打篮球，他只是侃侃而谈。

陈天说，沈文明的上身比例长，下身短，这也是他从来不运动的原因。

"他天生有一种能力，一坐下来就成为话题的中心。他有一种很亲和的态度，让你自然而然地信服。就像他到了出版社，也能当到工会主席。"

沈文明生活极有规律：每天几点起床，几点散步、考虑问题，几点上班，都是固定的。这跟陈天形成了截然的对比。他从来不看很久的书，似乎也用不着。他眼下是单位的工会主席，和以前一样，他最令人佩服的地方在于能把一切复杂的关系、事情处理得很好，简单而令人信服。就像在小组里，凡有演讲，都是他做主讲人，他能说服大家，把任何一个问题阐述得很清晰，很干净。

眼下，沈文明、陈天和吴海子还保持着三人定期聚会。他似乎看出了我的心思，说沈文明现在的房子比较窄，又有小娃子，等到搬家以后，我可以和他们一起去。

我从来没有用可乐喂过狗熊，看着那些人的动作，倒是常常想到一个叫刘海洋的清华学生用硫酸泼狗熊的事情。两种液体的颜色是近似的深褐色，让我想到张开嘴的熊和竖起后腿、伸出可乐瓶子逗弄它的游客之间的暧昧心思。这个过程结束之后，人和

2001

狗熊恢复了比先前更加无聊的神气，世界仍旧了无生气。另外一个常去的地方是象房。和抑郁又想得到一点好处的狗熊相比，大象总是那样庄重沉默，迈着尊严的步子，即使是小象，身上也有一种庄重的气度，不会轻易被人的挑逗打动。我会倚在手臂粗的圈栏外边，出神地眺望上半天，心渐渐地沉落下来，忘了自己身在何处。

回到家里，会闻到一股中药味儿，是到家的小絮在为我熬药。这是结防所医生建议的，抗生素吃久了影响脾胃又伤肝，要用中药来陪护。熬药之外，还要炖鸡汤。后来家里熬药实在太麻烦，改在了中医院代煎，熬鸡汤就成了小絮代课之外的主要任务，一罐罐入口的鸡汤让我的身体迅速胖了起来，由一张薄纸几乎变成了纸袋。小絮还买了两盆绿萝，挂在临街的窗户上，据说可以过滤由市场蒸腾上来的混浊空气。它们青绿得有些奇特的叶片，本性和眼下的世界全不相干，有时我可以把心一时寄托在上面，像是喷洒后悬挂的一滴露水。

自从生病，我和小絮的关系有些变化，似乎单单对于她没有回避我的呼吸，已经感到歉疚。她最近又换了一个学校，奔波和课程没有减少，家里的事情却增多了。有时我想起初来时的那次对话，似乎我们的关系已经倒过来，病痛使我变得软弱无害，不再会损伤她。这又使我产生一种畏惧，似乎这种状态不会长久，有时我似乎希望病不会好起来，那些压迫得使人变得粗暴的欲望，不会随着复原的肉体回来。而她一心一意照料这个身体，对所有内情全然无辜。

小絮上班时,除了去结防所,我的时间大致打发在床头看闲书和靠窗眺望的来回上,有时会不自觉数起床与窗子间的步数,想到伏契克的"从门到窗子是七步,从窗子到门是七步",和筥箕凹煤矿借书给我的那位矿工,一只手断了,凌乱的单身宿舍里,一个小床头柜的面容和他一样染着洗不净的煤黑,即使矿里有让农民羡慕的澡堂子,和惊诧的光屁股。床头柜打开,是一个小世界,密密麻麻地装订起来,都是超出了群山和土屋界限的,或者说是煤矿上神秘的小金库。十岁的我在他亲切慈祥的示意下,抽出了我依稀听过的一本《绞刑架下的报告》,暗红的封皮,似乎矿难中的一摊凝血。我郑重地捧在手里,却由于路上看书的一个趔趄,弄破了书皮,还染上脏污,这让我很久不敢还给他,回避他探询的目光,最后在催促下终于归还时,心里充满惊恐,无可挽回的追悔。他没有多说什么,但沉默的责备让我像是上了那个刑架。直到今天,我心里的一部分,从来没有从那儿下来。

之后煤矿倒闭,矿工离开了那个山村,下落不知,比起那些手脚完整的同事,他的人生此后会由于缺少的那只胳膊,逐渐缺失越来越多的事物,除非那只小书柜里的奇迹能够搭救他,这是当初他看起来比矿场里其余人富足的原因,而我却造成了一方小小的损害。我几乎再没有想到过他,为了包裹这次小小的损害,我的心变硬了,直到肺叶疼痛的提示。

待在这里，我仍旧常常听见那个固执的哀音，徒劳地俯视人群辨识它的来源，直到有一天我实在忍不住动身下楼，带着忐忑感走入人群，才弄清了它来源的真相。

下楼出门，走到人群的旋涡边沿，我惊奇地看到，那个惊醒我日间昏睡的呜咽声，根本不是什么哀乐，或者某种童谣，原来是一个无腿的乞丐，坐在一个滑轮车上，由一个少年推行，面前放了一个饭盆，里面扔着些角子。这并不稀奇，每天都有这样缺脚少腿的乞丐。别致的是他怀里还抱有一个收录机，这收录机可以说是崭新的，还配着一个话筒，话筒拿在他身后的少年手中。歌声就是录音机放的，少年拿话筒跟着唱，我听到的那种奇特而悲哀的谣曲，就是这两种声音的混合。老人抬眼皮望我，我心一惊，他的眼神在那瘦得奇异的脸上显得干瘪而尖锐。

我避开他的目光，看到他身边有一块牌子，上写"瞎子"，我感到了一种幽默，这分明是他的广告牌了。那悠扬的谣曲，也使这一切类似某种肥皂剧。围观的人很多，然而不是因为稀奇，而是无事可干。也许还因为这对老少造出的声势比较大，像《书屋》上"庄周"酷评余杰："提到他，当然绝不是因为他有杰出的成就，而是由于他闹出的声响。"蹦床。肯德基里的蹦床。还在上海虹口区一个什么公园里看到过，和老杨去买一条裤子。老杨已经从嘉定广电局跳到《检察风云》杂志社又跳到《修辞学习》，这恰恰是当初他和我一起去参加文艺出版社那个会议的目的所在。

当然，按照惯例，给钱的很少。这确实并不新鲜，我想起前几天这市场上类似的一个声音，是一个女声抑扬顿挫的歌或哭，她在每一段之后，总要以一声哽咽的"苦哇！"作为韵脚。她的整个大腿全烂了，那里像是一场天火后的史前世界，好莱坞大片中的场面；我移开目光，去想《南方周末》一篇的报道。

那是去年春节前夕，我让小絮回娘家，自己出门旅行。在从张家界驶往襄樊的火车上，由南往北，景色越来越荒凉。我站在一节车厢的连接处，身边的人换来换去，其中两个吸着烟，穿着大衣，小老板的样子。他们带来了风又带走了。我在看上车前买的那份报纸，看到一篇报道，是对一个乞儿的跟踪，那个小乞儿的恐惧是：有一天他或许会被两个生意人模样的人弄到铁轨上，让飞驶而来的火车碾断他的双腿，然后去为他们乞讨挣钱。在鱼城的傍晚，你坐在一家火锅店或者大排档里吃东西和流汗，从那条大街，会有小女孩走来，脸擦得白白的，身背吉他，把一份点歌单递到你面前："叔叔！点首歌吧！"如果你身边还有一位也在流汗的女士："给阿姨点一首吧！"如果你和她在解放碑的灯光中闲逛，玫瑰花伸上前："叔叔！买花吧！""为了爱情！"纯洁的爱情。像那首歌，《卖花姑娘》。

据报道说，这些小姑娘后面都是有黑手的，一个女记者试着追踪过，还出了一本书，叫《××暗访》，可这是在她被酒吧老大打伤，躺在医院里，有了名气之后。"黑手"之类让我起了恐惧，似乎我在这些穿大衣、吸烟、像生意人那样沉默和来去的人中间,也是一个小孩子。我的旅途一路根本没有遇到任何危险,却自行地失败了。

也许是我天生害怕"黑手"之类的东西,也许是由于我们洞穴记忆中的恐惧,现在大白天的阳光和喧嚣的人群,让我忽然一阵发昏,有一种阳光下的罪恶之类的联想。这种联想跟那个乞丐无关,因为我已经走开了。我已经很久没有施舍了,这跟在上海和刚来此地的情形有根本变化。上海的乞丐不多,刚来到鱼城,乞丐的惨状使我惊讶,无疑比其他地方高出了几个码子。我还有一种类似敬意的东西。我给引起了这种感觉的乞丐施舍,但并不是说我真正相信他们。我还似乎产生了一种信念:就算我眼下遇到的是一个"专业户",晚上会拿着零钱换来的百元大钞进夜总会,可总有时候我给对了头。而我如果彻底不给,对那些老实又出色地乞讨的人就不公平。类似贝克特晚年的信念。

但是随着震惊的感觉慢慢消退,施舍的行为就减少乃至很难出现了,这时我才觉悟:那种"信念"也不过是一种快感,是受了刺激的反应,神经习惯之后,快感也就消失了。你不可能指望乞丐这类事物一直为你提供快感。当然,我逐渐在相反方向产生了一种厌恶,也许不过是对于快感消失的抵触心理:我对这里的乞丐的极端化产生了反感,对使用喇叭和说明牌这样的职业化方式有美学上的反对,似乎他们亵渎了什么。这样一种美学上的考虑,使我轻而易举地摆脱了拒绝施舍必然会带来的心理压力。

眼下我想到那个缺少了一只胳膊的矿工,他会流落到这群人之中吗？或者我有一天成了桶状胸，失去了所有力气，会不会从小絮的救护中失足，坠落到人群的漩涡里，就像我从六层楼的窗台跌落下来？

不，我宁愿像沈文明那样的死亡。去他新家聚会的约定没有实现，前两天忽然听陈天说，他去世了。出版社工会组织人去南山上玩，沈文明站在台上给大家讲几句话，当时正好停电，有点热，沈文明讲了几句忽然晕倒。旁边的人连忙掐人中，拿湿毛巾擦脸，人已经救转来了。有人说"你喝碗醪糟不"，他喝了一碗，忽然就又不行了，往医院送，半路就走了，医院诊断是脑出血。

事后陈天听陈芬说，沈文明一直有脑血管痉挛的症状，有时血管会在额头上鼓起来，像蚯蚓一样地吓人，但他从未跟陈天提过。他很少写东西和这个也有关系。最近半年，他动了考北大哲学博士的心思，又开始写那篇五千字的论文，论文脱稿了两天，就出了事。

陈天说，沈文明的葬礼还是很风光，市委来了人，中央组织部也来了人，说明他在各方面的影响。他轻轻叹息，似乎从中找到了一点无可挽回的损失中的安慰。

我想这样的规格，是否适合一个哲学头脑的死亡。心里想到自己，在几十年前是绝症病人，丢失在白色李花掩埋下的体温，不会再回来，逃不过老人的拷问，也不会有隆重的吊唁。我已不是当初走出菜园坝火车站的那个我，会被"棒棒"惊吓，护住胸口有母亲照片的钱包，护住一件长久保存的珍贵之物。

好在科学发明了链霉素和雷米封。它挽回了躯体的毁坏，把一个被拷问过的、有杆菌的灵魂和医治好的躯体强行结合在一起，不管其中明显的不协调。只要身体没有中途退场，这漫长的旅程还要继续。

多年以后，我写下了一首给小絮的诗：

> 在那个炎热的城市
> 我欠下了你一个肺
> 也就是半条命

2003

在鱼城最后的一段时光,有一天我想徒步走到朝天门,坐轮渡过江,寻访对岸的野猫溪。

这个想法来自来鱼城后读到虹影的一本小说《饥饿的女儿》,小说里母亲在朝天门码头下苦扛麻包,女儿则在南岸沿坡逼仄的棚户区里挣扎成长,一家人每天隔江来回。第一次到朝天门,看到对岸一带山坡,保留着很多植物,低矮又缺乏规划的房屋从植物中突出来,坡顶又似乎较为平坦。在半坡一处,矗立着一块巨大的广告牌,写着"美心门",这个牌子在我身处鱼城期间一直保存。夜晚,从灯火璀璨的鱼中区看去,南岸山坡一片黑暗,丛林里透出微弱的灯光,只有那个广告牌光彩夺目,还不停地按电脑程序变幻闪烁。

从几座像是居民楼的陈旧楼房看,这里属于工厂区。它们是坡上房子中的佼佼者,大多数则像是棚户、吊脚楼、竹笆房,以及一些历史久远的木结构房屋。在两面山坡中间有一处凹陷,似乎是一条溪水或水沟在奔流,但在朝天门不大看得清楚。后来有

2003

一天，忽然知道这就是野猫溪，虹影笔下六六的家乡。

这是我读到的最好的关于鱼城的小说，六六生活的鱼城和我身处的差别已经很大了，但依稀是一幕能够连接起来的布景，舞台仍然支撑着吊脚楼的柱子，幕布也照旧刷着黑漆漆的积垢，污水从上半城的布景顶端流淌到下半城。合上书页那一刻，我就产生了续写一部鱼城故事的想法。如果我当初来鱼城以及在这里的三年多时光会有什么意义，那不就是这样一篇故事吗？甚至我生的肺部疾病也将是有意义的，我不像六六那样在鱼城出生，经历过无可怀疑的饥饿、动荡、私生、堕胎的疼痛，但也触碰过它黏稠晦暗的底部，深深浸染了潮热气候孳生的病菌，献出了自己的一部分肺叶。即使我离开了，我的某一部分也可以说留在了这里，作为代价。

我须要停止眺望，过江去六六的生身之地寻找源头。故事只能从那里开头，才能接续下来，即使那里已没有六六生长的任何痕迹，水馆子、上坡梯坎或者有红爪爪的可怕的公共厕所，只剩一股奔腾的污水气息。

以前我常从报社所在的解放西路步行到打铜街一带，有时再往前走到朝天门，也曾几次坐轮渡去弹子石或江北，但没有乘过去野猫溪的班次，似乎不能随意成行。生肺病之后，这样漫长的路线成为禁忌。眼下小絮回了陕西，肺部的病灶钙化，离开鱼城的日子似乎正在接近。虽然投出的求职信并没有得到那家南方报社的反馈，大约在鱼城跑街的经历不够有分量，我还是打算去遥远的北方再碰碰运气。离开之前，我想实行这个脑子里耽搁了很久的想法，不然在六楼出租屋吊扇下方摊开的稿纸就无从落笔。这是我作为一个异乡人，亏欠那个饥饿的鱼城女儿六六的。

走过报社门前火锅店的时候，依旧有一只剔得千疮百孔的全羊挂在门前架子上，性命的血气化为死后的膻，正当中午，依然招徕了不少的食客。晚上我曾路过这家汤锅，听到奇怪的笑声，几个伙计簇拥着把一个人按在白天吃汤锅的磁桌上，似乎是跟他开玩笑，抢他兜里的钱和呵他的痒，老板在一边吩咐，又像是一个伙计白天撅了油，大家从他身上搜出来，笑声里含有尴尬和痛苦。我走到了街口折回来，那几个伙计还在忙活，我震惊地看到：他们是在杀一只羊，已经涌出鲜红的血，接了一个盆子，羊发出最后的哀鸣，就是刚才的"笑声"！

我在凯旋路拐角的店里吃了一碗铺盖面。这片地带正在拆迁，面店门面上写了带圈的"拆"字，搭上了脚手架，吃面和来往川流不息的人们却若无其事。这个拐角伸得过于靠近路口，似乎它有天会被一头撞毁。这个片区的生活也像是多出来的部分，出世以来没有一处是打理过的，完全不同于一墙之隔的报社。房屋高低参差，屋顶带着丫丫叉叉的天线，和乱麻一样老化的通电线路，连接着路口歪斜的电线杆，似乎每天都会被撞歪一次。春意渺无痕迹，连托尔斯泰描绘的彼得堡街砖缝隙里钻出来的小草也找不到。从小店间的缝隙打望，里面深深的巷道，黑暗不透光,像是突然会有一只手伸出来,把人拉入无底的黑暗中,就此遭遇不测。

我刚到热线部的一天,白天从南坪到朝天门跑了一圈没有线索,甚至到一处卖"力加力"内裤的服装市场里去转了一圈。傍晚我去银行取了交房租的钱,身上带着存单。这一带街区又停电,我却不想回家。我想到同事们把同一期分配来的我和陈天的称呼为"哈儿",和用方言对我们研究生学历的简称为"粘粘儿"。晚饭时我对小絮发了脾气,一顿和往常差不多的晚饭,我忽然说:"不能再这样下去了,一定要改变,换一种生活。"我当时定是语气沉重,严肃地拿着筷子沉思。

小絮有点天真、迷惘地问:"怎么改变呢?"

我忽然发火了:"怎么改变?你能自己养活自己,就能改变了!"

这是为了"失掉的好地狱":女娲山的学校。当初决意到鱼城来,一天之内抛掉那个公职的时候,可没想到成为今天的局面。

我不明白怎么说出了这句话,像我以前一样,虚弱又残忍。那个夜晚开始变成彻头彻尾的悲剧。我一出口就明白,这句话我说过多次了,每说一次,它伤人的力量都是和上一次不同的,到这一次,它一定拥有了毁灭的力道。我明明白白地感到了小絮神经反应的过程,由刺激、屈辱到疼痛再到失去清晰的感觉,失去人格,变成一团模糊的抽搐,类似蜘蛛遭了蜜蜂的毒针。作为旁观者,我看到一幅《缀网劳蛛》的图景:她在辛苦地维护,我在蓄意破坏,她修补得越勤,那张网就越引起我的仇恨,而引发的破坏更大,这样最后的结局必定是大的崩溃。这种联想使我无法忍受。我明白了电脑术语系统和鲁迅的小说都用"崩溃"这个词。

也许,我忍受得了小絮流泪和随即引起的头疼,她的眉心惊悸的跳动,她现实中的受苦,甚至我有时想到的——死亡、自杀,最好是绝症,甚至说我有这样的潜欲望——却忍受不了这种图景的想象。这也许是心肌的发育,生理上不能战胜的缺陷。我软了,怨气变成了无奈的痛苦,意识到自己完全无能、因而加深的痛苦,看不到任何希望的痛苦。有一次,她要看电视,我不让她看,她说"你刚才看了,我为何不能看",自顾自看。我就进里间,把线拔了。我听到小絮在外间惊讶地"哦"了一声,心里忽然一酸,再也硬不下,又把线接上了。我的心灵经历了一个小悲剧。

那天我让小絮自己垂泪,顺着大街走下去,看到一些门道里点着很小的灯火,由火光里清晰地看到内部:楼梯、饭桌、扫把、小橱;似乎这些在小火照耀下也缩小了,比街面略低,人们的渺小生活贴着马路呈现,像阅览栏里粘贴的习作。坐在小火下边的人,抬头望我,他们那向上的目光,使我感到夜的隐秘。有三三两两的人站在街角,都形迹可疑,类似狄更斯作品里伦敦街头的人物。经过他们身边,我身上起了鸡栗。

陈天说过的景象：半夜里十元旅馆里横躺竖倒着人，街头野鸡和"棒棒"在一副黑帐子里哼哟，一个吸白粉的人来到门口，恳求店老板："给我十元钱吧，就十元钱。"他的恳求悲哀而执着，变形尖细的声音穿过夜空，像那些被遗忘的空了的泔水桶、老化电线发出的哀鸣，带来了迫害和死亡的威胁，使陈天毛骨悚然。陈天为什么来到这里，躺在这样的床上，同样是真相不明。"我感到后悔莫及。"他很可能已在这个不祥的夜晚就此走失，遇害，或者夜晚本身被毁灭。现在他只能躺在这里，听天由命。唯一的希望是天明。等到天明，一切声音忽然全部消灭，生活回归了正常，人们都在黎明安然入睡了，让一直醒着的陈天难以置信。这或许不是报社的暗访任务，我知道他对下三滥的女人、断背、群交这类东西有知识上的兴趣，就像他钻研的福柯对同性恋有兴趣。

但这不过是我敏感。他们什么表示也没有。那些灯火下打望我的目光其实也非常呆滞，刚过了吃晚饭的时间，胃里和脑子里是饱的，只不过有缓慢的蠕动，需要一张麻将桌，在桌上一切才会活起来。今晚灯火正常，行人也大体正常，并没有陈天说的那种人和事啊。那也许只有走进深的小巷，在更暗的拐角，而我扪心自问，会像陈天去那些地方吗？不会。我知道这一点。这使我有点安心，也有点废然。

正常街道的延伸掩盖另一种延伸——时间，因为它宽敞笔直，合乎规律，让心灵在安全的轨道上滑行，不用特别清醒的意识。这就是"逛街"的真义，是我们都须要逛街的原因。我不知何时已走下沿江的大道，我知道前方有高大的路灯、宽阔的路面，类似广场通衢，在夜里明亮而空旷。对于闲逛者或梦游人，含着离奇的温暖与寂寞，可以一直走下去，步履轻捷，如同大道上的一粒灰尘。一旦到达了灰尘，还会有什么更极端的呢？我渴望这样的行走，不论今夜昨夜，像那个孩子，在席里科的正午广场上（此刻灯光明亮正是正午），奔向港口、码头，只是我手中没有铁环——一件游戏人生的道具，我从小就玩不转铁环（这是谁说过的？卡夫卡吗？），却使我更强烈地感到游戏的魅。

很长一段围墙，沿路栽着黄桷树，似乎一个个人靠墙站着。

有一个地方忽然出现一个洞，从洞口一看，吃了一惊，外面是虚空——崖下杂树林，从这里倒下的一堆垃圾，偎依在崖脚，似乎是唯一的褴褛生灵。我打寒噤，有人在背后推我，慌忙离开危险的边缘。

从前这里是一个"棒棒鸡市场"，苦了一天的男人还捐着棒棒绳索，就来这里找一点乐子。那些穿着丧气的衣服，毫无姿色的女人们，看起来就像他们原配的妻子，双方却在黄桷树的阴影下进行交易，据说吃快餐只要五块钱一次，比棒棒饭贵两块，也不知他们在哪里交易。有次我路过这里，正好赶上警察打击，过后黄桷树身上都绕上了警戒线，这么查封了一段时间，市场就消失了。现在又出现了这个洞，是为什么呢？

但从这个洞里，我嗅到了长江的气息，几乎是清新的，没有白天的腥味。前天,我去江心坐了,江心现在露着一大片石头,和不少的人、纸张。我知道,去那里坐也没什么好处,带着空虚的气息回来。我还是去了,经过一个腌臜的通道,与马路平层是厕所,紧挨着一元一夜的棒棒旅馆,二楼是仓库,角落里的尿坑,没有灯光;底楼又是厕所,管理员在门口吃饭和收票,错落的牛毛毡棚顶,原来是白色,现在却像一种胡辣汤颜色的阶梯;阶梯底下一家饭馆,一些人摆桌子吃血旺,他们坐在垃圾中间;通道的暗处,一些水从繁华的街道的后还流出来。

眼下小絮已经不在这里。停薪留职期满,她接到了家乡教育局的电话,通知她可以回去,调往另一所中学,逾期不归,教师资格作废。放下电话的沉默。"你做主。"犹豫再三的决定,却又像不可阻止。毕竟我也会离开这座城市。好歹分到了一间报社的旧房子,刚刚买了电视和灶具,像有一辈子的打算。抽油烟机、嵌入式不锈钢煤气灶,冷火与秋烟,就像在别人收获过的田野上。女性啊,维修着自己的小巢,却不知大树要被雷电击倒了。

小絮走的那天,我送她到菜园坝火车站,唯一的一次买票进了贵宾候车室,里面栽了很多翠绿的大树,还挂着鸟笼,似乎在一个植物园里,细看才知道是塑料的。小絮排队走到了闸口,把票递给了检票员,忽然回头来用力地望了我一眼。像是微笑,却有一颗滚圆的泪珠,悬停在她的眼眶里,像一个重叠的瞳仁。我也向她微笑了一下,感觉这一眼的交换里有个约定,或许像永恒那样坚固，却也可能只含有泪水的脆弱，顷刻跌落。

回到报社见到陈天，他说："你不该让她走。走了，就不会再回来了。"

前一段时间，李影也从陈天家里走了。去年报社分房子，陈天比我多两年工龄，住到了前排楼上，他在装修上花了很大的力气，吊了顶，用了实木地板，大家都说是准备做婚房。之后他定期从驻站的地方回鱼城，我到他家去玩，常常看见他坐在木地板上靠着联排书架吃柚子，地板映出了他的影子。那段时间他特别喜欢吃梁平柚子，之前或者之后，我都没有再看到这种爱好。靠阳台的墙上有一个S造型的红色大梳妆台，上面是琳琅的女性用品。眼下这个红色的梳妆台已经消失了。

李影是在陈天从涪陵回鱼城之前离开的。毕业的那年暑假，李影去涪陵看望陈天。陈天不乐意她暑假去住，让她安心在学校过GRE，她也答应了，不料却突然到来。陈天不在，李影对宾馆服务员说她是陈天的女朋友，服务员惊疑地打量她："是不是哟？前一段不是有个女娃儿经常待在这儿，我以为她是陈天的朋友呢。"

陈天回宾馆以后，李影没提这件事。不巧的是，不久一个熟人打电话来，李影接了电话，又转给陈天。在李影关注的目光下，陈天想尽办法圆场，那女人却唠叨不休，陈天不得不发脾气挂断电话。放下电话，他又不得不含糊地对李影解释。

第二天又有类似的事情发生。李影总是静静地看着陈天。陈天感到一筹莫展，他完全无法对李影解释自己在涪陵的生活方式。他开始劝说她回成都。李影还是想待在这里，陈天的态度就渐渐不耐烦，他感到自己的生活节奏完全被打乱，也无法写稿子。两人为一件小事发生争吵，李影摊牌了，说出她来到这里听到的事情，那些奇怪的电话，包括以前有一次，李影打电话过来，陈天刚刚由蓝与白出来，头脑洋溢着一种轻松愉快的情绪，尽管已经听出她的声音，却莫名其妙地用普通话说了句"喂，你好啊"，语气吊儿郎当，李影马上生气地挂断了，陈天又打电话过去解释。现在她也为这些事找到了答案。她说着这些事时依旧表现得很冷静。这让陈天感到更加恼火。

争吵的结尾，李影提出分手，收拾好她的东西走了，陈天也没下楼送她。

当天晚上，陈天躺在床上，脑子里一片空白，李影忽然打来电话说，她在大巴上经过考虑，决定回来，现在她在宾馆大厅。"如果你屋里没有别人，我想上来。"陈天说"你上来吧"。一会儿，李影来敲门，陈天为她开了门。两人没有说话，李影把她的东西放到角落里。那天很热，陈天看到李影脸上流着汗，衣服也很脏，李影马上就去浴室洗澡。她洗了很久，水开得很大，陈天透过水声听到她的哭泣声。她一直在哭，像是无法止住的、歇斯底里的爆发。

之后陈天告诉我这件事情，使我惊讶的是，这次争吵发生在我和李影在鱼市场外的聊天之前。那次我们从鱼市场一直走到滨江公园，在江堤上漫步，李影始终没有提起争吵的事，带着轻柔的语气回忆校园时光。"当时什么都不懂，对人没有判断的标准，就像中彩，遇到什么人就是什么人，真是太危险了。现在想起来还后怕，如果不是陈天而是别的人，会是什么样子。"

当时李影刚刚毕业来鱼城实习，是陈天请陈芬帮忙找的单位。陈天说，就在实习当中，她在单位组织的舞会上认识了一个老板，很有钱。几乎是在工作定下来的头一天，李影对陈天坦白了这件事情。

李影要求陈天给她半个月时间，让她在新人和旧人之间选择，陈天答应了。他感到这是她对涪陵那个痛哭之夜的报复。两人仍旧一起住在刚装修好的房子里。陈天把这件事告诉了万群和我，我们都觉得不可理喻。"难道是两盘菜让她挑吗？"陈天回家之后打了李影一耳光。这记耳光不是很重，却彻底结束了两人的关系。

最后离开的时候，李影说：

"陈天，你想想，我认识你的时候，还没谈过朋友，我一开始谈朋友就是你。你跟我谈朋友以前，已经谈过了好多朋友吧？我们谈朋友之后，你还交往了好多朋友吧？我一个女娃儿，把最好的青春都给了你。我觉得我不能算是对不起你。你连半个月的时间都不肯给我。"

李影不久就和那个老板结婚了。婚礼举办之前，陈天不知怎么想的,打了个电话过去,李影没有听出来声音。陈天说不至于吧,这么快就忘光了吗?李影没有回答,问"你有什么事情"。陈天说"听说你要结婚了,过得很好嗦"。李影说"是啊,我过得很好"。过一下她说:"我肯定会过得好,因为我再也不会和你们这类人交往了。幸亏你当时没有给我时间。"

我听到这句话的时候,心里一紧,不知道有一天,小絮会不会对我说出类似的话。

往前走是望龙门,像是储奇门水码头一样,始终不知道城门在哪里,还有那座靠近江堤的监狱,隐身在过往的历史里,无从寻觅。就像在上海,明明知道提篮桥监狱就离外滩不远,却从未去过。傅雷夫妇自杀的地方,也不知究竟在哪一条街上。只是庸常地幻想过两回,古董窗子、煤气街灯、空旷街头黄包车风一样驶过什么的,这些大路货。

到鱼城来,也没去过江津的陈独秀墓;去过西师,却没注意吴宓墓,也不知道他在这座偏僻校园里写下的厚厚一沓后半生记录,连同他看到的躺在农大工具间的红卫兵尸体。赖家桥和胡风、路翎。南岸林风眠隐居的大佛段(在电脑上能够打出林风眠这个词),向同事打听了几回,都不知道。后来却有意外的机缘。一个南岸的小女孩,十四岁时失了一次恋,她母亲从此把她关在屋里,门窗都钉死,直到现在二十六岁。晨报曝光了这件事,女孩才走出了屋门,她喜欢唱歌,唱的还是十四年前的歌。

这个女孩住的地方就是大佛段。但是这个机缘，我没有去实现。其实这样的情况还有。弹子石有一个小女孩父母离了婚，判给她母亲抚养，母亲喜欢后来生的孩子，不给她生活费。母亲说是自己下岗，给不起，女孩说母亲带"自己孩子"上街，吃的一买就是十元的！女孩告了她的母亲。想给女孩捐点钱，想到要通过晨报的记者，又罢了。

小絮离开之后，欲望随着身体的重量回来，我又开始了从报社步行去打铜街的日程。眼下这段开始拆迁，街道两旁总有一个老人守着的杂货摊消失了，晚上经过时，黑洞洞的建筑内单单一盏灯光，似乎是煤油灯，让人想到不知何人留守。这段道路的古老历史，或许即将结束，就像凯旋路拐角街区的内部，已经拆成一片废墟，单单剩下一座带有拱廊的民国楼房，却像是已经腐烂，据说是要易地重建。相比于上半城的解放碑，这条同样以解放命名的街道太过卑微和黑暗，注定要沦落消失。这些黑暗中的屋子，带着风化的小青瓦前额，和紊乱无从清理的下水道，和我一样只是过客。

只能半途而废地生活。在望龙门外的码头上，有一次漂来一具尸体，停在一艘驳船下面。浮尸和我在下游唐家沱看到的男性一样，是仰着的，女人则是趴着，似乎犹有禁忌，和虹影写的正相反。几个警察在船头拿着一根杆子一直在拨弄尸体，由于他们只是使用一根杆子重复地拨弄，他们的打捞看来完全无望，甚至不清楚是为了打捞还是不相干的目的。有一下尸体动了，似乎要被撬起来，却忽然脱落漂走了，看着漂入相邻的轮船船底。警察们站着望了一阵，有人拿出手机打了个电话，一个人还到下游看看尸体是否漂出来，终于放弃收队了。客轮的船楼上有个人，趴栏杆往下望了一会儿，似乎在考虑这件事情，后来也进舱关上了小门。

尸体依附在轮船船底，那座五层大船似乎正在午休，拉着窗帘，人们在舱室内平常地生活，进食、交谈、梦呓，不知旅途通向何处，但肯定的是，他们和起身离开江堤的我一样，不会到达任何地方。

那两年东水门大桥还没有建起来，街道一直平淡无奇直到在打铜街前面出现一个拐弯。我想到一部以人山人海为题的电影，来鱼城寻人的表哥和打工的表弟在拐角路边餐馆吃担担面，表弟不停地向碗里加辣子，当他的手第五六次伸向辣椒面小罐时，表哥终于伸手阻止了。辣椒是穷人的味道，鱼城人叫"海椒"，想不出和大海有何关系，却有一种强化的意思，或许是"嗨"。整部电影我只记住了这个细节，脑子里自动和这个拐弯处对应起来，似乎原本就在这里发生。突然的拐弯是提示，我到这里有个目的，尽管一路上可能淡忘，这会儿却要明白地拾起来，像众多远近而来的男人女人，不发一言却方向一致。

散场时分，从舞厅走出的男人和女人会经过这里，有的可能住在附近，大多去搭通向南坪或牛角沱的公交车。人们裹着从舞厅存放处取回的大衣，步履匆匆，不发一言，和走入舞厅时类似，像是含有某种惭愧的坚决。前一段非典的时候，大街上行人稀少，不少戴着口罩，但我路过舞厅的时候，仍然看到有男人和女人陆续走入大门，存放身上的外套。他们走入舞厅黑暗的决绝使人吃惊，似乎那个支配了他们的欲望，要活过死亡本身，他们卑琐的身形透出某种忠诚性，是他们维护着下半城的生活之秘。而像我这样的揩油者，却已在疫病的威胁前退却，顺从地退回了消过毒的日常生活。

我初次走入舞场的金竹宫已经关闭，它再也没有得到打开入口的机会，就像这个入口根本没有存在过，没有那个庞大的地下空间，里面交合的声音、气味和体温都不知去向。那个空间失踪了，退回了鱼城的身体内部，或是等待有天再度被人挖掘，带来难以预料的好处或灾祸，就像后来那些电影里演出的，它们总是触摸了一点点，又悚然退回，不敢实际地触及那个封闭之秘。就像较场口的"大轰炸惨案"入口，发掘了一点点出来，专门造了一个房子，甚至摆上一张办公室，做成一个参观入口的样子，却从来不曾真正开放，没有人知道入口深处的内情；或许已经被地面上"得意世界"的建筑消除了，或许仍旧埋藏在这个世界底部，有一天死亡的气息会和封闭的废气混合，像《一双绣花鞋》里特务留下的军火那样爆炸，再度令人震惊。对于这份秘密，我们都是三心二意的同谋者，金竹宫换了一个场所开放，却再也没有红火过，那里只有一些人老珠黄的舞女，地面上的食品舞厅一劳永逸地取代了它。

2003

有时我从舞厅出来,会从食品舞厅往下走一点,灯光稀落,显露出去码头的趋势,两旁是各种市场,尽头朝天门的轮廓显现出来。眼下这些门面,广场改建了几次仍旧人气不旺,门可罗雀,码头上也没有了虹影笔下扛着大包、沿着石阶爬行的人,连替代的绞车钢绳也已生锈拆除。我来到鱼城的那年,正是它拆除的时间,货船都从码头移走了。

停靠在码头上的,只剩下客轮和趸船。那些趸船被粗大的铁链束缚,连带水下沉重的锚,出自铁铸却像纸船一样随水位上下漂浮,排成一长列供行人经过。我常常幻想加入那些人流,踏上一班船前往不知名的远处。有时会想到一部电影,乘船者中夹杂一名戴着手铐的特殊旅客,却有着清白无辜的面容,乘船经过漫长的巴山夜雨,去到离我家乡不远的地方。但它们的数目不断减少,眼下只剩下用灯火和喇叭声循环招徕游客的两江游船。

到热线部初期,我曾从这里乘船去下游,初次名正言顺地走过趸船微微浮动的长条栈道,跟着那些提笼挑担的人上船。这里的人们来自乡村,有着比城里人矮一头的个子、谷壳一样的脸色和温和乐天的外表,不会为大的痛苦陷没,即使肩上有重担,嘴里升起的一缕烟丝,也能化去他们额头凝结的皱纹。我的采访包很小,心里只有一桩母猪吃人的社会新闻,却像比他们一生的心事和负担更重。客轮顺着两江交汇的动荡水道下行,铁质的底壳制约又传达着那种颠簸,使人稍稍担忧又仍可放心,感到船体和整条江河一起下行,似乎赶不上江水的流速。后来我坐上新开发的水上飞翼船,感觉就全不一样了,顺水的时候,船体也像逆流在和江水抗争,不肯片刻和解;马达带动船身轰轰地颤抖,要把水体猛掷在身后,激起的水花拧成鞭子,猛烈地抽打着玻璃钢舷窗;船和水之间失去了任何停泊起伏时的温柔气味,似乎宿命仇敌,人的心里也急切不平静。

客轮在江津的一个码头靠岸,人群和物什像在朝天门一样凑集。我搭了一辆三轮摩的去到村里,找到那个老人生前的院落,刚落过雨一样潮润寂静,屋瓦完全变为黑色,为盆地陈年的雨水浸透。院里歪斜的石板缝间也长出苔藓,在极度清润中腐朽发黑,人踏脚时要分外小心。一扇老式的木门锁着,看不出什么异常,似乎从未发生过那桩惊心的爆料,但村庄又确实经过了什么变故,所有的人远走他乡,初次下乡的我心中茫然。

后来我在邻家找到了一个男人,他坐在门前编织箩筐,沉默地劈开一条条竹篾,似乎是村庄里唯一的活人。我问了他,原来是老婆婆的堂弟。事情在他口中没有什么特别的:"老太太只有一个孙子,在远处打工,两个女儿各自成家,老头子前些年去世了,一个人住着的。她养了一头母猪,下些崽赚口粮钱。前一段她忽然发病死了,人可能是早上起来开门栓子,开了栓子人就倒了,大门没打开,也没人晓得。我们也各有各的事,没人去那个院子。母猪等到人喂食,饿急了,它还晓得跳圈,到屋里却找人,一拱门就开了,看到人倒在屋里,到底是个畜生,饿急了就啃,啃完了依旧回圈里,饿了又去,吃两顿。我看大门敞开的,猪总往屋里去,过去望才发现了,人后脑壳上和屁股上啃了两个缺缺,已经有味道了。派出所的人来了一下,觉得不好看,喊她孙子回来,把人火化了,又出门打工了。母猪也卖了,够办丧事请人下力。就是这么个事,过去个把星期了,值得你来一趟。"

他依旧编着竹篓,没有从马扎上起身。我走回老婆婆的院子,凑近上锁的大门,有些心悸,姑且往门缝里看了一下,也没有什么。报料中"吃人"的情形,想来明明瘆人,却不知如何还原。

回去的路上,经过同样青黑沉寂的瓦屋,屋后总是带着一片竹林,新冒了笋壳。田间小径上,一个农民挑着笋筐,一头是自家新春的白米,一头是两封油纸包着的红糖和腊肉,大约是去送礼。这是盆地人的生活,一切惊心动魄的事物都自行淡化了,我找不着地方落笔。

回去写的稿子受了批评,发了个豆腐块,女主任撇撇嘴,说出了差,花了两趟船票。我的第一次下乡就这样失败,只剩下两次坐船的经历。我还来不及理解盆地的生活,之后成立区县部,也由于小絮来鱼城和生病失去了驻站机会。我始终是个一半的在场者,就像一本小说里说的:因为他是诗人,是个半心半意的爱人。

渡轮有三班,另外的路线是去江北和弹子石。我曾坐船到弹子石,从下游有礁石的码头上岸,不久见到一幢外国风格的塔楼,有拱形的门窗和四面的石柱,附带一个小院,院门前挂着一个牌子:"弹子石粮站"和"农机所"。一个女人在门口缝衣服,望进去可看见其他西洋式建筑。我想这是哪段历史留下的。在鱼城,这样的地方不少,其实像上海一样,鱼城也是近代的某种混血儿或者私生子,这是六六的身世暗示了的。可惜那个私生子,或者说鱼城身上的私生血统,已经像六六的身孕那样,在一个不乏革命清教徒气氛的手术室里被生硬拽出打掉了,不像上海的被精心挖掘出来。外来的人们谈论的是红岩或渣滓洞,鱼城妹子以及好吃街并列三大件,并不觉得其中需要过渡。

前不久,陈天回城休假,喊我和他及他的同学一块去游渣滓洞。这位在深圳交行工作,每月有万把块钱收入,老婆也是银行的,买了房子,买了辆富康车。我们乘公共汽车踏上圣途,刚上车我就问他:

"鱼城的妹妹味道不错吧?"

当我还是小孩子,门前有几丛茉莉花——我从来没想到这样使用"妹妹"这个词。那时我有个姐姐,经常打我;我有个哥哥,经常和我打架;我最想要个妹妹。后来,高中时代知晓了潇湘馆林妹妹。很长一段时间,我认真地想象割掉生殖器,它渗出污浊的液体,带累我的心灵满足于纯洁优美的想象。我觉得它终究会害我一生。实际上我那个想法就像我常常犯的那个预感的毛病一样,是有道理的。

这一问唐突，但有出处。很早陈天就说，他有个同学要来，来了要见识见识鱼城妹妹。这个同学经常出差，尝遍了全国的姿色，上一次路过万州，小试一番觉得不错，这次专意要看鱼城妹妹。昨天晚上，陈天约我的时候，说白天他陪同学上街，走到一处发廊，他的同学洗了个头，洗头的时候谈好了，就上楼去。陈天在底下等了四十分钟，同学下来了，脸色红润，叹息地微微点头。陈天低头陪他逛街，才走了两步，同学掏出手机，拨通了深圳那头："喂，老婆吗？你好哇——我在鱼城挺好的，和同学逛街呢……"语调柔和，脸上露出体贴的笑容。

在车上，同学勉强地笑了两下，说："各地有各地的美。"我才发现本来同学的神态是庄重的，也许此时他已笼罩在革命教育圣地的情感之中，其他的东西都收下了桌面。不由觉得失言。快速行驶的车中，我们冷场了一会儿，经过一处十字路口，行人纷纷而过，对红灯视若无睹，车子只好减慢速度。同学说："一个城市，应该非常注重精神文明。深圳现在……"我恍然想起深圳似乎确实报道过抓精神文明，方式却忘记了，或许黄马甲之类，连同学讲解的我也忘记了。到了渣滓洞，只见树丛和野草地上，时时忽然矗起白晃晃的雕像，每一位都是一个烈士，不大分得清性别，更不知道哪位是江姐或小萝卜头。一处很深的草丛中，半隐的门上挂着一个小牌子——狼犬室，轻易就让我们回到了那些凶险年代的夜晚。我们经过了刑具室，往里看那些铁和火炉钩子镰刀之类，竟然是用来对付人的，观看者一瞬间感到被非人化了,但火炉中的火苗却是涂抹的油漆和小灯的红光。

听说这里到了晚上,探照灯狂乱地转动,忽然警笛齐鸣,狼犬狂吠,枪声大作。人出场了,他们是特务和地下党,烈士们被带到刑场,铁链牵住的警犬,猸猸地扑向遮蔽不住的人体,高唱《国际歌》,执行枪决——密密麻麻的枪声,人们像植物一样倒下了,却又奇怪地站了起来。节目戛然而止,有人旋上了录音机的声钮,荒谬的是居然"烈士"和"刽子手"团聚欢庆,原来这是新开发的"夜游渣滓洞"的体验节目。据说,经过这样一次体验,人的精神境界可以有所改观。

同学在陈然和黄显声将军的囚室久久流连。"我收获很多。你们看,这几句说得多好。"我们顺他的手指瞧去,那是陈然在囚室写下的座右铭:"临财勿苟得,临难勿苟免。"还有其他几句记不得了。当时我想到了昆德拉评论伏契克《绞刑架下的报告》,大体是讲伏契克为什么要留下文字?因为他渴望被人知晓。真正非人的死亡……寂寞地死去,无声无臭,像一堆东西烂掉,是烈士无法忍受的。是昆德拉写的吗?同学严肃地走出了渣滓洞,我看到他在阳光下的场坝里深深呀了一口气,仿佛对那种庄重气氛领受得过多。直到我们又走上大街,同学的面容恢复了轻松。晚上,据说他还要最后一次体验鱼城的妹妹,因为明天上午他得飞回深圳了。是的,他确实善于飞,一个类鸟飞行能手,他在地面上的时间经济而紧促,我忽然想到"深圳速度"。

"下次还来。"同学搁下这句话。

站在渣滓洞的烈士雕像前,我并没有像那个同学一样生出很多感觉,江姐这个名字和她形象的质地,就像草地上那些雕像,对我来说太过遥远而不可触及,更常想到的是浮屠关公园的一尊烈士雕像,主人公是杨闇公,一个比江姐和出卖她的叛徒们早二十多年的共产党员。

开始接触这个名字,是由于一本纸张发黄的旧书,在大都会后面的地摊上偶然看到,花了三块钱买下来。这本暗红封皮的文集中,有一部分是日记,记录了不满二十岁的他在上游潼南小城的苦闷,一面参加进步运动,一面和同伴一起在大街上拦住女孩子,"验脸盘子",回到住所又责怪自己无耻。在不断加深的自我分裂之下,终于离乡到鱼城投入更大的事业。没过几年,当上了鱼城地下党第一任书记的他在鱼城去武汉的轮船上被捕,在浮屠关被杀害。

日记到离开潼南为止,全书其余是为党起草的一些文件和公开发表的文章,正义凛然,和日记中的气息全然两样,无从知道那个创建了鱼城地下党组织,和最后被捕就义的"领导人",是否身上还潜藏着那个先前苦闷叛逆的少年。意外的是,编者把日记保留了下来,我因此知道了在铮铮铁骨的烈士身上,也藏有一个微小如我的平凡人,像是卸下了某种心理负担。这是在参观所有的烈士圣地时从未感觉过的。

此后在浮屠关公园游玩，在靠近山顶的交界，意外看到了杨闇公的雕像，身披风衣，手拿礼帽，身体微微前倾，似乎从朝天门码头出逃时急于上船的姿势。虽然气宇不凡，但有了先前的印象垫底，也不觉得如鱼城大学的领袖像宏伟疏远。雕像是就地在山岩上开凿，触手粗粝，保留着岩体的质地，连通一些微小的裂纹，似乎传递了某种内心隐秘。支撑这尊雕像屹立的，也许不全是理想的支柱，倒是内心痛苦的鞭策？

在杨闇公雕像的身后，悬崖下另有一块较小的墓碑，墓主陈鞠旅，身份标明为解放军驻鱼某部高参，去世于1952年。我对墓主的身份和去世年份起了疑心，回头一查果然是国民党黄埔将领，新中国成立前夕起义，镇反时被关入学习班。因为一同起义的两名将领先后脱逃，其中一位含冤而死，墓碑看来是数十年来家属要求重立，年代与杨闇公塑像大体同时，但地处悬崖之下，略为卑湿，已爬满黄绿苔藓，似乎墓主生前身披戎装，和军旅尽瘁的理想一起年久褪色。

虽然死得不明不白，无从和邻近的烈士相比，但比起出卖江姐的叛徒，好歹有了个迟来的名分。到周末部之初，为了一组鱼城解放六十周年的专题，我每天坐公交往返沙坪坝档案馆与报社，在泛黄的旧报纸和卷宗里泡了一周，寻找刘国定和冉益智的材料。两人都是江姐的上级，被捕后却没有坚持多久，江姐成了他们的叛徒投名状。其中的刘国定，似乎是为妻儿的安危所迫，新中国成立后被捕的供词里，充满忏悔之意，冉益智则更硬一些。两人的结局,是和近百人一批在某处江边抵着后脑枪毙,鱼城俗称"敲砂罐",身后自然无从得到一块墓碑,或许成了江上的浮尸,顺水漂流了,剩下一个叛徒的名字钉在时间的柱子上,名字后面的内情已失去意义。

我想透露一点叛徒名目背后的什么。在那张集体"敲砂罐"的旧照片上,黑乎乎的江岸上有依稀的积雪,我想用阳光下转瞬即逝的雪来形容他们,后来为了签版过关,又加上一个"脏"字。在鱼城,我只看到过一次下雪,雪落在黑色的屋顶和稀烂的地面上,立刻就脏了,也存不住。或许留下一点湿润,是在世的最后痕迹。对于我来说,这个城市的阳光太过强烈了。

顺着浮屠关的山崖一直走过去,经过半坡的芭蕉林,可以走出很远,一直到一片坡底的竹林,密密封闭的竹丛中有一个亭子。小絮回家乡之前,我们来这里玩过一次。定下了回去,她似乎放下了压力,人倒显得滋润了些。或许两年的坚持,对我们来说都到了橡皮筋拉伸的尽头。我们在亭子里坐了很久,周围没有游人,听见枯凋的竹叶落下的簌簌。好久没有这样的时刻了,小絮试着把头发打成一条辫子,没有头绳就用手挽着,我说她是竹林里出来的狐狸精,她摆出表情让我拍了不少照片,有一张是用牙齿轻咬辫梢。我们还接了吻,似乎回到了恋爱之初,我们在西安的日子:那些校园和古城墙脚下的散步,四块钱一碗兰州拉面的味道,带着一点青葱,像那些拉长又青涩的吻,学校电影院里《苔丝》结尾巨石阵的微光,惊慌又安谧。那段日子结束得太快,小絮毕业回乡,接下来就是女娲山的场景,似乎相隔太久拍下的两张照片,虽然在时光的胶卷上连续着,场景却已全然切换。

那天我似乎重新爱上了小絮,她像也意识到这份气息,我们没有爱惜胶卷,直到阳光消逝,竹林布下阴影,取景框里已看不清面容,只余留恋的轮廓。只有在这夕阳穿过竹林的辰光,我们有这样的场景,在她离开之后,我像一个叛徒,很快背离了竹林的记忆。也许我从来没有认真地爱过她,没有珍惜过那些时刻,总是半心半意,和那些发黄卷宗上的叛徒没有两样。这使我的生命难以留下印记,像以后通车的轻轨,轻易穿过了那片青色。似乎什么也没改变,却倏然无从挽回。

过了很久我知道,弹子石码头那幢楼房原是法国水师兵营,1894年开埠后的史迹。眼下它毗邻宏升卷烟厂高大的烟囱,墙壁或许受了熏染,像长期吸烟者发黄的脸。它像杨闇公文集里的日记段落一样,意外地保留了下来,眼下被提起的原因是有人将它改造为一座咖啡馆,人们可以驾车从新修好的南滨路直达,坐在楼廊上享受法国风味的咖啡。

顺着江岸的道路走,直到一个高大的库房。这是我从未见过的一类建筑,令人震惊地高大,覆盖了整个斜坡,一直伸到江中。它那样异常的高大似乎是一个谜,它的钢架屋梁与供人在高处行走和操作的舷梯令人眩晕,而它雄伟穹盖下的情况却荒芜不堪：两条伸下江面的铁轨间长起了杂草，到处是生了锈的废弃机器，而在穹顶底下还另有一间小屋，不知道有何用处，或许是六六和残疾的五哥捡麻袋里泄漏的黄豆、摘香葱苗的缆车轨道？如果说以前这里发生过盛大的事件，那显然也和眼下无关，这里只有带来联想的遗迹，铁轨也不再像往常可能的那样伸到江边码头，码头被江水带走，只剩下几堆水泥遗迹。这也似乎可以说明这一带地区的历史。人们一直在议论从朝天门架一座大桥，但在我离开鱼城的日子，这座桥还像我刚到鱼城时一样遥远。

一个夜晚，我在下游水边，听到远处一艘轮船上传来的歌声，层层窗户的灯光。看不到船上的人，但似乎听得到声音。

这是一处湾，这样的大船停泊，肯定有故事在那些窗里。我在滩上，枯糙的几株植物隔着水面，既近又远，因为水面，一切实质变缥缈了，平常的录音机的歌声，也轻柔宁静，也许这就是轮船上的歌总是不一样的原因？水改变调子。这是真正的轮船，可以出海，它的前景在这个夜晚预示给我，却只是眺望。我从未乘坐这样的大船，在夜里，这处港湾并不在鱼城城区，它为什么停泊在这里？或许一场搁浅事故，沙滩很浅，真有人在这里下船，似乎涉水走上来。也许船上并非有众多旅客，他们是神秘的人。

我是从下游回来。我顺着星光往下走，或者是乘班船，到第一站望江机器厂下船。那是个大的沱，码头就是一块突出的岩石。沱里发生过一起严重的渡轮沉船事故，似乎死了九个人。

接到主任派活，因为城区出租费不好报，我坐公交绕行江北赶到现场，时间似乎已经过了整年，靠江一带拉起了公安的双色警戒线，挡住一溜车辆和看热闹的人，只看到水上倒扣一个船壳子，救援船已经靠岸，没有任何其他迹象。壳子扣住了一切，我怎样完成采访？一直以来的焦虑在此刻更为浓重，似乎我的饭碗也像那只船翻扣了，里面并无值得一探的内情。主任的传呼解脱了我，他发信息说，立刻撤回，有关部门已经发了一律谨慎报道的命令。

我松了一口气，却又像立刻不甘心起来，最后再盯着那船壳看一眼，似乎可以肉眼穿透生锈的钢板，看透底下封闭的世界。我也第一次想到，原来船并不是坐着一点点下沉，也不是全部沉没，而是一定这样倒扣着，留一点点底在水上的。船壳底下或许有一些空间，残余着空气，是否还有幸存者用来呼吸，一口口地节省，等待外界的接济？但救援船只已经撤离，没有一探船底究竟的想法。身边的人们谈论着，船上总共有三十多个人，只救了几个人上来。我带着惭愧又轻松的心情离开了现场，第二天日报发表了多人死亡的报道，但我一直没忘记那个翻扣的船壳子，和永远无法确定的真实数字。

似乎为了挽回这次有头无尾的采访，以后我从朝天门坐客轮来过一次，在镇上逛逛，尽管在错位的时间里无从挽回什么。这过去是个大厂，它的镇子生活在往昔回味中，没有大的动静，正像脚下的回水湾，连带着大片被切割出深壑的沙滩。沙非常细，就像是那些往事被分分秒秒消磨又泄漏。江面没有了那个倒扣船壳的痕迹，甚至人们都像统一被封了口，无从打听。几艘生锈的大船船头链系在沙滩上，连带模糊的阳光，使人想到永久的寂寞。一艘非常大的船剥去了船舱的外壳，只剩下一个仓库似的骨架，但什么样的生物搁浅在江岸上，能遗留这么大的骨架？里面不时迸发出火光和声音，在搞电焊和切割。这里像是个修理厂，有多少被肢解的小船的灵魂，幽禁在这座水上监狱里？在它旁边不远处停泊着几艘近于报废的船，一艘在舱身上写着"乌江王子"，而另一艘是"长江公主"。船体的乳白色在阳光下有些干，细小的裂纹现出铁锈，从远处看来是两只被废弃的天鹅。而我在旧日的报纸上也曾读到报道，称"乌江王子"号是乌江上的天鹅，这艘现代化千吨客轮的首航结束了乌江只能靠小驳船航行的历史。

看来这里是鱼城船只们的收容所，又是殡仪馆。从白船到黑铁，隐秘的程序，适合在这记忆之地进行。

在朝天门上游的码头上，我看见过一条叫"长江皇后"的船，它比"长江公主"高出两层，颜色也似乎经过重新粉刷，显得新一些，不知道两者之间有何联系。每过一段时间，它会停留在那个固定的水位上，红色的水上消防队的旁边，这个消防队在一艘三层的暗红色的船上。那段江面一排停着许多客轮，每一个都带着几层的小门、走廊和圆形窗户，小门的楣是圆拱形的。有人从小门走出或在窗户后凝望，他们的生活和这里只有短时间的关联，他们停泊于此地的姿态带有想象的轻微波动。多年以后听到"长江之星"客轮在荆江发生的江难，我想它是否就是当年这些船舶亲属中的一员，经过了改装，历经三峡变迁而幸存，逃过了亲戚们黯淡的命运，却无从预见最终的灾祸。

轮船的秩序很整齐，就是波动的幅度也相似，只是在洪水来临时稍微被打乱，那时它们平素牢固的缆绳随波轻轻摆动，趸船似乎有一两艘挣脱，一些严整的界限被轻易越过，化为汪洋，水草的纠缠又模糊了水域。船升到和滨江路平行的位置，似乎它们要越过大堤驶入城内，其实堤内的城市更高，船只无处可去，只是乐天顺命。

渡轮是除了游船之外，眼下保存的东西。一块钱的票，陈旧的轮渡，到江心略为停滞，似乎船舷齐了江面，一块漂浮的礁石，逃不过漩涡的摆弄。我想起在档案中看到，"文革"中被两岸炮火击沉的小火轮，南岸和鱼中区和江北的红卫兵各据一方，隔江互射，似乎所有的船都被击沉了，仅有的水泥桥也被切断，各处人们回到荒岛和穴居状态，有人伸头看自己城市发生了什么事，却被流弹无情击中。

那次在解放碑的西餐厅楼上，和《知音》的编辑一起，坐在过于宽松的沙发里，和部门新来的女作家聊天，说起她十年前写的一首关于沙坪坝红卫兵墓的诗，发表在台湾余光中等人办的一份杂志上。水一样的月光中出现、复活和正在死去的纷繁意象。灵魂们晚上似乎会从墓里出来，恢复他们的青春和爱情，却被硝烟的气味催促去远征。我去红卫兵墓那天是个好日子,公园里只有那偏僻一角是寂静的,或者说死寂,水泥围墙死死的,石头大门故意封住了光线,堵得很闷很死,像一个无法切除的瘤地附着公园。

转过照壁,光线忽然阴暗,心情顿时紧张起来,两扇门半关着,门上有孩子用粗大的笔迹写着:"鬼!"地上似乎还有焚化的痕迹。鼓了鼓勇气,走进大门,迎面一座高塔遮住视线,意外地庞大粗陋,似乎有意要使人心生压迫,忽然那个时代的气息震慑了我。没想到在宁静的公园里,有这样的地方。这座塔背后是几十座这样的高塔,每一座都同样庞大凶恶,它们完全统治了这地方,松林、杂草是帮凶。我几乎无法挪动脚步,也许我贸然进入了险地,面临生命中一个很大的危险。但我蹲下来,剥落的石板上隐隐辨出歪斜的字迹,似乎出自少年的手,写得仓促:"陈小弟,十六岁;贾向东,十八岁;李红英,三十五岁;为发电厂保卫战英勇牺牲。时间:一九六七年八月。"

于是知道几十年前的死难,当时叫"牺牲"。关于发电厂保卫战,关于鱼中半岛"最后一幢楼"的争夺。非典中鱼城一座楼房被隔离。那里下水道流出来的污水要经过检查,迷惑了环卫工人,因鱼城的地下管线是乱的,从现代开始。我听说过一些故事,卡车到来时满载着机枪子弹,离去时却装着少男少女的尸体。不知为什么,这些名字渐渐模糊了我的恐惧,我知道他们是在那段非正常时期的"横死",这样的鬼魂冤气也许几十年不散,如果是夜晚,我不怀疑自己将遭遇死亡。但是现在,我仍然一座座地搜寻,低头努力辨别那些幼稚的字迹,并且掏出笔记本记录。我往深处走,直到完全被墓群包围,一棵黑色的松树倒在路上,纯粹黑色的。有一种腐殖质泥土的气味,几分郁闷,三面围墙隔住了外界的声音。

墓碑基座如此庞大,似乎唯此当得起"为革命而死,重如泰山",形状、颜色各不相同,有的地方拥挤在一块,看得出是匆匆埋葬,来自不同派别的、在墓下长眠的人,现在共同造成了这里的世界,以前却可能是敌人,各自把死亡送进对方年轻的胸膛。并不是没有成人,我发现年纪最大的有五十六岁,一个老工人,但大部分还是十七八岁的少年。最大的一个墓埋了二十三人,名字都排不下,最小的是六人合葬。墓碑上一般刻着"生的伟大、死的光荣"之类,大字是用来镇压那些用微小潦草的笔画标识的亡魂。

据女同事说,原来这里的墓地要大得多,大多是七、八、九那三个月,各派红卫兵死了人,都拉到这里的空地来埋,武斗结束,各派又集中埋了一次,见缝插针,范围一直到今天的人工湖一带。那时这里一片荒凉,又有松林遮掩,除了清明节,白天也少有人敢来。后来公园改造,附近又规划用地,陆续拆了一大部分,直到有人提出,这片墓地有历史价值,应该保留下来,才修了一道围墙,把它圈在公园的角落。我看到有两面围墙上方,露出高层住宅楼,那里的住户想必日常会俯瞰到这片墓地,不知道他们夜里是什么感受？围墙高处的世界日新月异，围墙下却永远止步、凝固了。站在丛林里，我感到自己的生命不一样了，我对世界的看法甚至会有改变，当然包括对鱼城这座城市。

靠近南岸的地方，激流中有一块斜突的礁石，晚上亮起微红的航标灯，有时想象如何上去，竟然真有人在上面钓鱼，惊心动魄中带着一丝平安。如果到达，生命也许将彻底改观？我注定不能和他们同类，只是靠着渡轮喘息靠岸，把我和一大群人送上对岸的趸船，这里的趸船直接靠着江岸，跨步踏上江滩横亘的石头，来到六六生活的山坡脚下。

新近修建了高大坚固的江堤，堤身上铸有巨大的铁链，人手很难挪动，在涨潮日这些锁链用来绑缚轮船。爬上江堤，人们都朝两个方向走，往下游是去往弹子石。另一方向，不远处有大规模的涵洞修建工程，翻起山一样的淤泥，看起来像不久前遭过大水灾。江堤工程在这一带的梗阻，自然起源于那条叫野猫的溪水，它就在我和人们的上方。从高处泻落，恶臭和"哗哗"的水声一起传得很远，水声听来正像是书中说的野猫哀嚎，我佩服先人们想出了这样贴切的名字。有房屋危险地架在瀑口上，溪瀑就从地板下奔涌出来，冲刷着吊脚奔泻，看上去难以忍受而惊心。这就是小说中那根历经洪水而不折断的吊脚柱，支撑的是售卖香味奇异却馅料来路不明的肉包的水馆子吗？即使阅尽了六六的童年细节，也有些东西看来一时仍难完全领会：生活与恶臭和死亡离得这样近，只有一层薄的隔板，一根柱子的支撑，而这样的悬危状况会长期维持，甚至长过一代人的生命。

也许哪里存在着一个腐烂神，躯体不断流出血腥之水，这个庞大冗长的躯体就隐藏在鱼城内部，在钢筋水泥楼、玻璃幕墙和泥土、植物之下，开了一些口子，日夜在腐败消散。我知道这样的口子，人们生活在口子上，血水将屋底作为通道，似乎一种合谋。不只是消失了的水馆子人肉包子的秘闻，甚至在床下也有正在消融的血肉，成年累月的深处有阴谋。

很久后的一天，我从大坪医院旁的街道往里走，一直走到一处干休所门口，等待被释放不久的傅玉强。

我已到北京大半年，回鱼城是为了采写一篇清理超期羁押的稿子。从一个律师那里，我知道了他办理过的这个案例。

在上清寺附近一间有些简陋的律所里，他拿出好几张报纸，上面有这个案子的内容，"在鱼城，恐怕找不出更有典型的了吧。"有些自得地，"两次判刑，最后无罪释放，前后超期羁押八年。"

我阅读了报道，案情大概是：在干休所屋子的床下发现碎尸，装在几个塑料盆子里，当时傅家两兄弟住在这里，傅的哥哥出差在外，让弟弟看屋子，傅玉强在这间屋里已住了一周。碎尸是一个女性，以前与傅的哥哥有一定关系。但根据尸体腐败程度推测出凶案发生日期是在傅的哥哥出差后，傅兄有不在现场的证据，嫌疑就落在了发现碎尸并向警方报案的傅玉强身上。

此后，傅被判死刑，但检方和复核的鱼城高院认为证据尚有疑点。经过多次发回重审，最后由市委政法委书记主持会议，决定判死缓，"留住人命以防万一"。傅在看守所中度过三年，又服刑六年，其间不断申诉，最后在2004年"两高一部"清理超期羁押的行动中被判处无罪释放，共被超期羁押近八年。

干休所门口没有路灯，只有附近小卖部过来的光，没什么人。四处可见的是水泥和铁，许多地方被爬行植物或者残损打上了同一种掌形印迹。在巷子口问第二干休所，烟摊小贩懒得指点，歪歪头示意。听傅玉强说，起初大坪还是农村，干休所周围是田园风光，在这一带是最出挑的房子。后来周围起了太多房子，干休所被包围在一片棚户区中间，父母不习惯，搬回合川老家住了一阵，把房子留给两个儿子。案件发生之后，干休所要收回房子，父母又搬回来住着。傅玉强出狱之后，就和父母同住。

黑暗里我有些不安，总是想到碎尸的情节。正像走进刚才的小巷，我走到了鱼城很深的一个地方，也许是以前没有到过的。

我快等得不耐烦的时候，傅玉强来了，正是一个瘦削沉默的形象。这样的形象某种程度上消解了我的不安。我们就像伙伴一样一起走着，经过黑暗的花坛鱼池，五六层的老式楼房，院落里遇不到什么人，黑暗的楼道，难免使人想到案件会在这里发生。门沉重地打开了，屋里依旧黯淡，高的柜子，到处是什么巾，或者不如说是搭着的布，老人住宅的那种衰弱气氛，还有似乎特意为了冲淡曾经有过的石灰味。傅玉强说，屋子重新刷了一道，床也换掉了，房间已经看不出当初的痕迹。

一个老人坐在沙发上，在儿子介绍和他站立期间，保留着某种气度。他胸前别着一个小小的徽章。

"谢谢你。"他说，审视着我，我感到他在辨别是否属于同类。傅玉强和母亲说着什么，语速比较快，但是很柔和，身子微佝，头发已经花白，却有一张青年的瘦削的脸。我感觉出他的柔和中有一点紧张和不自然，一种长期的压抑在身心上留下的效果。按照坐牢的期限，他应该有四十来岁了。他的青年表情也应该是单调纯洁的生活的结果。忽然我感到，他的父母很老了。而他还在这里，跟着父母住。

傅玉强讲述事情的经过。他起初住进这套屋子，是感到有些异样，比如睡房地上有石灰，有洗过的痕迹，空气里还有一股什么新鲜的味道，但当时没多想。由于是冬天，敞敞门窗也就惯了，没有特别感到气味不舒服。之后在那张床上一直睡了七八天，中间有时伸脚，碰到床下的桶，觉得非常沉重，也懒得去挪。床上方还有一个大盆，用防水布盖着，他也没想到去看。这样说的时候，他有点斜眼去看现在父母的睡房，那里面和客厅的差别不大，似乎到处搭着毛巾。他和哥哥住这里的时候，父母的卧室是锁起来不用的，出狱后父母怕他想起往事，就把睡房换掉了。

"我就那样过了八夜。"傅玉强说，第九天嫂子来看望，由于是没进过屋子的人，一来就闻到一股不寻常的气味。在嫂子督促之下，他拎出了床底下的塑料桶，看到许多碎块肉，开始以为是猪肉，嫂子凑近一看昏了过去。同时傅玉强像被一根大棒击中，他看见了一只人手，一根手指上还戴着戒指。

警察到来之后，又从床顶的大澡盆里起出了头和一些躯干。

门在哥哥走后是锁上的，钥匙只交给了傅玉强。哥哥很快被抓，因为死者和他有关系，嫂子为此还和哥哥打过架。但哥哥的嫌疑不久被排除，他在整个死亡时间段都远在外地。

"那嫂子呢？"我一边轻声问，一边笔记，不动声色，实际微有不安。

但嫂子的嫌疑也被排除。一个是她没有这套屋子的钥匙，而屋子并无门窗被撬的痕迹。尸检发现，死者的四肢是使用大斧砍下的，身体瘦弱的人没有这么大的力气。警方还认定，凶案是由死者的熟人乘其不备击昏杀害，而嫂子和死者积怨已久，不可能毫无防备。作案者没有同伙。

"我们提出了一些线索，比如斧头的去向，以及发案前的一些情况，但是警方把注意力始终集中在我们一家身上，没有往别处追。"

这时傅的父亲激动了："我的子女不会做那些事。他们为什么只知道调查我的子女，抓了一个又一个，还说要把我也抓进去？为什么他们不去追凶器的下落？"

傅玉强劝了他，继续讲述。哥哥嫂子都被排除后，差不多同时被拘的傅玉强嫌疑上升到最大，因为他也认识死者，又在上下皆有尸体的床上睡了多日而无知觉，诸多情节让人怀疑。此时这起案子在鱼城已传得非常离奇，市委书记下令必须限期破案，稳定人心。公安机关开始加班加点，日夜审讯。

傅玉强撸起裤腿，我看到了这些手段在九年后留下的痕迹：一些从下往上排列的凹痕。

傅玉强承认了，和公安一起完成了凶杀的情节，那把斧头傅玉强怎么也说不出扔到了哪里，最后的刑侦报告上只好说是犯罪嫌疑人匆忙中遗失了。由于疑点明显，检方对刑侦报告不满意，两次发回重审，看看过了期限，只好起诉到法院，法院又两次发回重审。由于法律规定发回重审期限不能超过三次，中院一审判决死刑，但由于傅玉强当庭翻供并提出有刑讯逼供行为，法院事先和高院沟通，犯人上诉后，由高院行使复核权，提交市委政法委把关。

时值直辖后第一年"两会"召开前夕，案子不能再拖，经市委政法委两次协调，公检法各执一词，最后市委政法委书记拍板，按杀人罪论处，判死缓，说"留住人命以防万一"。

这边，父亲始终在奔波。死缓也可能是这种奔波的成果，虽然这个成果太卑微了。

我把几张报纸摆在桌上，要求傅玉强做出俯身看报纸的样子，我拍照。傅玉强觉得报纸不够。他找出了另外一些报纸，这些报纸也都是报道他那个案件的。他两只手肘撑在膝盖上，托着下巴，开始看那些报纸。他马上投入了那些报纸中，似乎并不存在拍照这件事情。我拍完了叫他,他似乎是回过神来,有点难以放下那些报纸。

"我到处求人,那些衙门,不把人当人,赶我们走啊!"父亲说。他从没想到现在的机关、干部会是这样。"我们那个时候,是怎样对待老百姓的!那叫有事无事深入群众,扎根在群众中,从群众中来,到群众中去。我当区长三年,有两年是跟农民一起过的年,有一年是跟化工厂工人过的中秋!"

"你看,我现在六十七岁了,始终挂着毛主席像章。我不怕人笑话,就是要挂着这个,牢记他老人家的教导,上那些大衙门,我也是挂这个!"

我凑近看,他上衣口袋下方,确实是一枚小像章。他严肃地让我看,我感到了一种痛苦的东西。他坐在这儿,诉说自己家的冤情,保持着严肃的姿态。这是在他对我审视之后。他并不习惯这样。只是从家庭遭受变故的那天,他开始面对很多事情。"有一次公安局的人指着我吼,说要把我抓起来!我说你来抓嘛!来抓我这个老革命!"这些事情他以前根本不可能想到过,就像根本想不到儿子会牵扯到罪,也从来没有真正习惯过。他曾经指挥过公安部门。

现在他坐在沙发上,戴着一枚小小的毛主席像章,隐忍地表示着自己对现实的抗拒。如果说他并没有什么别的变化,比如一直戴着那枚毛主席像章,至少有一个地方变了,那就是隐忍。正是这一点显示出我们作为弱者的无奈,在我们身上现实和内心发生的分裂。我想象他走进那些高门槛,从那些水泥和覆满植物的建筑一直到光鲜的、仿巴洛克的高大水磨石门廊。他从前者一直走进后者,这两者之间其实是延续的,只是在他身上形成了断层。

罗点点在一本书里回忆,父亲罗瑞卿被捕后,她走入铺有吸音地毯的深重门户,去找一个大人物、父亲曾经的战友和上级帮忙。她忽然感到自家已经被那个世界异化了,她来到这里是溜进来的,"不可告人",用当时流行的这个词来说,她在此刻感到这个词的力量。像一只小老鼠走在猫的道路上,自己没能完全收起的一点响动轻易被吸收了。像偷偷扎入革命肌体的一根小刺,怀着一点点目的,或者说一点点脓,随时可能被觉醒的肌体排斥、挤出。声音、灰尘和革命,一切都是定数,定数偶尔选择落在了当时的罗点点和现在这个老人,曾经的革命干部和区长头上。我领会到他的坚强,差不多近似绝望。但忽然怜悯地感到,他在这当中缺少领悟,远远比不上儿子傅玉强。生活只是强行在他身上打下了几处印记,他的心是一块石头,已经牢牢砌在他经历的那个时代的墙里。

"他们说我有关系,所以恨我,说就是要判我儿子死罪。我是有些关系,可是我儿子是无罪的,我是为了伸张正气,不是走后门!"

虽然被释放,但傅玉强在厂里的工作丢了,身体有几种病,四十岁了没有结婚,现在他无疑是两个老人最大的心病。这个事实面前唯一的可能也只是隐忍。

傅玉强得到了国家赔偿,按一天八块钱算,总共是三万多元。"当时我在牢里想,我的结果有两种:或者真凶露面,我无罪释放;或者永远被关下去。实际上,我早就知道我被超期羁押了,也知道这是违法的。但是对我来说,当时的结果只有这两种。"他翻着报道他案件的报纸说。

我看看身处的这间屋子。光线确实很暗,报纸都不怎么看得清。所有东西都是属于过去的,它们不再反射什么而只是吸收,案件的气息也变得衰弱了。包括老人胸前的那枚像章,虽然一再擦拭也黯淡无光。实际上,傅玉强并不需要接受我的采访,他们从国家那里已经拿不到更多的东西。我明白这一点,他们也明白,虽然老人还是提出国家应该考虑给傅玉强安排工作。

但当傅玉强送我走出来,再次经过那水池,我感到和他们分享了一个秘密,一个鱼城的秘密。这间房子和它的年代一样,停留在鱼城深处。是这个秘密,而不仅是自身的遭遇在压着傅玉强。也许他在替我们承担这个秘密,这个鱼城之谜。连同在一间屋中的父母也只是感受而不能替他分担,而他也从未要求过,在父亲对我述说时他一直保持沉默。我感到一种对他和自己的怜悯之情,但又有一种感觉:他在其中并非无所得。比起十几年前那个享受干部子弟待遇的国企工人,从险恶中脱身的他失去了不可衡量的东西,却同时也获得了灵性。我们这个世界中存在一种只有他能洞悉的隐情。

一部关于鱼城的电影叫《雾都茫茫》，小时候看很有几分恐怖，也许是当时能达到的恐怖极致。电影中侦查机关最后揭开了谜底，消解了我们的恐惧。这部电影来自地下小说《一双绣花鞋》，我采访傅家那段时间，这个作品正在打侵权官司——为了究竟是《一只绣花鞋》还是《一双绣花鞋》。在傅玉强事件中，侦查机关没有揭开谜底，直到今天。和傅玉强走在一起，感到他瘦削的身影、发亮的眼睛，我忽然会莫名地感到恐惧，这当然不是想到他万一真是碎尸凶手，而仅仅是由于他和碎尸联系在一起。忽然想到电影《富江》当中，黑色塑料袋里露出来的碎尸上的一只眼睛。这只眼睛有它的生命。

到周末部不久，听到鱼城商界一件大案的传闻：一个国企老总因金额上亿的偷税罪入狱，在狱中病死。但他死后有一种传言出来，是他说过自己非死不可，"我不死，鱼城官场就要地震"。另一种传言是他是自首入狱的，而主动入狱的原因就是想走险棋求活命，但狱中还是没能逃过死亡。他自己也曾经说过："我是死中求活，但我活的机会很小。"他病死以后，这件案子就没了下文，后来就没有了这件案子。人们说这是新中国成立以来鱼城最大的一件案子。

干休所往下走不远，就是那个瀑布，整个大坪到斜台子地带的污水在地下倾斜汇聚，到断崖的口子突然奔泻下坠，形成七十多米高的瀑布，弥满整个化龙桥峡谷，成为鱼城最大的景观之一。

峡谷中的蔬菜碧绿得反常，空气中有浓重的酸，泛着白沫的污水从高处瀑布脚下奔流成溪，灌溉两岸的碧绿田园。据老人说，二十世纪七十年代以前，溪水里多有鱼虾，从干休所修建的年代开始，水渐渐变浓变酸，鱼虾就死绝了。站在谷口铁路桥上眺望，有三条大小不一的瀑布坠下，形成扇形流域。污水涌到谷口消失了，进入一个农贸市场和几户居民屋地底，直到在化龙桥下重新出现，汇入嘉陵江。

整个鱼城地段的嘉陵江两岸崖坡，不知有多少污水排放的口子，有的通过管道，掩蔽于滋润的植物，有的则埋伏于水底。污水往往就从两家的房檐之下，从一个雨水口流通，源头不明。有一段时间，江心定期出现一条长几十米的黄红污水带，臭气逼人，市民向报纸举报曝光，查处很久却无法落实来自哪家单位的出水口。一名政协委员透露，实际上，从民国以来，鱼城的地下管网就没有一张完整的图纸。而这些污水口大多有"溪"的名字或记忆，如野猫溪、溉澜溪、海棠溪、大溪沟、花溪。我曾经提出一个选题，叫"溪声日夜入城市"，想调查鱼城主城区到底有多少条溪，这些溪水的记忆和现实，和房屋、人们的关系，但因为调查难度而搁浅。

污水谷斜伸出的一段崖壁是虎头岩。岩壁有很多小坟墓，每一座里面埋着一盒骨灰。岩石上一格格镶着一张瓷质小照片，为苔藓润湿，黑白有些模糊了，看上去像古代的事物。有一段时期，在谷底一直蜿蜒升到岩下的小路上发生过很多起强奸案，施暴者是一个国有工厂的青年工人，优秀团员，他的施暴对象大多也是厂里的青年女工或优秀团员。他用一只口袋蒙住对方的头，按在堆满了落叶的路边。周末部设立了旧案版，挖掘鱼城的历史，专职记者是黎平。

施暴者总穿一件雨衣，在一次猝然结束时，他来不及换掉雨衣，顺铁路跑掉的时候被人看见了，因而被抓。

铁路从谷口越过，穿过隧道，一直通到火车站。轨道上积着落叶，看上去很旧了，其实是襄鱼线的大动脉，十几分钟过一趟火车。2004年下半年的一个早晨，三个孩子在铁轨上走，因为通宵上网后实在太累便在铁轨上睡着了，火车从隧道中冲出轧死了两个。从此以后鱼城的网吧规定一律零点关门。

铁路里边的山坡有浓密的树林。顺着山坡往上爬，是两条粗大的水泥管子，里面水声轰隆，隐隐看见坡顶的蓄水池。蓄水池里是漆黑和雪白的污水，坡顶几间房屋的脚下是一片树林，树冠碧绿，而树下五颜六色的垃圾炫目，那边有一个屋下的洞窟，洞窟内是漆黑的，剧毒的水土湿润地闪着黑色的光，纯粹的黑色。这样的洞窟似乎别有目的，显得不可侵犯而庄严。洞窟的顶端是吊脚楼的地板，人们就在洞窟顶端生活。我相信极端黑色的毒性可以使任何足够接近它的有机体马上死去，这里面有一种震惊的、神秘的东西，就如附近的佛窟，是同一种死亡的仪式和主题。

而在半坡浓密的树林里有不少坟墓，其中一座墓碑上写着清光绪年。坟堆都不大，它们在格外宽大的树叶下隐藏着自己，在城市的深处，拆迁难以到达的隐蔽处安顿了下来，要活得比城市长久。这像是《一双绣花鞋》里那些坟，据说特务在其中一些中埋下了油桶装着的"塔崩"，在数十年中缓慢泄漏，污染地下水，进入人们的神经，使鱼城成为一座"死城"。而眼下他们更像是藏有一些不能触及的想象和记忆。

溪边一条石板路蜿蜒爬坡，正和六六从水馆子回家的路线一样，这时我相信自己是走到了地方。意外的是石板路比较洁净，也许因为湿润，一条条长石铺得平整用心，显出古老历史，巴鱼的遗迹，这座城市的秘密和悲剧。一条粗大的铁管顺着道路延伸，颜色朴旧，大概是供应整面山坡的气管道，让人感到一种威胁。一些小孩子从上面走，我跟着下船的人群往上走，渐渐走上溪瀑的顶端，路里边是一间保管室类的房子，板壁刷的暗红漆剥落，门窗紧闭，也许已经废弃。墙柱上还看得出毛笔的标语："没有人民的军队，就没有人民的一切。"旁边又刷着一个新的大字"危"。路外就是溪瀑上空的吊脚楼以及悬崖，这里更可看出恶臭的溪水离房屋底板是怎样逼近，几乎不到一米，也许屋里人端着饭碗或做爱，从缝隙可看见溪瀑。涨水时又会怎样？

小径分岔，走路的人们四散而消失了，我顺着一条路走去，不久变得很窄，石板消失了，我到达了原生的核心地带。爬上一道坎，眼前忽然显出一个大池塘，池塘严实地覆盖着一层绿苔，谁新近扔下一个铁桶，在绿苔面上砸出一个窟窿，窟窿里的水乌沉沉的，一眼看去就非常脏污，它之所以存在，显然并非有任何用场，而是人们顾不上填平它。池塘过去是一片菜地，分成几家的小块，也覆着一片绿色，微小的菜秧在生长，但在地垄间，也可以看到废弃的铁桶之类。铁桶的来历一会儿就清晰了，菜地尽头又是一面坡，扎满了窝棚式的房子，人们把垃圾踩成了道路，在道路旁一处堆满了铁皮桶。一个人在用电枪焊着桶盖，腾起一股小小的烟雾。

我闻到了钢铁的焦味，还有沥青的气息，沥青燃烧着，在阳光下显出暗红的火焰，不知道和电焊有什么关系，也不知道焊桶盖的目的为何。也许整个事情我完全记错了，那个男人做的是另一件事，燃烧的沥青也是想象，沥青味不过就是由电焊产生的焦味。但钢铁的焦味却是真实的，是这里人们生活的味道。因为天气热，两个完全裸露的孩子在垃圾上跑着，那个搞电焊的人似乎也是裸身，电火花坠落在他们身旁，他们的皮肤发出烧灼的焦味。

整个夏天，城市在日光透过薄雾闷热的蒸烤之下，都笼罩着这种焦味。那层薄雾完全没有任何水汽或湿润，而是烫人的气体的飘浮，是钢铁和其他金属以及灰土、石头在炽热烘烤下气化的烟雾，反而把酷热加剧到令人窒息，也消灭了一切空气流动的希望。即使在早上五点钟，也没有一丝凉意或风，人们的皮肤上结着汗碱。因为要大量排汗，许多人通宵光膀子吃火锅。如果人的皮肤是铁，也许早就烤焦毁坏了。我常想到六六的学校，那个半坡上笼罩在闷热中的院子，历史老师宿舍的木窗，在高大的黄桷树掩映下窒息，树叶一动不动，一丝蝉声也没有，望出去是火热浑浊的江水，似乎一江熔化的铁锈，或者老火锅熬出的油。

有一次在十八梯顶端的一家火锅店背后，看到两个工人清理窨井，井底潲水油长年堆积，几乎到了井口，颜色与装在桶里出售的板油几乎一样乳白，却更坚硬，工人用斧子砍都砍不开。这是几十年口福之乐的淤结，无法想象推给那些工人了事。我悚悸地走开，担心那硬壳之下封闭着沼气，一旦深究内情，爆炸将瞬间发生，不仅是他们，所有食客和这座郁积了太多内情的城市，都难以全身而退。

如同在那扇木窗里，会发生西方书评里说的"诱拐""偷情"的情节，这样的有高大植物的院子、这样的木窗是我熟悉的，似乎在炎热的夏天，只适合这样的梦幻飘浮。我还想到余华某一篇忘了篇名的小说，写一个闷热的夏天，在一座只有工厂的大城市里，两个男人在类似菜园坝附近的厂区进行一场决斗，一方用菜刀，而另一方用他刚刚在工厂游泳池使用过的澡巾。经过暴力的极度冲突，两个男人成了朋友，观看的小孩则懂得了暴力和友谊的联系。

我走过了男人和孩子们，走上他们小屋面向的街，这里的屋子和街道一样微小，显得像是一些孩子的作品，相比六六一家的蜗居并无改观。人们生活的内容就在路旁手边，切菜的墩子，镜子和窗台上有点脏污的香皂盒；没有挂蚊帐的床，因为这里夏天挂蚊帐是要闷死人的，赶蚊子只能用蚊香；人们成群结队到防空洞门口或者隧道里或者干脆在大街上"摆"着，感受地底升起的凉意，男女老幼头脚枕藉，也不管来去的车流。一个老年人在墩子上不停地捣血旺，刀口成了暗红色。灶台旁堆着柴火，屋顶留着烟道，出口凝结着层层油污，门前菜墩子上有烧白肉，先是这里已经摆脱了那女儿遭遇的饥饿。回望高楼耸立的解放碑，想到虹影书中南岸人的自卑，不知眼下摆脱了几分。

往上螺旋着走，小巷逐渐变大，出现了围墙，墙里是大的楼房，顺围墙走到两座工厂的大门口。虽然冷落，大字的牌子也生锈剥落了，但还看得出过去的气派，大概是国棉几厂。

我到过这样的一个厂，在嘉陵江边，几千架嗡嗡响的纺机，有热度的车间，也许刚好不到人体难以忍受的程度，却忽然警觉而惊异：在这里长久的停留，意味着什么？我们是报社的一群，是来"联欢"的，行走在俯伏于机器的工人们中间，她们穿着白色的床单似的服装，在千万锭棉纱纺锤间像一些白色的虫子。她们的脸和手红着，一直是这样。几条长凳，一些缸子，不少的奖状，玻璃窗上有些纸条撕掉后留下的痕迹，联欢在这里进行。"你们工资该有一千多吧？"一个女工带着笑问和她拉手的我们报社一位校对。这位女工是优秀工人，刚才厂领导介绍，她一月能拿七百多！我们那位女校对没回答，只是露出宽容的微微笑容。她一个月拿五千多，上一个夜班补助四十元，而她和那个女工一样，也许不过是初中文化。我也在她们之中！刚才我曾到一架织机的角落,看一位工人如何纺织。她操作着几十台机子,从有些窒息的温热中均匀地抽出一条条线。现在我们坐在这里,和工人们"联欢"。这是一个正在改制中的厂子,下了三年脱困的死命令,有三分之一的工人下岗或买断了工龄。在它厂部的大会议室里,挂着邓小平、江泽民视察的大幅照片。彩色照片放大成这种尺寸,有些模糊了,似乎特意要这样,但或许是因为厂里没有好的数码相机。

那次报社和工厂联欢的背景是,鱼城的棉纺厂下岗工人时常罢工,这些消息从来不准报道,所以他们的行动,虽然在大街上逶迤堵塞,还伴随着手臂挥动和激愤的标语口号,却像从来没有发生过,旁人只是默默旁观又匆匆走过。这次的联欢,似乎是对这种无视的某种补偿,事后织机转动的火热工作场景和亲切感人的联欢场面会出现在报纸的头版上,似乎他们所有的处境由此得到了充足的报道,所有人的良心由此得到了安慰。先前我经过的江堤旁,还竖着一座仓库的构架,有十层楼高,构架非常完整,却没有任何设备和墙壁、门窗。这工业的、秘密的空间,如今就在路边、在手边显现了,它的目的不明,似乎是造了一半忽然停止了,又似乎在这前夕被售卖、拆卸,只剩下今天的残壳。它似乎就是到处在被售卖的国有企业的一个象征物。

看来即使是在这个地区,由坡底到高处,等级也是逐渐提高的。最后意外出现街心花园,花坛植物蒙上了尘土,但地上还打扫得干净,几个老人坐着玩小麻将,有只鸟笼挂在旁边一棵褐色枝叶的树上，树下有块怪模怪样的石头。不是鱼城常见的黄桷树，不知是不是小说里写到的那棵苦楝树。如果是，看来是到了六六和生父初次照面的三岔路口，大约后来略作改造，成了这么个小公园，作为装点工厂区的门面。六六生父站立的配钥匙棚子自然早就拆掉了，这棵树和石头保留了下来。

再走一段很短的距离，忽然出现了大街，小说中写的山顶大路。大街确实是一条公路，有郊区公路那种热闹然而非常令人不适的气氛。这条公路一直通到弹子石。回望一片黑色窝棚和吊脚楼倾斜延伸到江边，似乎全部处于一个滑坡带上，不断向下滑落，这正说明了居住者生活的趋势。六六的家曾经就在这一片滑坡上，她像我一样努力爬上了公路，到达了安全地带。不是每一个孩子都有时间和机遇这样脱险。

那天接到一个电话，说一个女孩被几个人强奸，躺在路边快死了。"躺在席子上。我实在忍不下心，你们来看看吧！"

地方是国际村附近一条街。中暑的夏天，透不过气的窝棚，父亲弄一个架子车让她躺在车上。一点树叶的荫，树叶也熟透了。人们在国际村来去，她在人们脚边。尘土、暑热和死亡。我连忙通知黎平，又想自己也去。这里有东西打扰我，让我在办公室的转椅上不安。

鱼城的公交车上令人窒息。炎热是凝滞的，没有一点流动的迹象和希望。我又想到那条路。炎热总是叫人想到死亡。我预先构想着极端的东西，有几分畏惧，但肯定非去不可。

找到了路口，有点怀疑地走下去。会在哪个地方出现，永远是猝不及防。这一片下去是个山坳，山脚是火车站，利用这一片山坡，出现了大片的窝棚村，成了一个街区。我走过了一个垃圾站，垃圾漏斗下面坐着几个擦皮鞋的女人。我想到那女孩的母亲是擦皮鞋的。

往下走的街道，路旁是一些老民居，还算成型，有的门窗利索，看起来是本地住户。路外沿坡而下则是同野猫溪相似的一片窝棚。阳光暴晒之下，都显得安静，窝棚匍匐在自己的阴影里。只有一两个人和我交会。在第一间房子前有一辆大车，车前一个女孩正在拉屎。

这场景让人极端难为情，我几乎是忍受着走过去，注意到大车上还有一只碗，但脑子几乎没有转动。我究竟有没有思索？就像我什么也没发现那样，走了很远，直到看到几家门里有躲着的人，就去问那个要死的女孩在哪里。他们听明白之后，朝那边一指，这其实应该是我预料的结果，却好像是才知道的一样，点了点头回头走，心灵中上演着小小的戏剧！

我走得很慢，似乎非常艰难，再走到大车旁时，女孩已经坐到车上了。车上有一只有食物的碗。大便似乎还在那里，它阻止我过去和她说话，她头顶的树叶并不厚，这里能有什么荫凉呢？我来到路外的窝棚，据说这里是她的家。这时黎平也来了。又似乎是我一直走了过去，往出走，等到了他们，才一起找人。而我们回来的时候，女孩已经不在了，她坐在自家屋檐下，这个家是

记忆之城

一个窝棚,在路外,和路里那些利索的本地房间相比,黑暗地匍匐着,倒似乎显出潮湿荫凉。女孩的母亲回家了,原来她就在那个垃圾漏斗下擦皮鞋。看到我们来,她起初不明所以,知道以后说,主要是有几个人,女孩不说,后来是"逼出来的"。曾经住过两天院,医生都挺好的,可是交不起几千元钱,只好回来吃点药。把女孩放在大车上,主要是屋子里闷,出不来气。我想到街上邻居说的,她不喜欢这个不是亲生的女孩,曾经赶她走。我拿这个问她,她说不是那样的,澄澄是有一次离开家,那是她自己要去找她原来的家。女孩是满月了被人放在铁路边,她家男人在火车站捡回来的,当时他们没有孩子。"我还顺着铁路找了好久。"她说着就流泪了。

女孩一口接一口地喘气,我们问不出什么,就按母亲指的去找几个人:一个收破烂的小伙子,一个搞卫生的老头,一个"棒棒"。听母亲说,他们是用糖哄她。我们找到了小伙子和那个老头,都没问出什么,接着去找"棒棒"。走过几段很窄的坎,来到一个窝棚,比女孩家的更黑暗蹩脚,几乎是倒在坡上,里面的墙就是斜坡,感觉是下雨落了进来,却打着一口灶。整个窝棚有一种马上要流失的感觉,只有那口锅带来一些镇定。"棒棒"在屋里,还有一个女人。

光着上身的"棒棒"很吃惊地站了起来,注意听了来意,脸上很快出现了笑容。

"我怎么可能干那种事?我也是人哟。再说,虽说我是个

'棒棒'，打的是光棍，可我不缺女人。现在女人怎么会缺？只要有钱，哪儿买不到？"他要我们会意地望了身后的女人一眼，女人一直伛着身子做什么，应该是个擦皮鞋的。过程中他一直带着这种力图要我们会意的笑容，和刚才那个收破烂的小伙子与老头的生硬不同。他们都被派出所传讯过，不过"当天就放了"。

黎平一边悄悄用胸前挂的相机给他拍照，一边跟他聊，"棒棒"的身体转向了那边。在黑暗的窝棚里，"棒棒"光着的上身很突出，这是成日被阳光和杠子磨炼得浑圆光润的上身。我忽然吃惊地看到：在两个肩胛骨处，长出两小丛毛，浑圆地向上生长，非常整齐，就像春天被修剪过的柔和植物。这是承受负重的竹杠子之处。

女孩的父亲还没回来。女孩换了个地方，坐在稍微更透气的、朝向阶梯的屋角，仍旧是一口接一口喘气。她的整个脸和手都大，女人说她的腿也烂了，我看到了她小腿上的一处疮疤。对我们的问话，她非常不耐烦，也许已经不理解，面对这张变形的儿童的脸，有一种虚幻和焦虑感。我忽然变得急切，伛下来面对她的脸：

"红萍，你想不想活？"

她一时没能理解，望着我。但这个问题显然起了作用。"想活的话，你就要跟我说话，我是来帮你的。你把哪些人害了你和你的事说出来，我们给你报道，让人家出钱送你住院看病。你想活吗？"

"我想活。"她轻轻地说。我勉强听得见,大概这是她能发出的最大声音,但是听得很清楚。

"你讲害你的到底是哪几个人。"

她开始说着名字,可是吐出来的是一些未成型的气流,实在难以分清,说了几个字又迫使她停下来,大口地喘气。我担心她会忽然死去。感到极大的失败。一些人开始围拢来,说些什么。幸好这时女孩的父亲回来了,他在较场口五金商场干完了一天的搬运活。这是一个沉默的中年人。女孩想进屋了,自己是站不起来的,父亲放下棒棒抱她起来,女孩浮肿的四肢耷拉在父亲身上。女孩无力的四肢和半闭着眼的神情似乎含有一种责备,而父亲佝得很深,几乎是抱不起的样子,承受着一种也许是比他搬运的五金电器沉重得多的重量,这种内心的责备把他——一个"棒棒"几乎压垮了。也许女孩坐在这里只有一个目的,就是等父亲到来,长年累月这样,只有他的到来对她是有意义的。忍受的痛苦之外只剩下了父亲,因此她的隐忍和责备就都落到了这个中年男人身上。

窝棚的顶非常低,顶下堆叠满了杂物,有的色彩很鲜亮,可以说是五颜六色,编织袋、塑料袋、废纸等。顺向一张大床,这应该是家里所有人的床,空出一长条空间,尽头油纸窗户的亮光落在这个长条空间里。床很润泽。女孩被放在床上,但她不能躺下,躺下使她无法呼吸,只能半靠着,比在屋外更显出焦躁不安。父亲不停地为她打着扇子,这边回答我们的问话。有一张纸，上面不周正的字迹斜斜的，写着事件经过，须要用力辨认。而父亲的话显得隐晦。

女孩是四个月前生病的，到一个中医处去抓药。这个中医是认识的，把脉后说"不对啊，这不该是小孩子的脉"。父亲路上就问她，她怎么也不说，父亲威胁说，不说就让她回到火车站、铁路上。澄澄就说了。为了报案形成了这张纸。"他把我叫去，拿糖给我吃，后来就脱了我裤子，压在我身上。过了半个月，爸爸妈妈都出去了，他又来叫我。他说他喜欢我。"之后小伙子和那个"棒棒"也来，有两次在"棒棒"那里，一次在这里。"棒棒"不给糖，威胁她"说出去杀你全家"，所以她怎么也不敢说。

报案之后，三个人被抓了，但他们都不承认，当天就放了。民警说，他们也没有办法，"没有证据"。女孩的病越来越严重，中医说他没有办法，他没遇到过这种事。女孩昏迷了一次，送到急救中心，开始没有钱，医生态度不好，一检查，女医生吃惊了，态度就好了，她说她没遇到过这种事。红萍的子宫完全坏掉了。加上她小时候就有心脏病，这可能是她被人丢弃在铁路上的原因。女医生劝他们去找妇联，找了也没用。一直欠了急救中心几千块药费，医生说实在没办法了，开了一些药让回来治。回来就一天天出不来气，夏天又来了。脚背上都开始烂了。

说话被打断了无数次，红萍的呼吸会忽然急促窒息，烦躁不安，要父亲给她调整枕头，擦拭汗水。对父亲的这些照护她总是非常暴躁，有一次猝然扬手打到了父亲脸上。但我还是发现，从父亲回来后，这间窝棚里可以称为幸福的东西有了一点，多了一点。母亲说过，是父亲把红萍捡回来的，特别宠她。

父亲只是默然柔和地做着这些，他长年负重的肩背现出柔和的轮廓，内心已经完全无可救药了。红萍的每一次窒息，都让死亡的感觉离这间屋子更近一些。如果说我起初在屋子外面的走动中就想到了死亡，在这间屋里死亡却真实地一点点靠近了我们，控制我们，它的阴影已经越过父亲善于承担的肩背，落在躺着的女孩身上，也许就是对这种阴影的感觉使红萍烦躁不安，而他分明看着这些却无能为力。他的力量只在于对付那些电视机和冰箱，以及对应的楼梯！我们的到来，究竟能给他什么希望，也许只是内心的温柔让他接受我们的采访和提供给我们那张纸。与此同时，黎平在不停地抓拍父女之间的照片。

完事赶紧回报社赶稿，被标题折磨。最后产生一个名字：《谁来拯救小红萍》。有点极端，但只能这样。第二天有老板联系捐款，有几个电话。有点高兴，住院、治疗这些事，还没怎么想好。

晚上突然接到黎平的电话，红萍死了。瞬间的惊心，披衣、起床、出发——已经系上皮带，但忽然倦怠，时间已晚，我让黎平去，自己躺下来。内心犹豫不安。也许我觉得头一天已经看到足够的东西，对我来说是一次现场体验，我并不真正关心红萍的死亡；我感到了自己有这种冷漠的东西。也可能对死亡的拒斥和生疏阻碍了我，从深处说，我有一种不快、隔膜的感觉。那个跟我说话，回答说自己"想活"的孩子，浮胀得似乎有点喜庆的孩子死去了。那天我们面对面很难说话，已经有什么把她和我们隔开，她因此烦躁不安。那个屋里有塑料袋、易拉罐和瓶子的鲜艳色彩，她躺在床上，急促地喘气，偶尔以猝然的动作打断什么，我们那时伸手其实已经无法够到她。

黎平带回来红萍的照片，我看了一眼。照片里现出她的父亲，他退在一边，只提供一只手臂，让她安静地躺着，但他脸部的一小条仍然不小心进入了镜头。这是一条被切割的脸，和脸上其他部分分开并且永远被相片的边界隔绝了。虽然这条脸幅度很窄，连一只眼睛也不能容纳，绝望和孤独却和一张整脸同样强烈地表现出来。红萍的脸则显得很大，保持着浮肿，但已经现出硬的变化，眼睛闭着。两只手臂平放在身边，我想起她对父亲那些激烈的动作。在这里，东西都被狭小的空间挤压，它们不得不争取空间，在努力表达自己的同时已经被扭曲，不管它们在狭小时间和体积限制下自我表达的意志是多么强烈。

坡顶有一条从弹子石回解放碑的公交线路，也是这里和隔江的城市连接的唯一道路。我没有立刻搭车回城，穿过这条路继续朝上走，一直到遥远的山上去。我向里面走，到了楼房快消失的地方，看到一个场地的入口，有石头砌的门楣，附近一个石料工场，腾起打钻的烟雾。开始有些不明白，忽然知道是公墓。

记忆之城

这里有很多的岩石，显出在一座城市边缘特别的地貌，似乎人们把可供凿刻的石头集中到了这里，打造可靠的质地。

顺台阶一步步往上走，有一种东西，强行让人安静下来。我没见过两旁这样密麻排列的门牌，不论是生人和死者，住户都不能如此拥挤。即使是刚才经过的野猫溪，泛着白沫的污水曲折下泻，棚屋区依稀保留着虹影笔下的惊心动魄，也有日常转身的起码余地。在鱼城的边缘，保存着这样一座缩微的居民区，俯瞰山下繁复的城市。

墓碑大多只是刻字，有一面碑上却镶有一张逝者的照片，在黑色石头的丛林中显得特别。看了照片，是一个美丽的女人，烫着一点卷发，去世时二十八岁，几乎就是先前墓碑上少女成人的结果。大约因为镶在墓碑上，眼神似有一种特别的美，让人一见难忘。我明白为何立碑者要耗费烤瓷的工艺，一个对自己的美有自知，别人也认同她的美的人，却早早地过世了。也许正因为这样，一种时光的烤瓷工艺，永远保留住了她的美，避免了缓慢的侵蚀腐朽，供人发现和怀念。立碑者是她的弟弟，她逝去时或许是单身，这使她的美不属于个人，又原封未动，每个到来者均可领受。这似乎是极大的安慰，却又含有更深的寂寞。

我在墓阶上坐下来，遥望山下的鱼城。两条江隔开又联系起来的城区，繁忙又虚幻。要是我的心足够宁静，我就能从这眺望里得到一点什么，留下一点印记。我的人生将有一点不同。可是我仍然焦虑急促，总想去到不知什么地方，似乎像昆德拉说的，生活永远在别处,一旦触到已经跑开。就像当年坐在梯坎眺望长江的六六,总想着顺江流而下,走得越远越好,一直到童年人事和记忆的触须完全无法触及的地方。

　　前一个周末,我搭大巴去涪陵,陈天在那里驻站。
　　车子走上高速路。一路飞驰,我深切地感到,它是怎样深入切割乡村,目的只是连接鱼城与小城市。为了追求最便捷地到达,全然重塑和重创了乡村,在原来的土地上实现了人间奇迹,似乎是含有神意的通天大道,但又像是不可逾越的天堑。原来连接在一块的土地现在是咫尺天涯。但土地只是分裂了,向两边退开去,依然保持着亲切的本色,有小小的晴明闪光或微妙的绿色形体,不停跃过栏杆,绿色的暗潮深浅过渡,从一棵树到另一棵树,从一道山脉到另一道山脉。我像顺着一条春天的大江,在祖国的道路上一望无际地前进,烟花飘落,又充满了少年的希望。直到一个孩童到来。
　　这是邻座母亲膝上一个三四岁的小孩,他对高速路上的一切都表现了毫不掩饰的惊奇,脖子扭来扭去,发出那种愉快的哼叫。忽然我们进入穿山隧道,黑暗猛地扑来,小孩发出"哦"一声惊呼。隧道里的世界无疑诡异新奇,暗红的脚灯,深处交错的孔道,笔直的暗中荡起的线条,通往诡谲的抽象,似乎会出现莫测的新世界,小孩睁大了警惕的眼睛监视着。忽然这一切戛然而止,像被谁的手掀掉,"哗"的一下尽是光明,无限且无节制的光的流泻灿烂，植物灿烂，路中的铁栏杆也灿烂，没有覆盖住的泥土灿烂，灿烂自身灿烂……这就是新世界，小孩又一次发出惊呼，像瞬间闯过了他未来无数重生命门限中的三重。就在这时，我也穿过了门限，灿烂的前景展开了，灵感像启示一样降临，那是一篇小说，《飞越祖国的广阔原野》。小说已经孕育几年，最初是从上海到鱼城来的路上，此时，它不仅自己呈现了，还向我展示了人生的美好前景，使我从昨天的记忆中松脱。

  头天罗玉英来，我"强奸未遂"。她打了电话来，说下午没有事，我问她小廖呢？她说小廖在上班。我说你过来玩吧。她来了，穿着绿毛衣，好像比和小廖结婚那阵丰满了，高了。结婚那阵，她找我帮忙租房子，我惊讶于她整个人缩了一圈，不像是当初我们住在报社印刷厂，和大家耍得好的她了。我送了两百元礼金。我们坐在藤椅上看电视。每次和她在一次，我都很心慌，想更亲近，又不会采取行动，她的神情看上去非常柔和，似乎总带着微笑，却恰恰让我有种畏忌。

  想到当初在电影院里的情节，我觉得还是可以突破的。我下决心，把她往我身边拉，强行地把她抱在膝上，她说"我不习惯"，要下来。后来趁她转身观看墙上一张裸女图片，我把她按在床上。她并没有激烈地反抗，但是说"莫这样"，她的脸上还含有笑容，一会儿又说："我不来看你了。"我掀开她的衣襟，抚摸和吻了她的乳房。我感到她的乳房很丰满，这是我以前不知道的，似乎有母亲和姐姐的意味。但又是一种淡味儿，说不上确切的味道,这又出乎我的意料,使我迟疑。也许观念中以为她会软了。但她只是说"不行,不行",双手被我按住。她说:"你的劲好大。"后来她说:"你有点过分吵。"这句话让我很不好受,我请她别这样说。她看着我的眼睛,说:"好,我不说,你让我起来行吧。"我就放她起来了。她把衣服整理好了,但是头发很乱,她说:"我耳朵都在发烧。"我为她找梳子,没有找到。她有点惊奇地说:"没有梳子。"我们又坐着说话。我说:"往后你还要来看我啊。"我心里有点难受,我想她体会到了。她说:"我会来的。"我说你别把我当成一个坏人。我觉得这句话很软弱,而且恶俗,但她说:"我知道你是好人。"

后来我们去电影院,看了新近流行的3D电影《古堡幽灵》。进入靡菲斯特的古堡浮士德之后,又有多少艺术家出卖灵魂。年轻人来了,破解歌唱家母亲留下的谜,他领受了难以形容的恐怖,穿越奇遇。我们随他时而在高峰之巅,时而在深渊之上飞速前行,或在危桥尽头等待冲撞。最后魔鬼的秘密被洞悉,纯洁的歌声毁掉了古堡,母亲焦虑的灵魂回到平安的坟墓。在年轻人的歌唱里,一个小天使浮出了舞台,来到我的眼前。他在梦中一样浮游着,用小脚丫蹴碎一个又一个梦之气泡。取下特制的眼镜,他却退到遥远的地方。

我感到事情极其奇特荒唐,一种伤感的温情逐渐笼罩了我。也许我是只能去感受女性的美和善良,却不能去追求满足;也许女性对于我就是一个灿烂之谜,温暖着我,却无法触及。就像她的乳房，嘴唇触到了，却是没有味的，近似虚幻。

罗玉英是陈天先注意到的。一次在印刷厂饭堂，他指给我："你看，那个还不错。"我往他指的方向看去。"那个穿红衣裳的，那个。"原来是和小芹在一起的。"她爱笑，长得也不难看。"说明他早注意到她了，但他那时和送报女孩走得更近。

第二天吃饭，陈天又对我指出她。这次我认准了，和小芹一桌吃饭的那个，当时她自己坐着，央求小芹去打饭，一脸的笑。我觉得她脸很圆，笑得很甜，身材比较丰满，但心里没觉得什么。

后来小芹和罗玉英一起来和我们打牌，配对起来成了我和罗玉英，我怀疑小芹不愿与我一块，当然也没什么过硬的理由。她很快与我们熟起来，也许是她随和的性格使然。她比小芹大方得多，动不动就笑起来，叫她来玩，就来了，一玩很久，你会以为她忘了回去。但其实她也知道该回去的时候。听她说，她原来还是个中专生，没有毕业，到新疆哈密打工，又去过广东。问她怎样没毕业，她只笑，不说。这是她的特性，温柔的笑中总有难解的疑问，似乎百依百顺，又让你捉摸不定。我是后来才体会到她这种神秘。

我跟她交往多了起来，其实是因为对小芹的无形挫折。我的渴念越发变成焦灼后，小芹却来得少了，路上遇见，还是那样羞怯的笑容，回到楼里，却很少来玩。记得有一次，过了很久，她终于来了，仍然是借水，让我惊喜了一刻，但倒完水她马上要走，我几乎恳求地说："玩一会儿吧。"她说不了，犹豫了一下，又说等一下再来，就走了。等了很久，她终于出现了，却只在门口，不进来，问我明天跟不跟她们一块放风筝。我当然不愿意，她笑了笑说要睡觉了，就走了。那一刻，我体会了她的心理，同时真的感到自己在走向绝境。我或者该强迫她表态，但那是危险而有几分疯狂的；或者断念，这是应该的，但又太难。

那些夜晚，我一成不变地坐在书桌边，却像在火与冰之间度过，一会儿兴奋、急躁、按捺不住；跟着却又废然，并且觉得自己已注定悲剧，人生无望了。没有料到的是，在这样的时刻，罗玉英温厚地出现，像守时的信使，善良的使者，没有熊掌时的鱼。我请她玩，她大大方方坐下，我给她看书，看那本《老相册》，里面哪个小女孩乖，我常逗得她笑起来。后来对面坐着，不知玩什么好，她就把那副牌拿着一张一张地看。她真是百依百顺却神秘难解，这是我经历的莫名时刻！我说不会打两个人的牌，她说"那我来教你吧"。我们就PLAYCARD，这还是小芹教她的，这样一来，长久的时间就变得适意，从事物面上轻柔流过，而不压伤什么。

有了轻松的心情，我常常能审视她，觉得她确实长得不赖，端庄而善良，主要是有谜一样的善解人意或者不解人意。她的皮肤可以说没有一丝瑕疵，这是鱼城女孩普遍的特征。我盯着她看久了，被她发现，会瞧我一眼，笑了。这一笑跟小芹的全然不同，分外亲切，却同样不可捉摸，搞不清她是无心的呢，还是看穿了你的一切，只是由于心地好，不讲明。

渐渐地，我和罗玉英来往比和小芹更多了。听她讲火热的哈密，那是她不愿意提及的；我和她在一起，从"亲密"的程度上说，远远超过了和小芹。我可以拉她的手，长久地握住，就是在这时我感受了打工妹的手是多粗糙；我为她打过辫子，其实我打不好；又请她自己打了给我看，她也顺从地打好了，因为没有皮筋，用手指捻着辫梢，似乎含一点羞窘地露出不可捉摸的微笑，让我看了再毁掉；我很可惜那无端的毁灭，却感觉不能说服她；我是谁？这是一个伤感的、消沉的问题！

我可以称赞她的眉毛、腰身，这对小芹是不可能出口的。但在那段时期，我始终没有感到类似对小芹那种心颤的东西。在我与她的交往中，缺少一种东西，类似抚摩元素的魂气，不知她又是什么感觉。有时会觉得她玩得太久了，感到她可能缺少一种灵敏。实际上她也不过十八九岁，虽说看起来要老成些。

这种情况一直持续到国庆。

那之前我走出了校对室，做记者。做记者这一天，是我和陈天一直盼望的，临到却是对我们的一次袭击，是以前到鱼城以来遭到的袭击的总和。

那天清早，我同往常一样去上班，替别人校完《夜雨》（按陈天的说法，这是一场下不完的霉雨）版，忽然有人进来叫我和陈天，告诉我们就此出去了，到经济部，做房市专刊，陈天说那是一个好缺，我却有点担忧。等到了经济部，却没听到人提这回事，让我们当天就上街，跑新闻。没人有工夫带我们，也没任务让我们跑。

茫茫鱼城，倒像是苦海。凭着开头的一股冲动，也可以说是新鲜劲，我们上了大街，苦思冥想得到一点想法，去找可能的"新闻"，自然是十室九空。

这样，感觉忽然完全改变了，跟在校对室里是两个对立的世界。在与打工妹的关系上，忽然也就完全改变了——有一种东西放开了，或者说失掉了。我在小芹面前，抽筋似的忽然大笑起来，什么都敢说了，对啥也不心慌了。这也类似一种突然袭击，小芹不再躲我，她失去了方针，我和打工妹们的关系，从面上看起来，急剧地接近了，几乎是达到了我本来的理想——其实我的理想又是什么呢？

当然，我不会再给她们看诗，试图让她们听一点"非常适合女性听的"贝多芬的小品了。我听罗玉英说她喜欢赵传。我忽然也难抑地想起赵传。西安的岁月，店前拥挤的街道，"我很丑，可是我很温柔"，夜晚是骄傲的巨人，可阳光下，店前拥挤的街道上，回忆起自己也不过活在一碗酸辣肉片的边缘，在食堂边、城根下、教室外的寂寞。小寨，我和小絮的约会岁月。我们是两只快乐的小小鸟，像清风上一个网友的名字：快乐时忧郁。为大街上漫步的每一步，以后得付出代价，而且谁知道？——也许是以后幸福的积累，是蛊惑人心的谜。

傍晚，我走上大街，来到已知的地点，买了一盘赵传的带子。是十年精选版，深色的封面，赵传的暗淡的大头。（小絮家店旁，有一个叫大头的男孩。他长大了，去了河北，开始在一家加油站当保安，因为被怀疑偷窃离开了，后来去清真寺看电。）拿着这盘带，去到大街上，我心里似乎一震，忽然也想到了罗玉英可能有过的孤独岁月，对每个人的难忍的试验啊，约伯的漫长生涯。从学校到新疆，从新疆到广州，从广州回鱼城。陈天说："人家，啥都懂。"赵传，这个消逝多年的名字。谢霆锋和《还珠格格》，是小芹喜欢的。罗玉英那谜一样的、沉默的微笑，有了令人心痛的意味。我的伙伴、城市夜色中渺小的知情者、沉默又广大的夜晚，有神性也有诱惑的气息。我把这盘带子送给了她，她和平时一样，没说什么就收下了。

　　我忽然越来越倾向罗玉英了，这不该说是一盘磁带或一个傍晚的效果，和她在一起，感到和过去不一样了，有了心慌的欲念。但这次的欲念和前次的焦渴不同，来得柔和、平缓，含着一种近似的抚慰。同时，小芹在我眼里，渐渐显出了缺点，瘦得太厉害，举止有些不自然。其实这还不是主要原因，那种神秘的、心跳的感觉忽然不见了，无形的物质无形地消逝，我们的关系就完全变质了。这不仅是我的改变吧，一定也有她的。也许是她和我共同度过了一个微妙的时刻，也许是危机，也许是机遇，看你怎么想它，但一旦消逝就不会重来。

　　据说，有人在为她们介绍男朋友。但小芹却像不想谈的样子，她自己说，有些打工仔说"怕她"，她有些严肃。她们都只打算在这里待上一两年，说不定一年还不到，又会去了远地。我问她："你这样一直打工，有没有想过往后怎么样？你们不想吗？"小芹说，她也不知道怎么样，不想。我问她家里的情况，小芹不肯说，倒是代为说了罗玉英的家境：她家只剩一个弟弟在上学，母亲长年挑担子转四乡卖小货，父亲出门打工。

有一次听说罗玉英回家了，请了个把周的假，第二天却在宿舍楼看见了她，问她，说家里没人，母亲挑小货出门了，弟弟又在学校寄宿。罗玉英的父亲是去年年底出门的。路过鱼城，罗玉英到车站去接，晚上十点才回来，却是一个人。原来，父亲没出火车站，和一些云阳老乡当晚十二点又要倒车去广州，罗玉英要等到开车，父亲怕她回来迟了危险，叫她十点就回来了。罗玉英买了一袋橘子叫爹提上。

元旦晚上，听说人民广场放了烟火，在枇杷山顶上。小芹她们到朝天门看了烛光游行。说是一人一支蜡烛，灯全灭了，有一万人。初一晚上我休息，小芹、罗玉英她们也放假，说到人民广场还会放焰火，我们就去了。到上清寺附近，人非常拥挤，沿街走过去，也不知远近。到了广场，喷泉很高，到处是灯，广场上大圈的人跳舞。我们站在近前看跳舞，有老年人和小孩。忘了音乐从何处来。看的人比跳的人还挤，轻易进不去。罗玉英挤到老前边，我们好不容易找到她。看她定定地看，似乎还露出微笑，我说"你也去跳呀"，她说她不会。

我们面前有一个女中学生,还挎着她的书包,每当她转身的时候,一只手臂高扬,另一只却按着她的书包,动作比周围人稍小,有一种压抑的情态,但踢腿又是特别用力的,脸上是沉静的表情,似乎有些矜持又决意不顾,或者不过是书包影响了她,我们看了她很久。后来我们走上大街,树都缠上了发光的链条,整条街长长地发光,像两条光线,像新修的鱼澳桥身的光带。那桥老板是何厚铧。

人群渐渐散去,罗玉英忽然想起,约好这时给她父亲打电话。父亲打工的地方没有电话,只有一个老乡有传呼,这个老乡和父亲还隔了一段路,只能由罗玉英打传呼给那个老乡,说定什么时候再打传呼过去,由老乡通知父亲到那时和老乡待在一起,等着看到传呼给罗玉英回电。这么联系很难,经常在哪一环节上出了问题,直到现在,罗玉英和她爹还是没能通上电话。今天因为玩忘了,时间稍微过了,这一截大街上没有电话亭,恰好我身上带了一张IC卡,打了两次过去,不见回,只好一路走一路再打。罗玉英有点急。我说"我新买了手机,你打吧"。罗玉英有些不好意思,说"那就费你的手机费啦"。她不会打手机,我帮她拨好了,等了一会儿,电话回过来了。我按了接听键,递给她打,在耳边贴得很紧,这一刻她有点像职业女性了。打了一阵,放下手机,不说什么,问了才知道,父亲等过了约定时间,已经走了,要赶回去加班。

人民广场的游逛过后几天,小芹的手受了伤,是发肿、酸痛,也没有缘故,谁也说不清为什么,好像跟装订的活有一定联系,应该算是工伤,但厂里没管。我怀疑是加班太累,她的手太瘦,得的腱鞘炎。问她看医生了吗,她说去了一个诊所,扎了一针,她自己又买的跌打止痛膏贴着。当时她已拖了半个月了。我想说你这样敷衍不行,要找医院好好看,又没说出来。

再过了两天,小芹来我的房间,手大体上好了,脸上酒窝却全然消失。问她,说是新换了一个组长,是前任组长的对头。前任组长喜欢她,新组长就故意排挤她,挑她的刺,扣钱,说些难听的话。加上她的手还没完全好,一时赶不上别人的进度,组长就更不待见她,她也不想干了。

我问她不干到哪里去她又笑了,说鱼城那么多地方,哪里不能去。她这一笑有深沉的意味,像站在秋天末尾,面对整个冬天的苍茫,无话可说。又想起她墙上的励志标语。

果然她走了去什么地方也不知道,消失了。罗玉英似乎是顺带地告诉我这个消息的时候,我不知道心里是什么感觉,宿舍女孩们并没组织一个聚会来和她告别,那几天忙着加班。在人民广场的游玩,算是最后的纪念吧。

心里仍然有个遗憾。在那之前我打算写一篇稿子,叫《三个打工妹的一天》。我找到罗玉英,要她和小芹给我讲讲。她们说"我们有啥子写头"。我说要的就是平淡。还缺一个人,不能都是印刷厂的。罗玉英说:"有个姊妹在一家火锅店,见不见?挺乖的。"

晚上，我们三个去那家火锅店。经过南坪正街和一个正在施工的狭窄巷子，走上比较幽静的一条街道，是属于南坪区委的，拐角有一家电影院。跟我们一块来的，是那个我们要见的女孩的男朋友，也是印刷厂的打工仔，他进街对面的火锅店了，我们三人就站在电影院前等。那天电影院似乎没有放电影，也可能这是它的一般光景，橱窗里有招贴画，是关于不久以前的一部电影的，我们三个人都看了招贴画，然后又扭头透过大玻璃窗，看到那些人在吃火锅。

等了一会儿，小伙子下来了，说我们只好等。时间很漫长，等待中我们不知说了什么话，得知她每隔一天到印刷厂找他，假如查得不严，罗玉英那里可以睡；严，他就送她一路走回来。穿过三四条大街，到了，他再独自走回去。或者他去找她，两人会一直在区委的广场上待到夜深。那里有很多菊花。后来，终于等不住，原来火锅城并无一定的下班时间，客人没有了才收场。我们先回去，小伙子还在电影院前等待。也许隔着街道和玻璃，可以望见她，在端菜或擦桌子。

我们三个顺着大街走，这真是鱼城最幽深的街道，两边都是暗黑的单位，想见白天它们铺了瓷砖的洁净清冷，公务员拿着一沓文件，走过有风的穿廊，还有住宅区。来到广场，夜色围拢来，花确实非常多，那个时令菊花正繁，还没有感到霜意，馥郁地开放，街面和台阶有一半大团大簇覆着花朵，鱼城的小广场。

在我低头观察一朵花的短短时间，罗玉英忽然就不见了，我怅然若失，半天才发现她在花坛中间，她像在那里面躬身采什么，但其实她根本不会采，这里自然是禁止的。小广场上只有一两个人，都在花香中老去了，没有说话的声音。也许说了一两句，却在漫长的时间中不记得了。

走上另一条大街，这条街和我熟悉的不同。车不多，路灯昏黄的光洒上人行道地砖，地砖像是费了心，黄和浅绿显出微妙的配合。树小而密，似乎一些捉迷藏的人。小芹老想淘气，拿了一个小皮筋弹我的手；抓她又很难抓着。罗玉英走在前面，回过头来问我啥子，她穿的鞋跟比较厚，我就问她是不是松糕鞋，她说才不是，她才不会穿松糕鞋。我说是呀，穿松糕鞋的都是坏女孩。她好奇地："怎么坏了？"我说："你们女孩自己才知道。"她冲我瞪眼，她的瞪眼也是柔和、调皮的。小芹忽然断言我在变坏。"当记者的都要变坏！"我说我不会，心里却发虚，又想到一句"男人不坏，女人不爱"。不知谁想出这样有道理的怪话。

她们都很高兴，说话很多，我们谈到了家乡、鬼和男朋友。小芹揭发罗玉英有过一个男朋友。罗玉英打她。我跳起去抓树，没有抓到。我又要她们做我的小妹，我是大哥。小芹说"好呀，做大哥就要照顾我们哟"。我跟她们打赌，能一只手一个把她们提起来。我们那天顺着大街走了很远，就像火锅店的女孩和那个小伙子，景色又渐渐改变了，更为空旷，我想到了江边一些远地方，礁石和石滩。有点迷了路。回印刷厂的路线最后是我们意想不到的，坐上一辆三轮车，竟然拐一个弯就到了。花了冤枉钱。

我写出了《三个打工妹的一天》，里面提到了陈天的送报女孩，代替那个没见到的火锅妹。稿子受到严厉的批评，说是没有新闻由头，没发出来。我和陈天也搬离了南坪，在解放西路的报社大院重新安排了宿舍。和打工妹们在一起的日子就此远去了，似乎是随风而逝的线头，再也不会捡起。

在灿烂阳光下，我开始犹疑，是否仍要抱着先前的意图。

"来嘛，我给你找个涪陵师专的小妹妹……"似乎是很久以前，陈天这样说。从那时起，几次打算去都没实现，头天说好了，第二天陈天临时有采访任务，我只好还待在城里。妹妹是个鱼城特有的词，初到鱼城，我惊讶于这个词的滥用，这曾经是我的秘密词语，那时含义多不一样！九岁那年，我和母亲还有谁走过沙梨子树下，谁开玩笑说，过几年，该给他娶个小媳妇。我并不喜欢谁这样说，我心中涌起的是对于妹妹的温柔渴念。一个小爱人，一个词，我可以在稳固的关系里武断地爱她，而不需回报。这个词于是永远消失了，内心里糟了一块。

我开始想死去的沈文明。陈天从他的老婆陈芬那里得到了那份哲学手稿，整整五千字。这次去涪陵，目的之一是要看到这份手稿。这样想使我的心平静了一些。

上次陈天从涪陵回鱼城，祭奠沈文明的周年。这次出发前，我看了今天的报纸，上面意外地有报社的一个人悼念沈文明的文章，原来他是沈文明的中学同学，是和陈天一起去扫墓的。文章里有句引自沈文明手稿的话，是他死后由妻子刻在墓碑上的："出脱犹如露珠跃出水面，刹那间照亮理念之海"。这块墓碑在墓地里一定很特殊。陈天说过，手稿本来有两份，一份是前年写的，当时沈文明陡然觉得自己开悟了，就写了几千字。后来他觉得自己又开悟了，推翻了以前的思想，就重写了一次。"这部手稿解决了西方现代哲学的所有问题。"陈天说的话使我惊讶。他打算花很长的时间，把手稿中的思想阐发出来。

两个很长的隧道一过，长江出现在阳光下，山坡上白色的建筑有几分迷蒙，涪陵到了。我给陈天打了个电话，他让我到涪州大酒店找。他住在那里让我有点吃惊。

我来到涪州大酒店大堂，陈天下来，把我引到他的套间。我问他这酒店是几星，他说大概是两星。低矮的、地毯吸收足音的走廊，隐秘的门，细纹木镶嵌的套间，地毯和木柜，整幅大窗帘，幽暗的空间，一切都有舒适、精致的暧昧气氛。我打开窗帘，阳光唰地透入，十二层的窗下是车流的深谷。我说陈天你过得舒服啊。他说："你干吗要开窗？我不喜欢光线。"我坐在沙发里，茶几上一个削了一条缝的苹果、一把打开的刀，陈天说这个苹果已经放了几天了。"都在纸箱子里呢，你自己拿。"纸箱上搭着一张报纸，我揭起报纸，空气中闻到腐败的苹果香味。

打开纸箱，大部分的苹果已经烂了，陈天说他很少吃。我费了很大的劲才找到一个好的。我想到再下去，苹果会烂完，却浑然不觉。

我把苹果几乎连芯吃了——我总是这样把一个水果吃完，它们滋味的秘密都在芯里。然后我们下楼，来到饭堂，就在酒店的底层，宽大的堂子，一色的木桌椅。陈天为我点了一个菜，是竹笋之类，他说他最喜欢这个菜。我看着服务员来去。有点热，夏天要来了。陈天刚在街上买了一份报纸，我拿起报纸，又看到了那篇悼念沈文明的文章，拿给陈天看，他忽然非常愤怒："他写啥子文章嘛，他懂沈文明？"他摔了那张报纸。原来文中那句"这个四川大学的哲学硕士生，死前正在向往着北大博士的身份"激怒了他。我也觉得这句话非常差，北大博士对沈文明来说应该算不了什么的。"我真想打他一顿！当时就叫他不要写，他偏要写。"这顿饭几乎报废了，带着难过的情绪，我们又回到屋里，看电视。

我看到茶几上有两盘武侠电视剧带子，《绝世双骄》，陈天问我看不看。我说这有啥好看。陈天说："这可不是《绝代双骄》，也不是《绝世双雄》。"这我都记得，《绝代双骄》是古龙写的，《绝世双雄》似乎是周润发和狄龙演的？我说我们出去玩吧，陈天说没有啥好玩的呀，他除了采访，从来不出去。我说去看白鹤梁。白鹤梁是涪陵的名胜文物，江中一块石头记录着历代水文资料，还有唐宋以来诗人的题刻，包括李白、杜甫的。

2003

三峡库区蓄水，白鹤梁就要被淹没了，现在正在紧急施工保护。前两天，我看到过陈天写的一篇新闻《再看一眼白鹤梁》，说涪陵人三五成群，趁工地未封闭，再登上一遍老白鹤梁。自从库区蓄水以来，白鹤梁才忽然从沉寂变得有名和重要。陈天说现在已经开始施工了，怎么看啊。除非带你去灵山，可是又太远了。我问有多远，陈天说要两三个小时，主要是没有车子。我沉默了，想到那座山，在陈天的稿子里，山似乎是墨绿色的，盘山而上，山顶有极大的草场，中心还有陷下去的天坑，凉风迎面吹来。这到底是我的想象，还是陈天的稿子，或者是高行健的小说？《灵山》的名字奇异向往，后来有了一本盗版的，翻看全是少数民族巫加性，大失所望地扔下。当时在网上看到高获了诺奖，嗓子发抖地四处散布，西安一个朋友死活不信，他还参加过什么"走向诺贝尔"文学班呢。之后再翻出来，是对着里面几段性描写手淫，为此确实在我枕边躺了很长一段。多少作品被我如此使用！包括戈尔丁《金字塔》《洛丽塔》，不是说我对这些作品缺乏敬意，其实简直可以说我因亵渎更珍视它们，我们之间的关系是旁人难以到达的。打电话给高老师，高老师也不是特别佩服，但说它写得很精细，"没有人这样写那个时代的"。

"要不我们就到江边，远远看一看。总得出去啊。"我知道这对陈天是难事，他只喜欢待在屋子里。"我带你去易园，可以不？"忽然他说，我一时没听清他说什么。"就是理学家，程颐，两兄弟，朱熹他们一起的。"我懂了。"他兄弟叫程颢，

'程门立雪'的典故。他是朱熹的老师吧。"但是程颐怎么跑到涪陵来了？他祖籍是涪陵吗？"他是流放来的，在易园写了《周易大传》，在文化史上都有很重要的地位吧。这个园子也在江对岸，我们可以过江，也能在远处看到白鹤梁。"

街上有些拥挤，暑热，但仍然是很好的一座小城，毕竟曾是国都。往下走，临近江边，路忽然杂乱起来，"这是在修长江大堤。"同样是由于三峡蓄水，水位升高，城市要保护自己。泥泞的小街，堆着沙子和石条的工地，卡车轰鸣来去。一些船靠在工地尽头，我们有些迷失方向。在跨越那些石头的时候，我对陈天说："我做了一件事情。"陈天问我什么，我说是一件事情。"强奸。"陈天似乎吃惊，说那要不得。"未遂。"陈天问那人你认识不认识？认识，是我的网友。陈天说那不算强奸，只是你没有掌握好过程。"她是谁？我认识不？"我不想告诉他是罗玉英。你认识。"她有什么职业吗？"我撒了谎："是大学生。"实际上在鱼城，小絮离开之后，她是唯一定期来看我的朋友，虽然很久才来一次，却像潮水那样有信。她还会来吗？陈天说不能这样，这是疯狂的。"我看你就要疯狂了，要赶快打住，宁愿去找妓女。"我的心里有一种伤感的意味，又想到陈天说的"涪陵师专的小妹妹"，但是他现在没有提起来。

我们到了易园入口，有一座牌坊，刻着"学达性天"，我以为要收门票的，不料庭院寂静，甬道两旁灌木几乎压到道路上，没有游人的踪影。岩壁上的李白题诗已不可寻，黄庭坚手书镌刻的"勾棘园"几个字，渐渐被水痕湮灭。泉水渗漏而下，形成一个小小水潭，来这里的人必喝此水，我也未能免俗。倒是一些近代邑人的手迹还鲜明。十年前修的长廊和廊顶程颐的事迹，彩粉油漆已经剥落，近似古迹，似乎受了这地方气质的熏染。

我们没有看到那个洞穴，程颐就是在这个洞里栖身，写作《周易大传》。被一个在崖下水潭挑水的老太婆拦住，说是又有老板包下了这块地方，里面在搞开发。"你们没有看见门口写的'小学生不要入内玩耍'吗？等到开发好了再来！"附近有一所小学。我们只好退回来。她一直盯着我们，我仰头看程颐的生平彩绘，她催促我："怎么还不走！"陈天说，他来采访过她，写了那篇稿子《易园被整惨了》，可是她已经不认得他了。

我们坐在葱茏的枝条下，眺望刚才渡过的长江。近旁有一伙少年在玩牌戏，也许由于阳光的强烈，他们的活动完全没有声音。我们聊到江中隐约可见的白鹤梁，一些人依稀在上面忙活，设计了一个水下博物馆的方案，也就是一个玻璃罩子，只是不知道到时水有多污浊，玻璃罩能否耐受腐蚀；也许涪陵、鱼城到时都会成为臭港、死港。清污工程闹得震天响，主城区的污水不还照样汹涌排放吗？我想到前不久，在红岩村附近看到了鱼城最大的污水瀑布，从七十多米的高度跌落，酸雾腾腾。当时想做一篇稿子，遇上鱼城召开AAPP会议——第一个大型国际会议，国务院领导亲莅主持开幕，有关部门打招呼，其间一律不准发负面报道,连中性报道也不能有,必须是正面报道。稿子就卡死了。

聊到涪陵是巴国的都城,涪陵的名字由来是巴王的陵,巴人被楚人打败,于是说到鱼城的巴蔓子将军墓,被压在一幢大楼的后座下面,入口被封死,垃圾遍地,外面是个家具市场,那天我去,找了半天才相信是那个入口,却又被一道铁栅门堵住,只见到垃圾,根本没看见坟。长江对岸,涪陵躺在阳光下,远山连绵,不断有灰色的小房子蹲踞成群,令人想到久远的巴国古都,其实是三峡移民新村。谁都知道这里即将发生千年不遇的变化,我们在船头看到的乌江和长江合流的汹涌,将为一片混浊平静的水域取代,这是自古巴国以来没有的事。

聊到巴地独有的"巴山夜雨",涪陵下雨的夜晚,陈天喜欢一个人待在酒店里,拉上厚窗帘,听着经窗帘过滤了的雨声。城市忙碌的响动停了下来,也像是被绒布吸收了,陈天莫名地会想到小时候。只有这种场合,陈天会想到他的小时候,他让窗帘留下一丝缝隙,手里的烟丝顺着缝隙逸出去,飘散在夜晚无垠的细雨中。聊到太极图的推演方法;三年前买了这地皮的开发商,雄心勃勃要建"演易八卦台",只弄起一个空架子,庞大灰黑地竖在前方,因为破了产资金无着落了,江面上远远地就看见,很怪异。

聊到江边正在新建的大堤,聊到三峡大坝的裂缝,多达数十条,大的可以插进去一只拳头,当初扶持三峡工程上马的专家们也不敢拍胸脯保证了。那是南方某杂志的一篇文章,我麻着胆子转载到周刊，竟然获得通过。聊到前一阵我们一起去报道的丰都"鬼城"，那是生平我们第一次联手做报道；清库第一爆就要拉响，刘伯承眼睛受伤的会川门，刀山镇鬼的城标，将随老城沉入水底，对面新城矗立，想和鱼城、万州联系起来，大步迈向现代化中等城市。在县宣传部招待我们的宴席上，陈天却和宣传部部长对骂起来。部长先说到陈天连续写了几篇丰都的负面报道，意思是希望陈天表个态，陈天只说："你不要提那些。"部长说着说着生起气来，嘴里嘟囔："你写就写，有啥了不起嘛？我死猪不怕开水烫，你一个小记者……"陈天勃然骂道："你一个小部长，算个啥东西，你想咋的嘛！"

形势陡变，惊异的沉默后，旁边人连忙打圆场，宣传部部长也意识到失言，口齿不清地想挽回来，"兄弟""支持"之类，陈天也唯诺了两句，后来两人又碰杯。宣传部副部长也在座，没有出声，下来告诉我们，部长是转业干部，水平是有些问题。我们说作为宣传部部长，他确实不应该说出"死猪不怕开水烫"之类的话！那也是我初次领教陈天的另一面棱角。

在易园旁边，陈天还告诉了我另一件事。在黔江驻站的时候，有一次陈天到山顶一个小学去采访，学校里有一对右派夫妇，当年下放后一直在这里教书，已经四十多年了。相比于当初的程颐和黄庭坚，他们下放的地方更为偏远。"文革"结束时有机会回城，他们没有回，后来这种机会消失了，他们也没感到多大损失。学校条件很差，墙壁底部已经剥蚀了一层，底小头大，有些地方拿木头撑着。厕所的围墙也倒掉了，遮不住丑。

男教师向来者反映，希望教育局能拨钱修一修。同去的宣传部的人说政府会考虑，只是政府财政也紧张，你们要自己多想办法！那些人口气很凶，陈天觉得难过。两夫妇穿着有些像农民，神情极端柔顺，多少跟陈天心目中"右派"的样子不一样，也许是下放得太久。谈话也是用黔江本地方言，但又觉得其实就该是这样的。他们只能是这个样子。

老夫妻住着一间单身的宿舍，没有孩子，宿舍里只有书和作业本是用心摆放的，其他东西都是散放，由于缺少器具，衣物都装在一口木箱里。两夫妇带的班级太多，床上还摆着一沓作业本，最上面的一本是打开的，红笔打的对钩还没有干，这个长长的、鲜红的对钩让陈天很难过。走的时候两个老人送出来，送得很远，陈天给了男教师两百元钱，男教师拿着钱不住地感谢，宣传部的人却吼他不要乱说话，教好书就行了。男教师答应着。高处的学校有一种微光，走出很远，教师送别的身影还站立在微光里。

回来的车上，陈天突然忍不住了，他大骂宣传部的几个崽狗仗人势，不是东西。那几个人嘿嘿地笑，说"陈天你发这么大火干什么"，陈天说："老子看到你们这些崽只知道欺负人，人家比你们高尚一万倍。你们算什么东西。"几个通讯员跟陈天混熟了，知道他脾气大，也不说什么。

陈天打算认真写这篇稿子，但稿子写得并不好。因为跟他最熟悉的通讯员小刘一直待在他这里，晚上小刘又说一起出去耍。陈天本来想写稿子，但忽然想念蓝与白夜总会里那个妹妹的小白兔了，那对小白兔大得出奇，每次她喊陈天喝酒的时候，陈天都会对这对小白兔举杯致意。一想到这一点，一阵风暴传遍陈天全身。跟小刘一起出去，半夜才回来，第二天一觉到下午醒来，头天的感觉变淡了，截稿时间又紧，怎么也唤不回当初强烈的印象。

"这是我觉得一直欠那对教师的。"

提到黔江，我们又聊到前一阵在彭水发现的长孙无忌碑，当时陈天写了稿子，为长孙无忌的地位，打电话问我他的碑算不算"国家一级文物"，我说应该算吧。陈天说，彭水在当时已经非常发达了，它的老城，现在只是一个镇，当时人口竟有十万人，主要是产盐和硝，借乌江水运抵达四方。很多文化人和重臣流放到那里，似乎是一个专门的流放地，包括长孙无忌、黄庭坚和程颐等人，黄庭坚曾乘船沿江而上，来涪陵看望程颐，也可能两人席地而坐，像我们这样对着两江口聊天。

我进过乌江，说"进"，因天地变得高耸而隐晦，孤独的野兽拱起的背，没有穷期，离日和月都远了。乌江在隆起中深切下去，前往地狱的曲折道路，或是天地穷尽之处。

头年临近春节，我从鱼城出发，顺乌江上行，在"边城"茶峒进入湖南，顺屈原走过的沅江下行。我的计划中包括洞庭湖、君山、屈原祠和汨罗、我去过一次的长沙、湘水、回雁峰，打算用年假半个月的时间游历。从朝天门坐船到涪陵,换船上行到了彭水,这是一座近乎黑色的县城,似乎哪里还保留着当年流放的矿场气息,县城旁边的江岸,也确实有两座正在开采的矿山。我和一个乡下进城开三干会的乡干部住在旅馆的三人间里,床单盖着晦涩的床罩,有一股莫名的烟味。

他回来得很晚,把随手提着的人造革公文包放在床头柜上,躺在铺位上开始抽烟,我们聊了几句。对于有人会到彭水这种地方来玩,他完全不能相信,只是摇摇头。我问到他自己的事情,他也只是摇摇头,似乎不管是他来开的这个会,还是他在这个地方的生活本身,甚至他土家族的身份,都是极其沉闷无意义的事情,至于那些遥远的流放典故,更是毫不相干。只有身下不干净的床铺和嘴里烟丝的苦味是真实的,自然这也没有什么重要,他的报销标准就是一晚三十元。

或许受到他的影响,我放弃了去盐场看看的心情,一早坐船上行到龚滩,急匆匆地换车。在酉阳和秀山的交界,我第一次看到了想象中南方的山峰——雾气很大,下山途中,车子疾行,路旁雾中忽然出现三座山峰,纯粹是青色的,有一种虚幻的倾斜姿态,它似乎是特意昭示在马路的界限之外,另一个世界另一种可能。但它们孤立地出现不是没有原因的,我是错了——我看到了它们来自的空青色山谷。

这个山谷更为虚幻,它开放着,对现实——公路、车辆包括旅行进行否定;它含蕴深远,从出口看不到任何未加遮蔽的景象,一切还在生成又在消失。瀑流、溪水、云雾、空青岩石,所有这些迹象,拥有了一种虚幻的精神,造成和现实对立的生气的境界。就在路口,我可以下车,甚至还看见了一些农民。我将向深处走,可能在某一点上,看到的东西,使我的生活不同了。但我只是待在车窗内,路口飞快地流逝了。下一次我一定会下车,进入山谷,我想。但是这样想的此刻,我本来还是可以下车的。这使我心虚。

我去了茶峒。街上拥挤得奇特,也许是还保留着赶场风俗,到处只是鸡鸭,没有什么翠翠的身形。我想顺流而下去到洞庭,却忽然担心起来,从怀化回家乡,去找先回家的小絮了。这一趟计划中的游历,终究半途而废。

眼下忽然奇怪,到底是什么支撑着古代的流放者,走完比我们现在艰难的旅程。他们的寂寞应该大过我们千倍,甚至他们也比我们脆弱。是什么支撑着王昌龄、李白和程颐?只能是一种神奇的、已经在历史中挥发的力量。我们一点也没有想到何伟,这个几年前来到这里又离开的外国人,和我们眼下聊的古人相比,简直就和我们一样不值一提,难以理解不久之后,他会比所有古人带给这座江城更大的名声。

聊到女人和性。陈天说,他在下游万州驻站时,曾经因为一个女人的传呼,中午出发赶到梁平,傍晚搭上火车,半夜到广安,七个小时后,他又离开了那里。那就是他初恋的女友,"她发传呼的时候,孩子和丈夫都出门了。我到了那里,觉得完全变味了,她人老了不少。我们躺在别人的床上,我觉得非常难受,当然她也知道这一点。天一亮我就坚持走了,以后,我再也没回过她的传呼。自从那一次,我和她之间的事情就算最终结束了。"

停了一下,他说,人的一生就是不断结束这些事件的过程,只能一件一件地结束掉,否则心里就会不安。

"但是又在不断地出现。"我说。陈天笑了:"当然啰。但是青春时候的东西和以后不一样。你可能不相信,我从六岁起就有性欲了。我爱一个插队的女知青,丰乳肥臀。她洗澡时我偷偷地看。她坐车走的时候我在山顶追赶,攀了几面山,直到脚下是悬崖,再也不能迈步。我一直想再见到她,看她现在是什么样子,也许就把这件事结束掉了。她应该是老人了。但是我一直没有去见她。"我说不出什么话来,想着自己贫乏的童年和青春,因为上学早,受人欺负,懂事也迟。初中和一个小女孩同桌,我们老打架。高中时初次遗精了,但没有女孩会正眼瞧我这小不点的。我有些惘然。春风吹拂,近处脚下黄绿色的长江,远处混浊的乌江,对面的涪陵城,宁静中透露着活跃。山坡上蹲踞着众数小丘,延绵牵连,奔向远方。

也许为了解嘲,我想听陈天聊一聊怎样把一个女性弄上床,陈天说无法说清。我一再要他教我,他说:"这很微妙,行就行,不行就不行,到了哪一步都不行。"陈天曾在经典书店里"搞定"一个女的,先是彼此看书,后来交谈了几句,他就说:

"走吧，我们到一个地方去做爱。"于是走。我们说到万群，朋友们当中流传着他和一个出租车女司机的故事。他搭乘女司机的车，问她要电话号码："哪天见面，聊聊吵。"女的把电话给了他，微笑了一下。过了两天，万群给她打电话，她来了。一进门万群就拥抱她，她笑了："我一看就知道你想的是这个。"事完了她走了，不再联系。我充满惆怅，又感到渴望。也许我们的聊天正走在九十年前都柏林那条向前不断延伸的路上，同样是春天。

陈天比我大七岁，他也许就是布卢姆。我——史蒂芬向他提出师专小妹妹的问题。陈天却说没有，他不喜欢小妹妹，没有留她们的联系方式。"她们还在上学！"

如果可以，眼下史蒂芬还想走得很远，不喜欢户外运动的布卢姆却立起身来，带他离开谈话的绿荫，离开了那帮对我们全无干扰的少年们。

走在通向江边的下坡路上，四处都长出大量喜爱春天的小的植物，甚至是微小的，容易一脚被溅到泥里去，却在路旁形成了另一世界，这世界小却是否定不了的。是陈天手机响了，主任让他今天写一个稿子。陈天关了机说看嘛，我今天还要写稿子。随后他打电话给一个人，问他有没有稿子，这是他在涪陵的通讯员。我有些担心他喊这个人和我们一起耍，又担心陈天将要写稿子，似乎面临一件沉重的事情。

这时我已经走到江边，江边有很多暗红色的光润石头，我拣了一两块。这是一种深邃的石头。陈天告诉我是三峡石,很多人拣了收藏的,越往下游走越多。"有人专门就拣这个,像有人一生搜罗根雕。他跟那个东西完全成了一个了。"好的都被拣光了。陈天和我谈起一桩案子,他称作"经典的":××县的法院院长被法院副院长、刑庭庭长、法警和××中院常委、纪检组长诬告嫖娼,后来加码成强奸,副院长和自己长期嫖宿的发廊妹商量好了,还找了另外的发廊妹做证。由副院长向中院纪检组长检举,组长又授意他的弟弟用左手写信,捅到鱼城主管政法的副市长处。调查组下来了,证人证据都齐了,但那个发廊妹怎么也找不到。调查组已经准备走了,打算回去就通知院长双规,他们先在街上吃早饭。这时发廊妹却离奇地出现了,而且她刚出现在××,就被正在吃饭的调查组人员撞见了。

"原因是这样的,那女的本来已经走掉了,是副院长安排她躲的,那天晚上她回来拿钱,遇到了她的姐妹。那个女的在接客,客人有两个,接不过来,就劝她也接一个嘛,她就接了。过了一夜,早上客人还要耍,就又耍了才出来搭车,就出来迟了,就撞见了。"但是更经典的情节在下头:叫她指认那个院长的照片。她原来没见过院长,只认得院长的照片,刑庭庭长拿给她看过。本来要安排她在一次会上认一下院长,可是那次开会院长感冒没去,结果没见到,就拿照片叫她记住,当时院长脸上长了一个脓疱。新拿的这张照片,是后来照的,脓疱没有了,发廊妹就认不出来了。"这就露馅了哟,突击审讯,案子真相大白,纪检组长、副院长和庭长、法警都被抓了起来。到这时才把案子告诉了院长。"

由于陈天要就这个案子写一篇稿子,我们一边等着船开,一边讨论稿子怎样写。说到院长得罪中院纪检组长的原因,是他有一次酒席上,刚切除了胆囊,不能敬酒,后来过了一段时间,高院的人来了,他又敬了酒,让中院纪检组长知道了,纪检组长就说:"一定要搞翻他。"院长正好又搞改革,得罪了手下一些人。陈天说这个院长是一个有信仰的人,相信党,他想把这种信仰感写出来,我怕他吃力不讨好。船开了,江水很大,乌江的水是浑的,流域大概在下雨,长江的水黄绿,三峡蓄水造成的回水区漂着一些垃圾。一条船非常缓慢地逆乌江而上。

回到酒店里,陈天写稿子,就是船上说的那篇,我翻阅了案卷材料。此后我把声音扭小了看电视,我发现茶几下面除了《绝世双骄》的带子,还有一盘黄片,问陈天是几级,他说是"A级,你看不"。我问有三级片吗?陈天说没有,都是A级。我就看《绝世双骄》,久远大侠的故事,电脑时代的打斗,凄怆伤感又充满英雄气概的情节。我想到陈天坐在夜晚的沙发上,一集集看着这些片子。不知为什么看得心慌。回头看那盘A片,画面一出现又赶紧关上。陈天说,这只是欲望。但对我来说不同。我想看看沈文明的稿子,陈天说不急,似乎有些不情愿。

我们再次走过那些街道,我发现涪陵有很多小广场,黄昏来临,广场上满是人。这是一个亲密的小城市,这样的情景总像是幻想或记忆中的。我们等待陈天的一个熟人。是个丰满的女人，带着一个黑色坤包。陈天为我们彼此介绍，她露出意味不明的笑容。三个人随后走在一起，陈天问她为什么下午才起来。她说昨晚累了，陈天就问"你为啥子累呀"，她白了陈天一眼："你管得着吗？"

我们去"旧社会"。在一个单位面前停下，这里很清洁，洒了水，灯光也很明亮，小树上缠了灯饰，我有些疑心，走近一看是涪陵区委的大门。陈天带我们往里走，没有人阻拦，我疑惑："旧社会"就在这里面？陈天说就在里面，是区委原来办的一个食堂，对外开放了，所以大门可以随便进，生意很红火，后来有人开了一家"新社会"，两家竞争激烈。"我最喜欢这里的白酒，是酿出来的。"熟人也没来过，我们跟着陈天走进一个有些暗的厅，空荡荡的几张桌子，里间有人吃饭。老板娘带我们进了一个小房间，没有窗子，低矮压抑的感觉，我对熟人说，这里倒真有旧社会的意思。

我跟熟人说了几句话，原来她受单位指派，在涪陵一个医院监督合作项目。我说那你和蒋雯丽在《黑冰》里一样啊。熟人说："《黑冰》？没看过。""就是王志文演的，没看过？""没看过，看过王志文，看过《黑洞》。"我问熟人是个什么医院，熟人说是治皮肤病的，我问是整容吗，熟人说不是的，就是泌尿系统那些。我忽然明白了，熟人似乎有些窘，陈天说了什么支过去。不知怎么说到来鱼城后的遭遇，小酒馆里绝望的回锅肉和酒，阴暗的街道，无望的奔波。说到陈天现在是《鱼兜晚报》的头牌，熟人笑了，陈天开始大谈他在晚报的稿子写得好。"发稿量最多，甲稿好稿最多。"

熟人有些不相信，说"你还牛啊"，我替陈天证实，他获得了两年报业集团优秀职工。不知怎么我又说到自己在周末部是骨干。本来我希望到陈天的部门当记者，不被准许。陈天想做编辑，同样也不行。"报社的第二十二条军规：你想做什么，就不能让你做什么。只有你不想了才能做。"陈天喝着酒，微笑地说："你来吧，起码你的收入要增加，还能认识一些小妹妹。"我想着在老总那里碰钉子的事，又说起今天陈天写的那个稿子。熟人说"有这种事啊"。我说本来是由于荒谬的体制。又说到这里的菜不行，陈天说那早知道不如到"新社会"。他这里平时菜很多的，我们来晚了，啥都吃完了。好多人来都为喝酒。我和熟人已经吃完了，陈天还在喝酒，他说"我再要一杯，多喝一点可以不"，我们说"有什么不可以"。

等到陈天喝完他的酒，我们走出"旧社会"，熟人说她想回去了，我们两个耍。陈天挽留她说"到哪个茶楼坐坐吧"，熟人松口了，后来陈天忽然想起涪陵师专，说"我们就到那里"。熟人也没去过涪陵师专，我们三人打了出租车过江，大桥是斜拉的，灯火闪烁，涪陵的一部分也在江中闪烁，似乎岸上的部分就要滚落下去。

走了不短的路，我们到了涪陵师专后门，这里缺了一段围墙,很像一个敞口的工地,女学生宿舍的窗户正对着公路,可以勾起许多暧昧的欲望。我忽然想起不久前,陈天写的《涪陵校花失踪》那篇稿子,这样的环境,和那个女学生失踪有关联吧?一问陈天,她果然是这所学校的。熟人听了,也有了兴致,问:

"到底她是不是被杀了?"

"说不定,长寿那边漂起来的尸体,她父亲去认了的,泡肿了,又认不出来。有人说,她其实在船上已经被杀了,还有人说她根本没上船。"

我问:那打电话的人又是谁?

据说,她从朝天门上船,深夜回到涪陵,曾经在一家小饭馆外打电话,说在船上钱被抢了,一边说一边哭了。饭馆老板看到,过一会儿有一辆黑色的桑塔纳来接她,她上了车,从此就失踪了。

"她周六到鱼城玩,是一个人来的,下午五点多钟,她在朝天门市场给家里打了个电话,说是在买衣服,一会儿就要上船了。听她母亲说,电话里女儿的声音有点哑,有点变。这个电话到底是不是她打的,她为啥子要给家里打这个电话,警方都无法查实。"

陈天说:"她平时沉默寡言,很少跟人交往。"熟人说:"校花怎么可能没有交往?她是不是校花哦?""其实她的同学们说,她不是很漂亮,不是啥子校花。""那你干啥子要写成校花?""不写成校花,稿子还有看头吧?总不能说'涪陵一女生失踪'吧?"熟人无言。"不过她父亲拿了一张照片来,照片上确实挺乖的。她父亲是个五十多岁的农民,只是捧着照片,念'女儿啊,女儿啊'。"陈天又说到涪陵师专很多女生是在外面租房子,一些人"做业务",等等。"她为啥子一个人跑到鱼城去?这本来就是疑点。她的家很穷,不会专门到鱼城买衣服。"

我产生了一些隐秘的构想:她的生活,她为何到鱼城,故意给家里打电话,说明她要上船了,或者说这个电话是假的,她到底上船了没有,那个打电话的女孩是谁,船上发生了什么,等等。后门无法入校,我们沿着一道围墙走,山坡上的夜晚宽大空旷。走到一道校门,一些学生在里面,我有些担心不能进入校门,但我们很顺当地走了进去。这是操场,学生是夜间锻炼的。陈天对熟人说,我总想他给找个师专小妹妹。他注意观察哪里有活动,有没有什么音乐。"有音乐的地方就有活动。"我说陈天是一条好的猎狗,熟人笑了,陈天说"你怎么能这样说我"。我也笑了。我们离开了操场,校园很安静。忽然一个拿着鼓的学生匆匆而过,我们马上跟上去,学生转了个弯却失踪了。我们在校园里瞎逛,走过松影参差的小径,一些高墙下黑暗的拐角。陈天说在这里,一个男学生曾经杀死了他的女同学,然后若无其事地去上课。女生宿舍楼外晾着衣物,颜色跟男生宿舍不一样。陈天说可惜了,他要留下那两个女生的电话就好了,可是他实在不喜欢小妹妹。熟人说:"那你叫你朋友哪个办?"我说算了。

我们在一张校园石桌旁坐下来,凳子很凉,清风吹着。一对恋人坐着另外一张桌子,这里似乎谁也不愿大声,沉浸在什么东西里。我忽然感到,能坐在这里,已经满足了,毕竟有很多事情无法回来。我预感这个清风轻拂的夜晚会成为我的回忆。熟人和陈天说了什么,我一点儿也记不清了,总之我想多坐一会儿,但坐得不久,就得站起身走了。

熟人离开了我们,对陈天说:"你陪你朋友好好耍吧。"但是我们径直回了酒店。陈天上网传送了他的稿子,我在他的桌面上似乎看到了沈文明手稿的文件名。我洗了个澡,然后我们一起看武侠片,时间在流逝,九点钟,开始看一场意甲联赛。要到中场,我忽然忍不住了,说:"今晚就这样过去吗?"陈天说就这样过去啊。不过顿了一下他又说:"如果你想找小姐,我可以叫一个来。"我问:"你在这里怎么办?"他说"我看电视"。我说那不行。"那我下去在大厅坐,等你们做完了再上来,可以吧?不能超过一个小时。"我犹豫。中场休息,他问我:"你想叫吗?"我问有啥规矩。陈天告诉我一百五十元(指吃快餐),她如果要价高,你要一口咬定,"一定要跟她把价格讲好哦。你要不要?"我点了点头。陈天打了电话,他在电话里说:"要一个妹妹,小点的、乖点的哟。"这时我又心慌,想去阻止。

等待门铃声响起的时候,我心里越来越心慌,几乎是难忍的痛苦。但是后悔已经来不及了。想到这个倒心安些,有理由后悔毕竟是可怕的事。似乎过了很长的时间,门铃响了。一个女的站在门外,问"可以进来吗"。

她看见我们是两个，显然有点吃惊。陈天立刻对她指指我："好好陪陪我这位朋友。"她放松地冲我笑了笑。陈天和她聊，她说她是夜总会的业务员什么的，把我搞糊涂了，我说："你自己呢？"她扭捏了一下说，也可以的，这时我觉得自己怎么会这么迟钝。和她谈价钱。她说二百块，我做老练状说："啷个得行，一百五。"她笑笑，说也可以，但有特殊情况的话要再加五十。我问她什么特殊情况，她微笑不肯说。陈天问我："这个妹妹可以哟？"我不知道怎么说，在犹豫。陈天又问了我一句，我终于很犹豫地说："我不知道自己喜不喜欢这个妹妹。"她身材有点高，胸脯丰满，但面目似乎不是很可爱。陈天说"你怎么回事哒"，她说没关系，如果不满意，可以另叫人来的。但是我觉得她对我的犹豫不快，也为自己的犹豫发窘。我把手搭到她的肩上。陈天出去了。

　　我把她抱在膝上，她有些沉重，我抚摸她的胸脯，她有两分扭捏，我感到了欲望。于是上床。据陈天讲，这张床曾经先后有三个师专女生和一个男记者躺在上面，当然那时是另一个记者驻站。这个记者走后，还有女的来找，说那个记者许诺的，要和她结婚，陈天只好好言劝慰。

　　各自脱衣服，我准备帮她的忙，她却一下子脱去了，戴着鲜红色的乳罩，内裤也是红色的，当硕大的乳房从罩里脱出来，我忽然觉得难受。太大了，棕黑的乳头很大，在沙发上那种诱惑忽然无影无踪。一切得从头再来，徒增任务的压力。我故作轻松地问她一些话,她也问我,她说她是"反叛"性格,使我觉得好笑,但没表露。她又问了我一句什么,也许是问我有没有病,这一句忽然让我阳痿了。她的手发现了我阳痿,说男人就是这样脆弱。我想让自己勃起,但是不行。我问"你遇到这样的情况多吗",她说,有七分之四,但她都能使他们成功。我问用什么方法,她说,用最原始的方法。我感到我们在说警句,如同吴海子诗中的酒吧醉客。她也意识到了,说:"我们应该认真一点。"于是她不再说玩笑话,压在我身上揉擦,啶我的乳头,但是仍然没用。

我说"先把套子戴上吧",似乎我觉得这很灵验。她为我撕套子,我发现套子也是红色的。套子戴在萎缩的器官上有些可笑可怜,也许她也能意识到这一点。我有些废然,不想再这样徒劳了,我说"你换个方式吧"。她说:"这就是我讲的特殊情况了,要加五十元钱。"我犹豫了一下,说好吧。她问我洗澡没有,我说洗了,于是她往被子下面钻,但是我忽然想到口腔黏膜会传染艾滋病,就止住了她。我给她说了原因。我觉得她会不高兴。她没什么反应,只是说不会。我说会的。她说:"我们这样就会传染艾滋病。"我说不会。她就又上来。我说算了吧,就这样躺一会儿。这是我的问题。但又不甘心,一会儿又说,不如我们穿好衣服,到沙发上坐一会儿。她说:"我十二点还有事情。"我觉得她没有为我尽力,但不想和她争执,就说算了吧。她开始一边穿衣服,一边说:"你是我唯一没有成功的男人。"

我想着钱的问题,很艰难地问:"能不能少一点?"她稍微沉默了一下,说不能,她回去要给夜总会交一百元台费。我点点头。

我沉默地付给她钱,似乎为了解嘲,问她是为什么呢。"也许你嫌我胖了吧。"似乎为了表示歉意,她说,她们那里有很瘦的妹妹,可惜今天没在,要是你明天还在这里,让她来,你一定会喜欢。看看我的沉默,又加了一句:"瘦是瘦,脸面是多乖的。"我说"明天我就要走了"。她说"那再见,谢谢"。我也说再见,随手带上门,无力地坐在沙发上。估计陈天看到小姐下去,就会上来。我让他等了有五十分钟。

陈天果然上来了,问"怎么样,乖吤",我说"我阳痿了"。他吃惊,说怎么可能。我告诉他,也许是因为我对女性的观念,我还有美感。陈天说欲望就是欲望,不要当成别的什么,一个很简单的问题。这时我想到里尔克《给青年诗人的十封信》中说:"性,是很难的。"难就难在追求美感吧?有些人可以去奸狗,他们的阳具总是铁一样坚硬灼热,摆脱了一切心灵蛛丝的困扰,你对他们不能不震撼。戈尔丁的《金字塔》里,少年情急不知所措,让公告员的女儿艾薇握住他"坚硬灼热"的"祸根",于是推动了障碍,一切美妙又残酷地往下滑。苏菲·玛索主演的一部电影里,老人对想搞柏拉图式恋爱的年轻人说:"你为什么苦恼?你年轻,你富有,你有阳具。"川端康成暮年写的《睡美人》里,老年人的阳具蛇一样掠过少女们沉睡的身体,它们早在世情的沙滩上晒干了。陈天说:"美感?那是一种龌龊的要求吵。只有欲望,简单的欲望。要像胡塞尔那样把它还原。"

　　我确实感到自己有些虚伪,我的阳具也虚伪,据说康生说过一句话:"知识分子这东西,就像鸡巴,说硬就硬起来了。说软也就软了。"陈天或许跟我相反,欲望的满足使他痛苦,当他对女人厌倦的时候:"我想死,我看到女人就像看到动物一样,根本不想去动她们。"他在电话里这么说。我说你写稿子吵,他说稿子太简单了,他坐在屋里就能搞定一切,那谈不上是精神的活动。"既然你是这样,你不能找妓女。"陈天说。"可我没有其他方式,喊你找小妹妹又没找到。"我说。"可是即使找到了,你也要花时间,不是一下子就能搞定的呀。"我们沉默了,看电视。过了一会儿我说,看看沈文明的遗稿吧。陈天这回答应了,我在陈天的电脑上看到了遗稿,正文刚好五千字。

　　文章字面并不晦涩,但我似懂非懂,看得出的是:自杀未遂和厚此薄彼,是这篇论文的两个中心概念,或者说譬喻。沈文明使用譬喻似乎也出于无奈,他的理想也许是最大程度的确实和简洁,但为此很难找到合适的词——就像里尔克说的,被思想者之力过度弯曲的词语的权杖——为了接管世界——从他手中弹开了,崩裂了。因压力不可承受而崩裂的尚有脑血管。还有一个细节:他把"铺垫"用成"奠"。

　　文后有陈天的读后记:

　　　　2001年8月26日,来到龙台山,他就生活在那里。山、水、树、竹，见到它们，一切凝固了。我也开始理解这场"觉之开放"。

他的离去，关上了大门，但从他所理解的意义上说，他同时也带出了真相。在接下来的日子，我只能独自怀念着，除此之外，就是他讲的伤感。

也许将用漫长的时间来理解他所说的一切。我记得在很多夜晚，我们一起生活的情景一次又一次出现在我的面前，我无论怎样大声地哭泣也于事无补。孤独是怀念中最后的结果。这也该是他要说出的。

陈天　鱼兜日报社宿舍　2001年8月27日

在"阳痿"和"自杀未遂"之间，有什么联系没有？我只领会了一些譬喻，比如他妻子刻在他墓碑上那句"出脱犹如露珠跃出水面，刹那间照亮理念之海"。我觉得这里有海德格尔的调子，但"理念之海"又是沈文明的。回来的路上，我们在临江街道上看见一幢待拆的厂房。小小的巴别塔，所有水泥柱都倾斜着，像一种纸糊的积木建筑，眼看就要倒下来却又永远保持现状，但又像沈文明手稿中说的：建筑过程始终未能完成，蜂拥增长的只是脚手架，直到崩溃来临。

我在床上躺着，陈天在沙发上抽烟，灯光似乎照亮了他那一小片，我们像两个舞台上的人，谈着这份手稿。陈天说他有一个想法，把这五千字的内容推演开去，全面阐释沈文明的哲学体系,并用它来解释许多哲学问题。为此要看很多书,才能理解沈文明的思想,他现在也不过理解一部分,只能等待、希望。我说你怎么相信它能解决现代哲学的所有问题?陈天举了一个例子:四川大学有一个哲学博士,是他原来的同学,他对尼采的一个命题很困惑,陈天用了沈文明文中的一个概念,很容易地解决了,他也很信服。我为一种东西激动了,说:"那你就该让自己的生活规律些,不要把工作看得太重,全身心完成朋友的遗作,如果你觉得确实有价值。"陈天说他在做啊,在看大量的书。"况且我已写了八千字。"他强调了两遍这个数字。"再说,要等待状态,这又不是一两天能完成的。"我想对他说:"可是并没有什么好状态,永远都是现在这样。"我知道他懒散。

要睡觉了,陈天说:"你睡床,我睡沙发。"我说床上是干净的,做都没有做,你怕什么?他想了一下答应了,说各睡一头。睡下以后,就谈起我的小说来。上一次,陈天批评了我的小说,他不喜欢那样一种表达方式。我努力向他证明,我想微观地看待世界,特异的世界。"难道就没有打动你的地方吗?"我不相信。他说:"你指那种心里一动的东西吗?没有,真的没有。"我知道陈天喜欢博尔赫斯和马尔克斯。

这次他却说,经过思考,他认为我那样一种表述世界的方式,应该有自己的位置,我可以发展自己。"也许再过几年,你会发现自己到了一个现在不曾料到的境界。"黑暗中我被感动了。我想到了高老师,他在研究阎连科,自从我在电话里指摘了几句阎连科的寓言现实主义小说后,就疏远了。想到其他一些冷遇,已经习惯于活在否定中,并开始不相信成功的可能。我对陈天谈到自己的一些计划:把梅列日科夫斯基和中国的一个托洛茨基分子,也是梅氏《基督与反基督》三部曲的译者郑超麟联系起来,他曾在国民党和共产党的监狱里两度坐牢,我在上海北站出口似乎见到过他风干的身影,没有多余的筋肉可供腐朽;外加不久前家乡农民的"基督教"风潮,以此写作一部小说。

似乎谈话已经冷场,床头灯关上了,关了灯却发现,话头并没有结束的意思。大街上偶尔驰过的零星车声,远远不能和我住的租屋相比,涪陵是一个安静的小城。陈天重新拾起了话头,讲起他和沈文明、吴海子在大学里的往事。如果说坐下来时,沈文明是天然的中心,站起来的时候,中心人物是吴海子,他更合适的位置是在桌子上。

吴海子按照当时的风俗浪游数月归来,几个人把他推上去以后,喉咙的紧涩一下子被打破,开始朗诵他自己的《吹笛子的少年》或者《献给俄尔甫斯的十四行》。他的声音不是最浑厚,但和他的诗歌一样,柔润而朴素,有一种极细的泥土的微甜。天空阴云掩住了微光,忽然下起大雨,吴海子试图下来,可是大家不让他下来,于是他继续留在台上朗读《马克楚克高峰》,他的头发披在脸上,像山在雨中向上生长。瘦小的陈天在台下仰着脸鼓掌,让雨水直冲额头,把额头冲得干干净净。陈天说,他本来不喜欢诗,但那些日子里他记住了许多诗句,这些诗句牢牢筑在记忆里,就像用冲压器夯进了大脑,现在还会在一些毫无关系的时刻莫名其妙地蹦出来。譬如在采访一个污染了白云湖的璧山皮鞋作坊时想到"他们黑橡胶一样地来到／撒下了细沙的恐惧／脑子里藏着一管无声手枪的／不测风云"。

那天晚上的朗诵最后引起了学生会的注意,有几个人过来想要大家散开,交涉之中一个人对刚刚跳下桌子的吴海子说了一句什么话,吴海子一拳打中那人的鼻子,那人立刻蹲了下去痛苦地捂住脸部。事后知道是鼻梁粉碎性骨折,需要做复位手术,各种费用需要八百元,这让父母都是农民的吴海子立刻傻掉了。那几天吴海子整天低着头,除了痛悔自己对不起父母,什么也不说,陈天简直担心他会自杀。至于那句话是什么,吴海子之后再没有说过,陈天当时听到话里有"诗人"如何如何。陈天没办法帮吴海子什么,他身上只有几十元饭票而已。

这天中饭时间,一个瘦小的女孩子站到了低着头回宿舍的吴海子面前,拿出八百元钱。由于吴海子不肯接,最后她把钱放在了他的饭盆里。

那个大雨之夜,这个女孩子也在台下,只是她始终没有发出声音而已。吴海子依稀知道她是他的同学,姓李。

事情过去之后,人们开始看到吴海子和小李走在一起。吴海子的衣服渐渐变得不再那么邋遢,他和大家的活动并没有减少,但是这些活动中多了一个小李,她会买一些东西贡献出来,她是鱼城城区的人,家境确实不错。当陈天和其他人就一个牵涉到康德或者海德格尔的话题加入争论时,她始终是在一边听着,她就这样自然地被圈子接纳,最后变成了吴海子的妻子。大家都说,吴海子一家有两个诗人,一个写诗的和一个不写的。

毕业之前不久,一场风波让大家完全卷入一个更大的圈子,陈天像断线的蜘蛛一样从文峰的圈子里脱离出去,一头扎入这场风波,并且突如其来地迎来了自己的第一次爱情。

陈天的爱情发生在一辆公共汽车上,当时陈天从沙坪坝广场的集会上回来。这次集会号称沙区高校的全体聚会,却因为鱼大和西政的争当领头闹剧般地无疾而终。陈天为聚会准备了一件白色T恤衫,前面用红色墨水写着两个大字,后面也写着两个大字。他穿着这件衣服挤上了回校的公交,乘客都尽量站得离他远些,一个女生却挨着他站,她主动找他说话,到下车时他们互留了宿舍号。第二天中午,陈天生平第一次听见有女生在楼下喊他的名字。后来她告诉陈天,就是他那身衣服吸引了她。

恋爱的最初内容是在校园大道散步,聊,内容是法国革命、聂鲁达、尼采。在唯一的听众面前,陈天忽然变得口齿流利,充满气势,具有了圈子里朋友们身上那种不可思议的能力。陈天说那是一个非常清秀优美的女孩,使人眼睛一亮,还是陈天老家广安的人。"我父母都非常喜欢她。"

夏天的事件像诗歌朗诵会那天的暴雨一样过去,到了秋后算账的时候,这时陈天才想到了沈文明的告诫,沈文明让他记住鲁迅先生的某一段话……那年的毕业分配久拖不决,颁发毕业证之前的最后一次课堂上，班主任和教育局的一个人一起出现在讲台上。班主任苦口婆心地宣布这是最后一次机会。"谁参加了的，主动承认，学校既往不咎。现在不承认，等到我们点你的名，可就晚了。我们手里已经掌握了全部名单。我给你们三分钟。"

随后是难堪的沉默。两分钟内，有几个同学站了起来，教育局的人马上表扬了他们，表示会宽大处理，并且说："还有没有？再不站出来，就没机会了！"班主任的眼睛一遍遍地在每个人脸上扫过，陈天当时觉得，老师特别注意地盯着他，心里开始激烈斗争。还剩五秒钟的时候，又有几个同学站了起来，这时老师再一次扫视全场，提高了声调说："还有没有？那些没站出来的，我从十数到一，数到一他还不站出来，说明他是顽抗到底，我们是不会给他机会的！他们不要想毕业和工作的事情！"

老师这回说的是"他"和"我们"，使陈天感到：所有参与过运动的同学都已经站起来了，只剩下他了。不仅老师，全体同学的眼睛都盯着他，他们都知道那件T恤衫，知道他曾经去参加静坐。那些已经承认的同学，他们站起来比坐着的同学高，形成一种威压和期待，他们自己看上去倒轻松了。班主任口中的数字从"十"到"五"，一声比一声低沉，陈天感到自己抵挡不住了。虽然沈文明早就告诉过他，无论如何也不能"交心"，那等于自杀再被踏上一只脚，但这时从班主任口中念出的数字的威力超过了沈文明的告诫，陈天准备，在他数到"一"之前霍然站起，加入站着的同学中去。但班主任数到"二"，陈天背后却发出猛然的响动,一个同学站了起来。

班主任没有表扬这个同学,也没有再念数字,而是说:"站出来的人,下午分别到我办公室来,听候严肃处理。"他又和教育局的人说了一句什么,两个人就走出了教室。教育局的人出门前盯了那些站着的同学一眼,眼光特别狠,似乎为了特意记住他们。这一眼立刻把站立者打入另类,有个女同学马上哭了起来。他们虽然还站着,但谁也不敢首先坐下来,姿势却和刚才完全不一样了,似乎比坐着的同学还要矮。这时陈天出了一身冷汗,忽然感到自己现在这样坐着而不是站着,是多么幸福,沈文明的告诫又是多么准确。

等待分配的那一段日子,陈天回到了沈文明的圈子,沈文明温和地接纳了他。但不知为什么,圈子的活动忽然停止了,并没有什么明令禁止,只是气氛不一样了。以往那些每天换上一层的社团活动海报也减少了一大半,它们连同各种话题在到达了顶峰后忽然消失了。

分配结果下达,那些承认了的同学都被分到农村,连同那个哭泣的女同学,她被分到了开县一个油矿。多年以后,新闻报道那里发生了天然气井喷事故,死了两百多个人,不知道这个女同学的遭遇如何。大多数人的学位证被扣着,以观他们今后的表现。陈天顺利地分到鱼城特钢厂。

但陈天的女朋友被分到一个县的中学,与她跟着陈天参与了一些活动有关,她们是师范院校,"交心"抓得更严。从鱼城到那个中学需要一天多。陈天常常旷工去看她。

"我到她的学校去,从县城开始,车子到那里已经晚上十点了,我总喜欢乘着月色,在小路上走上两个多小时,走到她在乡下的学校。学校在一片水田中间,那些水田由高到低排列,由一条溪水灌溉,也可以说是梯田。学校是清白的,房子前整齐的五棵松树。当我到达那里,松树在白地投下影子,这些高挑的影子我到现在记得清清楚楚,像是我自己亲手在心里栽出来的。"

其中一次他印象最深。"那几天一直在下雨,涨水,我从来没见过那么多的水,我到了她的学校,她却似乎到了一个岛上。我和一个朋友去找她,茫茫的一片水,我乘船去那个岛上。晚上我在一所类似大庙的房子里住,从来没下过那么大的雨,水顺着瓦当水桶一样往下倒,我感到内心深处的恐惧,我再也见不到她了,同时却也有一种灵魂的欣喜,洗清了很多东西。后来我还是见到了她,那种感觉却无法向她描述,说不出来。但我知道,我在那天的大水中感到的许多东西是真实的。

"她的父亲不喜欢我,他觉得我在害他女儿。这使我有一种不安的预感,因为我隐约相信他是对的,作为一个饱经世事的男人,他比女儿更懂我。

"那时特钢厂新分来一批我这样的大学生,和以前厂里的工人有矛盾,经常打架,争女朋友,我成了大学生一伙的头儿,因为经常旷工和打架,被特钢厂开除了。就在那段时间,她怀了孕,打了胎。女儿打胎这件事让她父亲非常愤怒。

"她怀孕的原因主要是我们不好意思去买避孕套。每次我去看她,如果是白天到达那个小城,我会在等车时在车站附近徘徊,那里混乱的街景我记得很清楚,其中在一片餐馆中间有几家药店,还放着'计生用品专柜'的牌子。我每次都想走进去问有没有避孕套。我还知道避孕套有小号、中号和大号,直径分别是三十一、三十三、三十五毫米,有次我看见一个很壮实的男的走进去,大声向售货员叫嚷买'套子',那个年轻的女售货员问他要中号还是大号?'当然是大号!'可是我实在无法像他一样走进去。怎么出口呢?要不要结婚证明?如果她问我号数,我是不是应该说'小号'?我说了小号,售货员会是什么表情?于是我每次都没有买。我给她说,可她更是怎么也不会去买。我们采用一些道听途说和自己想的避孕方法,每'奏效'一次就感到庆幸,可是她终究怀孕了。她怀孕后问我怎么办,我蒙了,不知道怎么办。当时我在厂里办手续,她自己去医院,把胎打掉了。

"她当时放暑假,待在老家。我去看她。她脸色有点白,但也许是看见我来了高兴,身体状况看起来还可以。我说'呲,你没啥事嘛'。

"她父亲为这句话非常愤怒,他在一旁隐忍了很久,这句话让他爆发了。他让我滚,不准再缠他的女儿。我感到这是两个男人在争夺她。他非常爱他的女儿。那天下着大雨,他使出蛮力把我赶出去,我再也没到过她家。"

陈天扭开了床头的灯，起身走到窗边去，点了一支烟。他只穿着短裤，双腿显得特别伶仃。

"我在县城待了一天，她偷偷来找我，她问：'陈天你有六百元钱吗？你有六百元钱我就跟你走。'我问要六百元钱干什么，她说，有这么多钱，就可以用两个月，两个月之后，她就可以找到新工作，我们就可以一直生活下去。我说我没有，连一百元钱都没有。然后，我们就这样分了手。

"我想她是明白我无法忍受初期生活中的某些麻烦。她太了解我，知道这些麻烦一定会演变成悲剧，因此她坚持要有六百元钱。在几个月前，我可以轻易地掏出一千元钱，可是那时我被特钢厂开除了，打算和几个朋友倒卖钢材，积蓄都投进去，什么钱也没赚到。"

烟丝缓缓地逸出窗缝。陈天继续说下去，似乎是决心让这些往事离开他。

"那段时间我去了北京，只想远远地离开鱼城，后来终究回到老家，只有母亲和我在一起。我和母亲有一份默契，避免对视。她一看着我，就情不自禁露出忧虑的样子，多少次我不用抬头也知道她在这样看我，我只是低着头看书。

"那段时间我学会了一件事情——手淫。我很频繁地手淫，直到可能引起母亲怀疑，她的目光变得更加忧虑，言语顾虑重重。我感到她发现了，出于羞愧，我放弃了，把时间用来专心看康德。以前一直没有好好地看完三大批判,借这段时间系统读了一遍,感到许多不理解的问题忽然解决了,包括那次风波。我再次想起了沈文明,他总是那样安静,就像他是透明的,可以任那些纷扰的事件穿过,毫无损伤。心里的裂缝渐渐弥补起来,只是有时候会像蜜蜂的针戳一下地突然刺痛。我尝试经常地用纯粹理性批判的方法,分析我的情感经历,虽然这样做很痛苦,但终究慢慢使我得到了平静。但我知道,我和女人的关系永远改变了。

"过了一年的样子,我忽然收到一笔钱,几个倒卖钢材的合伙人赚到了钱,要各起炉灶了,清盘时想起了我这个股东。我拿着这笔钱去复习考研。当时沈文明和吴海子都在西师读研,我也就租了一间房子住在西师。但是团体的生活没有恢复,因为吴海子不太参加大家的活动了,他变得很沉默。我考上了研究生,去了成都。

"我和她没有再见过面,除了达川那夜的八个小时。"

陈天回到了床上。他似乎并不等待我再说什么,按灭了那边的床头灯,很快入睡了。他似乎能在一种仍旧保持着紧张的姿势里很快入睡,这是我做不到的,他讲述的往事仍旧在我脑中微微起伏。

我想到那天,和陈天去吴海子家玩。已经是晨报编委的吴海子住在新楼上,铺着暗红色木地板的宽大房间,有微微的冷蓝色调,庞大的沙发对面是背投电视。小孩子在地上奔跑,小李紧追。陈天、吴海子和陈芬的新男友斗地主,二二四的规矩,到十二点陈天输了七百元。虽然人都在这里,有着《马克楚克高峰》的诗集也还在书架上,往事却不会再回来。

想到自己走进的大学校园,已经和两年前全然不同。虽然还有一溜排开的招新社团,却已经没有朗诵、沙龙和辩论。在复旦的时候,我在校办工厂旁边发现了一个"大家沙龙",很是兴奋。透过窗户看进去,几张破旧的皮沙发,没有一个人影,大概是晚上营业的酒吧。因为陈天上研究生的那个大学,我又想到余杰,想到那所大学后门外每到周末停的两长溜私家汽车,带走了以前台下仰面聆听诗歌,领受雨水冲刷的女生。

在残留着一丝烟味的黑暗中,听着陈天仍有一丝紧促的呼吸,我感到虽然与他待在一张床的两头,却隔着过不去的距离。他的一条腿留在了过去,那个淋着大雨朗诵诗歌的现场,这是他始终无法越过八千字长度的原因,我没有权利规劝他。

我肺部的病灶还在,此刻在昏暗的床头灯光下,或许由于刚才和小姐的折腾,它又隐隐地作痛起来。对于我来说,这个病灶再也无法摆脱了,我不再是在五角场墙壁霜白的陈年教室里看书的自己,不是走上女娲山林间小路的自己,只是无从脱下那套不合身的戏服。我想到了在舞台上最后一次表演的莫里哀,在最终倒下之前,我们身上的东西总像在演戏,刚才这间屋里的情形和聊天,尽管刚刚过去,却像是出于杜撰。

阳光在石头上变冷了，墓园不是久留之地，我也不敢保证六六来过这里。行程结束了，我缓缓起身下坡，搭上321路公交车，但在心里，我并不想回到那幢出租屋，如今没有了小偷来光顾，却也没有了小絮的气息，两盆绿萝经过一个冬季凋落了，剩下一些像是铁锈的残枝委积盆中。或许它们接受了我的气息，经历了和我的肺部一样的病痛，却没有在春天缓过来。有时我不明白，自己为何从上海来到这里，似乎只是为了经历这场疾病，从此穿上一件无形的青黑衣服。那些大街上的奔波和僻地的探寻，幽暗灯光下的暧昧，都在X光下褪去了颜色。

光鲜的情景只存在于电视屏幕上。那里放着一部也许叫《致命邂逅》的电视剧，是一个电视台主任和女记者之间的婚外情，女记者名叫梅娘。看着，我忽然想起剧情出自一本叫《梅娘》的书，我在家乡小城工作的时候，出校门路口就摆着，封面是一个几许厌烦地躺在被子上、伸出半个臀部和一条大腿的女人，翻开扉页，第一行就是："我最陶醉的是梅娘的乳房——"

下来是漫长汹涌的做爱场面，男主人公在忘情的间歇里，仍旧不忘以冷静的口吻，对梅娘的丰乳长腿进行分析性的赞扬。我开始面红耳赤，那些排排的文字不穿衣服直接往敏感里钻，我强作镇定，"随意"翻了后面的几页，又翻出第二个段落，这次描写的是男主人公跟漂亮贤惠的妻子做爱。在做爱的间歇里（这种间歇不断地出现），男主人公将妻子的身体和梅娘的做了比较。给我的感觉是，其实妻子的身体也是很不错的。我的脸当然更烫了,谁注意到了吗?

一刻间,我想买这本书,但随即否定了,也许因为贵,也考虑到不是有价值的,但最强烈的感觉不是这个,而是说不出口。也许与书铺老板在亮堂的地方摆出这本书的预期适得其反吧。眼下看它改头换面在央视上播出,不免有种怪诞感。

我开始构思一篇小说,题目叫《皮袋》,主人公的原型是万群。他真的找到了一位单纯的女学生,他想和她好好爱,好好生活。为了这个,他下区县采访,都谢绝了那些他曾经利用过的"机会"。但虽然这样,他的心里却有阴影,他始终是有过那些经历的,有时在和爱人拥抱和做爱时,忽然会冒出比较的念头,为此他非常苦恼。妻子对他越信赖,越亲热,就越使他难受,那些肉感的形象不停地来干扰他的脑子,破坏他的感受。

他想讲出来,却有深刻的畏惧,终于他意识到自己已经无法承受爱情,如同一只旧的皮袋。虽然外表全无异样,一切都正常,平日自己也不觉得和崭新时有什么区别,但内里却早已有裂纹,无法再装新酒。新酒只能装入新皮袋,若是旧皮袋装了新酒,袋子就会破裂。不论彼此如何努力,总有一些克服不了的矛盾,意外的挫折,两人都不知道为什么,幸福就成为不可能的了——而这一切是因为我们的过去,时刻注入现在的生活,包括我这作者,在生活面前并未取得豁免权——

第一次从金竹宫回来,已经晚上十一点半钟,小絮已经洗过脚,在床上看书。她问我去哪里了,声调温柔,好奇,想知道我的生活，我回来使她高兴。我说陈天回来了，我过去看看。我一脱鞋就去厨房洗手，手觉得很腻，我一边回答小絮，一边将衣服换下，几乎是趁她不注意，我清晰地闻到衣服上浓重的舞厅烟味。小絮含着笑，没有察觉。我上了床，开始静躺着，什么也不想做，不能做，心里有种空洞感。但忽然想做爱，试探一下小絮，原来她也想的。我显得激动忘情，我像往常一样抚摸她乳房的时候，有一种特别的感觉……似乎同时还在摸舞厅里那个小姐的，比小絮的大，还留着真切的触觉。这一次爱，我做得很有劲。我有微妙的担心，怕小絮感觉到，她肯定感觉到了某种变化，但不知底细。

如果把小絮留在这边，会怎么样？我留的话，不说那句话的话，她是会留下来的！总能过的，尽管有那压力，肉中之刺。但是现在总不可能又叫她回来。想想不可能。

入夜，市场的潮汐稍稍消落一些，桌上摊开的稿纸无从落笔，我坐在床上看电视。

手执遥控板，调来换去找不到好的台。"好"其实只是能看，实在都是坏的，哪有好的电视节目呢？殷海光早就说过，电视是邪魔的东西。他连radio都排斥。买来这台电视之前，我和小絮的生活中固然一直没有少过radio。相反那几年为了小絮山村的寂寞和学英语，不停地更新短波收音机，从德生到索尼，但毕竟一直没有买电视，这使很多人惊奇，也许当作吝啬的别名。我有一种真实的担心：电视会使我落水那样沉溺，最终一事无成。我说的都不足以打消她的念头。"我连个看的都没有，你也要想一想我哟。"终于有一天，我们去了新世纪商厦购置了这一"大件"，由邓要发一路背到家里。

最初几天，我没有看，但不久我果然沉溺了。最初打开电视，那上面精致的画面使我产生了幻觉。开始还能够有所抑制，经过一段时间，每天看电视的时间在增加，后来终于到了三四个小时甚至更长时间，没有能看的节目，也像现在这样瞎按。越看越烦，越烦越看，什么《霹雳菩萨》《三坊七巷》《笑傲江湖》，意大利足球甲级联赛或别的体育节目，每天必看，明知不到节目的时间，也会按一按央视五频道，似乎想它意外出现。坐不住，一天大半都在床上。

同时，我极端嫌恶电视。小絮也有瘾了，不像我那样极端，但一部以《初恋》为名的"哈韩族"电视连续剧她期期不漏，我们为它争吵，她说我"专制、霸道"，许自己看不许她看。实在是我对这部偶像剧感到大的嫌恶。但既然我会上瘾地看《笑傲江湖》，为何又厚此薄彼地嫌恶《初恋》呢？

这台电视，二十九英寸，创维牌，蓝色的机壳，灰黑的屏幕，平时静默地待在那里，似乎甘于沉静，忠心地服从主人，其实暗中不怀好意，遥控板就是它玩弄的权术：随着你按下遥控板上某一个键，"嗒"一下，灰黑忽然变成灿烂炫目的世界。这当然是一种奇迹，过去时代任何先知预料不到的、可以满足民众最深层需要的奇迹，如同幼年黄昏我在大舅家窗台上初见收音机。它那两排红色的小灯，闪闪烁烁，接收来自虚空中的信号，夜中讯号充满家乡山岭，五彩缤纷、光怪陆离、妙不可言——一个小的奇迹。

尽管你已习惯了它，甚至厌弃它，你还是会在某一刻忽然对画质的清晰、完美和超自然感到惊讶。就在那时，这些奇观却不再反映在你头脑中的底膜上，取代童年固有的彩色的，是一片灰黑——这也许是电视的魔术，在你按下键钮的瞬间，将它本质的灰黑无物与你的头脑进行了置换。它在你的世界里，在你自己是最初也是唯一一种奇观的地方越来越奇幻夺目、纵情炫耀，你却日渐凋零，就这样，它成了你的主人。

非典疫情之前，我频繁地去舞厅，似乎回到了生病以前的时候，渐渐达到了每天都走入金乐门或打铜街的门厅的地步，像是进入一口深井，越走越深，不知水位暗中漫过了头顶。我就要遭遇灭顶之灾，无法自拔，如果不是那场突如其来的疫病，像有一条鞭子狠狠击打了我，像一把锯齿不平的手术刀切断了我。电视屏幕成了包扎的绷带，又像另一个不经意下陷的洞。眼下这洞里只我一人。

我仍然经常熬夜，却不曾拥有深夜、星光，它们离我而去，升上不可及的夜空深处。我的幸福是一条河里的水，在这个季节里又少了许多。

是离开的时候了。我知道这一天正在到来，就像两年前的开春，站在十八梯石坎顶端，预感着有什么即将发生。

我写下了鱼城故事的开头。